Algo inesperado

Primera edición: octubre de 2024
Título original: *Something Unexpected*

© Vi Keeland, 2023
© de la traducción, Claudia Casanova, 2024
© de esta edición, Futurbox Project S. L., 2024
Todos los derechos reservados.
Los derechos morales de la autora han sido reconocidos.

Diseño de cubierta: Taller de los Libros
Imagen de cubierta: Freepik - nadzeyashanchuk - valeniastudio - Iuliia Khramtsova
Corrección: María Ubierna, Isabel Mestre, Sara Barquinero

Publicado por Chic Editorial
C/ Roger de Flor, n.º 49, escalera B, entresuelo, oficina 10
08013, Barcelona
chic@chiceditorial.com
www.chiceditorial.com

ISBN: 978-84-19702-30-2
THEMA: FRD
Depósito Legal: B 17520-2024
Preimpresión: Taller de los Libros
Impresión y encuadernación: Liberdúplex
Impreso en España – *Printed in Spain*

Vi **Keeland**

TRADUCCIÓN DE
Claudia Casanova

CHIC

Para mi Sarah y su amor inquebrantable
por su abuela y Harry Styles

Capítulo 1

Nora

—Tienes que estar de broma… —murmuré. Me di la vuelta y grité—: Ah, y ¡gracias por cargarme a mí con la cuenta!

El camarero se acercó.

—¿Todo bien, señora?

Suspiré.

—Sí. El tío que conocí en Tinder resultó no ser lo que esperaba.

Una voz grave llegó desde el otro extremo de la barra.

—Qué sorpresa. Tal vez deberías intentar buscar en algún lugar un poco más respetable…

Entrecerré los ojos y lo miré.

—¿Perdona?

El tío agitó el vaso con hielo sin levantar la vista.

—¿Qué ha pasado? ¿No era tan guapo como parecía en la foto? Dale un respiro al tío. A las mujeres se os da genial esconder vuestro verdadero aspecto. Nos vamos a la cama con una morena de pelo largo y labios carnosos increíble y, por la mañana, nos despertamos junto a una persona que no reconocemos por culpa del maquillaje, las extensiones de pelo y la mierda que usáis para que parezca que tenéis los labios más gruesos.

«¿En serio?».

—Tal vez, si no fueras tan borde y miraras a la persona cuando le hablas, te habrías dado cuenta de que no uso extensiones de pelo, llevo muy poco maquillaje y estoy rellenita de *forma natural* en *todas* las partes donde tengo que estarlo.

Eso pareció llamar su atención. Levantó la cabeza y echó un rápido vistazo a mi cara antes de fijarse en mi escote. Fue la primera vez que lo vi bien. La cara que acompañaba a esa actitud no era para nada la que me habría esperado. Teniendo en cuenta que se había puesto a la defensiva cuando había dicho que el aspecto de mi posible cita no estaba a la altura, pensé que quizá tuviera experiencia decepcionando a mujeres. Pero estaba claro que ese tío no había decepcionado a nadie. Era más joven de lo que insinuaba su voz malhumorada, y a su pelo castaño oscuro no le habría ido mal un corte. Sin embargo, habría disfrutado peinándolo con los dedos si él hubiera sido mi cita de Tinder. Tenía una mandíbula fuerte y masculina en la que lucía una barba incipiente, una nariz romana, la piel bronceada y unos ojos aguamarina delineados con las pestañas negras más espesas que había visto jamás.

Lástima que también fuera un imbécil.

Cuando sus ojos por fin se encontraron con los míos, arqueé una ceja.

—¿Quién de nosotros es el superficial ahora?

Le tembló el labio.

—En ningún momento he dicho que no apreciara las cosas bonitas. Solo que deberías haberle dado una oportunidad al tío.

Sacudí la cabeza.

—No es que sea de tu incumbencia, pero la razón por la que ese tío no era lo que yo esperaba es porque tenía la marca de su alianza en el dedo. Seguro que se la ha quitado dos segundos antes de entrar. No tenía nada que ver con su aspecto.

—Entonces me disculpo. —Le hizo un gesto al camarero—. Yo invito a su próxima ronda.

Señalé el vaso medio lleno de *whisky* caro que había dejado el chico de Tinder antes de irse sin pagar.

—¿Qué tal si ese lo pagas tú?

Se rio entre dientes.

—Perfecto.

Tomé un sorbo de vino mientras pensaba en el imbécil con el que había perdido tres días hablando. Al final, volví a gritarle a don Arrogante.

—Oye, ¿qué usas?

—¿Perdón?

—¿Qué aplicación de citas usas? Has dicho que debería usar una más respetable.

—Ah. —Se encogió de hombros—. No uso ninguna.

—¿Estás casado?

—No.

—¿Tienes novia?

—No.

—Entonces, ¿qué haces? ¿Te paseas por el supermercado fingiendo que vas de compras?

—Algo así. —Sonrió con satisfacción—. ¿Tú siempre usas Tinder?

—Depende de lo que busque.

—¿Qué buscabas esta noche?

Pensé en la pregunta. Seamos realistas, había encontrado al chico en Tinder hacía tres días y había quedado con él en el bar del vestíbulo de mi hotel. Creo que estaba claro lo que ambos esperábamos que ocurriera. Pero, en realidad, no se trataba del físico, al menos no para mí.

—Olvidar —contesté.

Puede que la máscara de superioridad que llevaba el tío desapareciera, pero solo un poquito. Entonces le sonó el teléfono y deslizó un dedo para responder.

—Diles que me reuniré con ellos en cinco minutos —aseguró—. Tengo que subir a mi habitación a buscar la propuesta y mis notas. —No añadió nada más antes de colgar y levantar la cabeza en dirección al camarero—. Tengo que irme. ¿Puedes cargarlo a mi habitación?

El camarero asintió.

—Por supuesto.

—Habitación 212. —El tío arrogante se metió la mano en el bolsillo y sacó un fajo de billetes. Arrojó unos cuantos sobre la barra y a continuación me miró—. Carga su cuenta de esta noche también a mi habitación, por favor.

—Entendido.

Levanté mi copa de vino.

—Lástima que tengas que irte. Puede que no seas tan imbécil como pensaba.

Le tembló el labio.

—Yo he convocado la reunión, así que no puedo faltar. Pero, desde luego, yo me lo pierdo.

Sonreí.

—Por supuesto que sí…

Aunque, al verlo de pie y darme cuenta de que medía más de metro ochenta y que su camisa de vestir le quedaba *muy* bien, me pregunté si, después de todo, yo también salía perdiendo. No obstante, la cavilación desapareció con solo un gesto de la cabeza.

Cuarenta y cinco minutos más tarde, le pedí al camarero que me guardara el sitio —a pesar de que era la única persona en el bar— y me dirigí al servicio. Bostecé mientras me lavaba las manos, de modo que pensé que era hora de dar por terminada la noche. Pero, cuando volví, había un hombre sentado en la silla contigua a la mía. Y no uno cualquiera: el tipo arrogante e increíblemente atractivo de antes.

Tomé asiento. Ahora tenía una copa de vino recién servido delante.

—¿Qué tal la reunión? —pregunté.

—¿De verdad te importa?

—No, pero soy educada. Algo que deberías intentar de vez en cuando. —Me volví hacia él e intenté ignorar que, de cerca, era incluso más guapo. Nunca había usado la palabra «ardiente» para describir una mirada, pero así era la suya. «Mirada ardiente y seductora». También olía muy bien—. ¿Sabes?, solo porque estés bueno no significa que puedas ser borde. Tal vez eso te funcione en el supermercado, pero no lo hará conmigo.

Enarcó una ceja.

—¿Crees que estoy bueno?

Puse los ojos en blanco.

—Deberías haberte centrado en la parte de ser borde. Por supuesto que lo único que has oído ha sido «bueno».

—¿Por eso elegiste al chico de Tinder? ¿Era educado?

—Era amable, sí. También era divertido y me hacía reír.

Levantó su copa.

—La amabilidad y la diversión te han conseguido un tío casado que te ha cargado con la cuenta. Tal vez deberías probar con alguien que esté bueno y sea borde.

Me reí entre dientes. Tenía razón.

—¿Tienes nombre? ¿O prefieres que me dirija a ti como don Arrogante? Porque así estaba pensando en ti.

Don Arrogante extendió una mano.

—Me llamo Beck.

Cuando puse la mía sobre la suya, se la llevó a los labios y besó la parte superior. Me produjo un cosquilleo en todo el cuerpo. Pero no lo admitiría.

—¿Es así como lo haces en el supermercado? ¿Besas la mano de una desconocida y la invitas a casa?

—Mi casa está a unos cinco mil kilómetros de distancia.

—Oh. ¿Así que no buscas reemplazar al tío que he echado a patadas hace un rato?

Sonrió.

—Si buscas activamente a un sustituto, aquí estoy. Pero, como mínimo, antes me gustaría saber cómo te llamas.

Me reí.

—Nora.

Asintió con la cabeza.

—Encantado de conocerte, Nora.

—¿Qué te trae al medio de la nada, Beck?

—He venido a ver a la familia. ¿Y a ti?

—Viaje de chicas. Estamos de paso unos días.

El teléfono de Beck vibró en la barra. Se inclinó hacia delante para comprobar la pantalla y sacudió la cabeza.

—Me voy medio día y se desata el infierno en la oficina.

—¿No vas a contestar?

—Puede esperar hasta mañana.

—¿Qué haces en tu día a día para ser un hombre tan popular?

—Me dedico a fusiones y adquisiciones.

—Suena interesante, pero la verdad es que no tengo ni idea de lo que significa.

—Depende. Algunos días mi empresa ayuda a otras del mismo tamaño a consolidarse y a convertirse en una gran potencia. Otros días ayudamos a una empresa poderosa a absorber a otra más débil.

—¿La empresa más pequeña quiere que la absorban?

—No siempre. Hay transacciones amistosas y otras hostiles. La de esta noche, el motivo de todas las llamadas, no es una adquisición amistosa. —Dio un sorbo a su bebida—. ¿A qué te dedicas?

—Hago libros ilustrados.

—¿Como esos gordos con fotos de viajes o de la moda a través de los años o lo que sea que la gente deja a la vista en sus casas?

—Esos mismos.

—¿Eres autora o fotógrafa?

Me encogí de hombros.

—Ambas cosas, supongo. Aunque todavía me parece surrealista que me gane la vida haciendo algo tan divertido. Estudié periodismo y aspiraba a ser escritora. La fotografía siempre fue mi afición, pero ahora escribo los textos y hago las fotos para mis libros.

—¿Cómo acabaste en eso?

—Después de la universidad, me puse en contacto con una agente con la esperanza de vender una novela de suspense que estaba escribiendo. Por aquel entonces, tenía un blog por diversión. Hacía fotos de personas que vivían en las calles de Nueva York y debajo de cada una escribía una pequeña historia sobre la persona. Tenía un enlace en la firma de mi correo electrónico. A la agente no le encantó la historia, pero vio el enlace a mi blog y accedió para echar un vistazo. Y me preguntó si me interesaría proponerle un libro ilustrado. Le dije que sí, y en los ocho años siguientes creé veinticinco libros ilustrados sobre la gente que vive en las calles de diferentes ciudades. El año pasado empecé una nueva colección sobre el grafiti y los grafiteros en distintas ciudades.

—Eso suena mucho más divertido que fusiones y adquisiciones.

Sonreí.

—Seguro que sí. Me considero muy afortunada con mi carrera. Me gano bien la vida haciendo lo que me gusta y viajo por todas partes. Además, he conocido a gente increíble por el camino, y dono un porcentaje de todas las ventas de mis libros para que las personas necesitadas puedan aspirar a una vivienda.

Beck recorrió mi rostro con la mirada.

—¿Qué tratas de olvidar, Nora?

Tardé un segundo en entender a qué se refería. Era lo que le había dicho que intentaba hacer con el chico de Tinder.

—¿Acaso no todos queremos olvidar la vida de vez en cuando?

—Quizá. —Se frotó el labio inferior—. Pero, en general, hay algo en particular, como una relación difícil, estrés en el trabajo, dificultades económicas o problemas familiares.

Pasé un dedo por la condensación del fondo del vaso mientras Beck esperaba en silencio mi respuesta. Me volví hacia él.

—¿Quieres saber por qué me gusta Tinder en lugar de conocer a gente en el supermercado o en un bar?

—¿Por qué?

—Porque es fácil encontrar a hombres que están encantados de hacerme olvidar, pero que no se preocupan lo suficiente para preguntarme por qué solo quiero sexo.

Beck inclinó su vaso hacia mí y luego se lo llevó a los labios.

—Entiendo.

Mientras bebía, me fijé en el grueso reloj que llevaba en la muñeca: Audemars Piguet, no Rolex. Siempre he pensado que el tipo de reloj que lleva un hombre dice mucho de él. La mayoría de los hombres usan un Rolex como símbolo de estatus, para demostrar que pueden gastarse el precio de un coche en adornar su muñeca. Y saben que los demás también lo saben, ya que es una de las marcas de lujo más populares del mundo. En cambio, Audemars Piguet no es demasiado conocida entre los no aficionados a la relojería, aunque, en general, es más cara. La mayoría de los hombres llevan un Rolex para otras personas, pero un Audemars Piguet se lleva para uno mismo. En mi opinión, don Arrogante había subido un peldaño.

Lo segundo que solía utilizar para evaluar a un hombre era la bebida que pedía. El vaso de Beck estaba lleno cuando volví del servicio, así que no tenía claro qué líquido ámbar era. Supuse que algún tipo de *whisky*.

—¿Eso es *whisky* escocés? —Señalé el vaso que tenía delante.

Me lo tendió.

—*Bourbon*. ¿Quieres probarlo?

—No, pero tengo curiosidad por saber de qué tipo es.

Ladeó la cabeza.

—¿Por qué?

—No lo sé. Siempre me ha parecido que cierto tipo de hombre pide cierto tipo de bebida. —Señalé su muñeca con la mirada—. Los relojes también pueden decir mucho sobre una persona.

—¿Así que mi reloj y decirte qué marca de *bourbon* bebo te ayudarán a averiguar quién soy?

Me encogí de hombros.

—Tal vez.

Terminó lo que quedaba en su vaso y le hizo una señal al camarero, que se acercó enseguida.

—¿Qué marca has dicho que era? —preguntó.

—Es un Hillcrest Reserve. Hecho a poco más de quince kilómetros de aquí por un destilador de tercera generación.

Beck empujó su vaso sobre la barra.

—Gracias. Tomaré otro cuando puedas.

Una vez que el camarero se alejó, Beck me miró.

—Al parecer, es un Hillcrest Reserve.

Fruncí el ceño.

—¿No lo sabías cuando lo has pedido?

Sacudió la cabeza.

—No. He preguntado si tenían alguno artesanal de fabricación local. Cuando viajo, me gusta probar la comida y el *bourbon* locales. Vivo en Manhattan. Puedo entrar en cualquier bar y tomarme un Macallan a doscientos dólares la copa. Pero no puedo conseguir Hillcrest Reserve.

Sonreí.

—Eso me gusta.

—Pero pareces sorprendida. Supongo que mi selección no coincide con el tipo de hombre que suponías que era.

—La verdad es que no.

—¿Qué creías que bebía?

Mi sonrisa se ensanchó.

—El Macallan de doscientos dólares, la copa que puedes conseguir en cualquier parte.

Se rio entre dientes.

—¿Y qué tipo de hombre pide eso?

Bebí un trago de vino y dejé la copa en la barra.

—El tipo que vive en Manhattan, trabaja en fusiones y adquisiciones y lleva un traje elegante y un Rolex. Básicamente, todos los imbéciles de Wall Street que están en la puerta del Cipriani durante la *happy hour* un viernes por la tarde.

Beck echó la cabeza hacia atrás mientras se reía. Acababa de insultarlo y le había hecho gracia.

—Supongo que la primera impresión que he causado ha sido una mierda.

Me quedé muda.

—Me has dicho que debería buscar un lugar más «respetable» para mis citas.

—Creía que te merecías algo mejor.

—Eres un mentiroso. Solo eres amable ahora porque sabes que buscaba una noche sin ataduras, y crees que tienes una oportunidad de ser el sustituto.

—¿No tengo ninguna oportunidad?

Aproveché un momento para mirarlo de nuevo. «Maldita sea, qué guapo es».

—Tienes una muy pequeña solo porque eres guapísimo.

Una sonrisa lenta y *sexy* se dibujó en su rostro.

—Me gusta tu sinceridad.

—A mí me gusta tu mandíbula.

Le brillaban los ojos.

—Más te gustará mi polla enorme.

Me mordí el labio inferior. La conversación acababa de tomar un giro hacia la mayoría de mis mensajes de Tinder (desde luego, un tema con el que me sentía más cómoda que hablando de por qué quería olvidar mi vida por un tiempo).

—¿Cómo sé que no eres un asesino en serie?

—¿Cómo sabías que el pardillo de Tinder no lo era?

«*Touché*». Le di un sorbo a mi vino.

—¿Cuántos años tienes?

—Soy lo bastante mayor para saber qué hacer contigo, y lo bastante joven como para no tener que tomar una pastilla para hacerlo.

Sonreí con satisfacción.

—Ah, ¿sí? ¿Sabes qué hacer conmigo?

Sonrió con seguridad.

—Sí, lo sé.

El aire crepitaba entre nosotros. Por alguna razón, sabía que ese tío podía cumplir su promesa. Tal vez fuera su confianza o porque un hombre con su aspecto tenía mucha experiencia. Esto último me habría desanimado si hubiera buscado algo más que un rollo de una noche, pero no importaba mucho si servía a mis propósitos.

Lo miré a los ojos, demasiado azules.

—Entonces explícamelo.

—¿Que te explique el qué?

—Lo que harías conmigo.

La sonrisa perversa que apareció en su rostro casi me hizo querer retractarme de lo que le había pedido. Casi.

Beck levantó el vaso y se lo acabó de un trago antes de inclinarse hacia mi oído.

—Empezaría enterrando mi cara en tu coño hasta que te corrieras sobre mi lengua. Luego te follaría como si te odiara.

Dios mío. Se me curvaron los dedos de los pies. «¡Adjudicado!».

Se apartó para mirarme y arqueó una ceja.

Me sentía al borde del abismo mientras me preguntaba si estaba loca por querer llevarme a ese hombre a mi habitación. Mientras deliberaba, miré hacia abajo.

«Madre mía». El pantalón de vestir se le había apretado en la parte superior de uno de sus muslos y se le marcaba un bulto que le bajaba por la pierna. Un bulto muy largo y grueso.

Yo era una mujer que creía en las señales, y *esa* no se me podía escapar, de modo que me bebí de un trago el vino que me quedaba, saqué una de mis dos llaves magnéticas de la habitación del hotel del bolso y la deslicé delante del hombre que estaba a mi lado.

—Habitación 219. Dame diez minutos de ventaja para que me prepare.

Capítulo 2

Beck

—¿Dónde estás? Acabo de pasar por tu despacho y está oscuro. La reunión de Franklin empieza en diez minutos.

Pulsé el botón para activar el altavoz del teléfono y lo coloqué sobre el tocador del baño para poder terminar de afeitarme.

—Estoy en Idaho.

—¿En Idaho? —preguntó Jake—. ¿Qué demonios haces ahí?

—Al parecer, Sun Valley es un buen lugar para saltar desde acantilados. He venido a hacer entrar en razón a nuestra abuela, me ha bloqueado y no puedo llamarla.

—Ay, Dios santo. Deja en paz a la mujer. Está viviendo su vida y haciendo lo que quiere.

—¿Alguna vez te había mencionado que quería tirarse al vacío?

—No, pero seguro que yo tampoco le mencioné que quería tirarme a la enfermera que la atendió cuando estuvo en el hospital el año pasado. No lo contamos todo en las reuniones familiares.

Mi hermano no se preocupaba por nada. Quizá porque solo tenía veintitrés años y aún se creía invencible. Diez años y un matrimonio antes, probablemente yo también tenía muchas menos preocupaciones.

—Creo que la amiga con la que viaja es un poco inestable y la empuja a cometer algunas locuras.

—¿Por qué dices eso?

—Bueno, para empezar, esa mujer me mandó ayer un mensaje para decirme que debería dejar de creer que soy el ombligo del mundo.

—¿La amiga de la abuela te manda mensajes?

—La abuela me dio su número para emergencias justo antes de bloquearme.

—Déjame adivinar, ¿lo has usado para acosar a esa agradable ancianita porque no puedes contactar con la abuela?

—¿Agradable ancianita? —Tensé la piel del cuello y me afeité una línea limpia. Cuando tracé la curva de la barbilla, me corté. «Mierda. Maldita cuchilla barata de hotel». Cogí un trozo de papel higiénico para que dejara de sangrar—. Esa agradable ancianita también me dijo que era una viruta gris en una magdalena arcoíris.

Jake se rio entre dientes.

—Tío, te tiene calado y ni siquiera te conoce. Deberías relajarte un poco. La abuela solo quiere divertirse. Si yo estuviera en su lugar, preferiría tres meses de vida que un año esperando la muerte.

Fruncí el ceño. No volvería a meterme en ese debate. Hacía tres semanas que le habían dicho a nuestra abuela que el cáncer de páncreas había vuelto. Era la tercera vez en diez años, y ahora había hecho metástasis en los pulmones y el esófago. Los médicos dijeron que otra ronda de quimio y radio probablemente solo alargaría su esperanza de vida de tres a nueve meses, aunque también mencionaron que había un uno por ciento de probabilidades de que el tratamiento devolviera el cáncer a la fase de remisión y viviera mucho más tiempo. La abuela había decidido no someterse a ninguno esta vez, cosa que todos apoyamos, aunque yo, de manera egoísta, quería que aprovechara la oportunidad de seguir por aquí diez años más.

Pero luego decidió embarcarse en un viaje sin sentido con una mujer que ninguno de nosotros conocía, y últimamente parecía estar en una misión suicida.

—Tengo que colgar. No sé a qué hora se van y necesito un café antes de ir a discutir con la abuela.

—¿Qué quieres que haga con la reunión?

—Encárgate tú.

—Sueles odiar la forma en que me encargo de las cosas.

—Sorpréndeme. Adiós. —Colgué y terminé de afeitarme.

Un rato más tarde, bajé al vestíbulo del hotel en busca de cafeína. Después de servirme una taza, me giré para buscar la crema y el azúcar y me encontré con un precioso par de ojos verdes. En ese momento me lanzaban dagas.

«Mierda».

Nora. La preciosa rubia de la noche anterior.

Estaba sentada en una mesa a poco más de un metro y medio de distancia.

—Veo que has encontrado dónde está el café —comentó—. Sin embargo, ¿anoche te perdiste de camino al segundo piso?

Me metí las manos en los bolsillos. Me sentía como un idiota.

—En cuanto a eso…

Una voz conocida, que venía de detrás de mí, interrumpió nuestra conversación.

—Buenos días, cielo.

Me giré y me encontré a mi abuela. Supuse que me hablaba a mí, pero arrugó la frente al verme.

—¿Beckham? ¿Qué haces aquí?

—He venido a hacerte entrar en razón.

—Un momento… —Nora se quedó con la boca abierta—. ¿Beck de Beckham, el nieto gruñón de Louise?

Me volví hacia ella.

—¿Conoces a mi abuela?

—Eh… Hemos viajado juntas durante las últimas dos semanas.

—¿Tú eres Eleanor Sutton? Creía que habías dicho que tu nombre era… —«Mierda, tiene que ser una broma». Sacudí la cabeza—. ¿Nora…, diminutivo de Eleanor?

Suponía que Eleanor tenía setenta años, no que era una rubia explosiva de veintitantos.

La abuela hizo un gesto entre los dos.

—¿Os conocéis?

No le iba a explicar a mi abuela que le había dicho a su amiga que quería follármela como si la odiara y que luego no me había presentado para cumplir con mi palabra. Así que no estaba seguro de cómo responder. Por suerte, Nora fue más rápida que yo.

Mostró una sonrisa que hasta yo sabía que era forzada.

—Acabamos de conocernos en la cafetería.

Mi abuela dio un paso al frente y me besó una mejilla.

—Hola, cariño. Siempre es un placer verte. Pero, si has venido a echarme un sermón, me temo que has desperdiciado el viaje y puedes dar media vuelta, mover el culo y no dejar que la puerta lo golpee al salir.

No pude evitar sonreír.

—Veo que tu chispeante personalidad se mantiene intacta. ¿Cómo te encuentras, abuela?

—Si los estúpidos médicos no hubieran ido y me hubieran dicho que el diablo había vuelto, ni me habría enterado. Tal vez un poco más cansada de lo habitual, pero, ahora que lo pienso, no paramos ni un segundo.

—Me alegra oír eso. ¿Te traigo un café?

—Creo que tenemos que ponernos en marcha.

—En realidad… —Nora frunció el ceño—. Te he mandado un mensaje antes, Louise. Supongo que aún no lo has leído. Han cancelado el salto de esta mañana debido a los fuertes vientos. La empresa me ha dicho que me informarán a mediodía para saber si habrá una sesión de salto por la tarde; pero, si pudiera hacerse, no sería hasta las cuatro.

—Bueno, entonces… —La abuela se volvió hacia mí—. Estoy respirando y me he pintado como una puerta. De modo que puedes llevarnos a desayunar, a ser posible a algún sitio que tenga Kahlúa para echarle al café.

Sonreí.

—Hecho.

—Creo que yo me quedo aquí —respondió Nora—. Tengo trabajo con el que ponerme al día.

—Tienes que comer. Tal vez incluso deje que mi nieto pague la cuenta. Además, quizá pueda demostrarte que no es tan idiota como parece por escrito.

Daba la impresión de que Nora quería retirarse de nuevo, pero era difícil decirle que no a mi abuela.

—Vamos. —La abuela hizo un gesto hacia el vestíbulo—. Se suponía que íbamos a tirarnos en paracaídas, por lo que no hay nada que tengas que hacer que no pueda esperar una hora.

Nora forzó una sonrisa.

—Claro, vamos.

—Tomaré unos huevos benedictinos y un café con un chupito de Kahlúa —le pidió la abuela al camarero.

El hombre sonrió.

—Me temo que no tenemos Kahlúa. En realidad, no tenemos ningún licor.

—No pasa nada. —Mi abuela palmeó su bolso—. Tengo un poco aquí. Puedes fingir que no me ves mientras lo echo en nuestras bebidas. No quiero quitaros el dinero, pero tampoco espero que me quites la felicidad.

El camarero se rio.

—Haré la vista gorda.

Nora fue la siguiente en pedir su comida. Mientras hablaba, me concentré en el movimiento de sus labios, esos labios que había imaginado alrededor de mi polla mientras me aliviaba en la ducha esa mañana. No había sido fácil comportarme la noche anterior, sobre todo después de darme cuenta de que mi habitación se encontraba al otro extremo del mismo pasillo de la suya. Pero, cuando pagué la cuenta del bar y vi cuántas copas de vino se había bebido, no pude hacerlo. Quizá era un hombre del que algunas mujeres se arrepienten, pero nunca sería porque no hubieran tenido la capacidad de decir que no.

—¿Señor? —Levanté la vista para encontrar al camarero con cara expectante.

La sonrisa traviesa de Nora me hizo sospechar que sabía en qué pensaba en ese momento.

Me aclaré la garganta.

—Tomaré los huevos benedictinos y un café con crema, por favor. —Cuando el camarero se marchó, me puse la servilleta sobre el regazo—. ¿De qué os conocéis? No recuerdo que mencionaras a Nora antes de este viaje.

La abuela palmeó la mano de Nora.

—Vive en mi edificio.

—Al menos el blog ahora tiene sentido. —La compañera de aventuras de la abuela había documentado su viaje desde el principio, y la había grabado en vídeo haciendo todo tipo de locuras. La página se llamaba *Vive como si te estuvieras muriendo*.

—¿A qué te refieres? —preguntó Nora.

—Bueno, había dado por hecho que eras mayor. No conozco a demasiada gente de la edad de mi abuela que tenga un blog. —Miré a la abuela—. No te ofendas.

Cruzó los brazos sobre el pecho.

—Bueno, si ella no se ofende, yo sí. No hay una edad determinada para que las mujeres hagan cosas. ¿Por qué solo una persona joven puede escribir en un blog o practicar paracaidismo?

Ay, Dios. Esa sí que era la mujer con la que me había enviado mensajes.

—No he dicho que la gente mayor no pueda hacer esas cosas. Solo he dicho que no conozco a demasiados que lo hagan.

—¿Alguna vez te has parado a pensar que eso se debe a que los jóvenes de mente estrecha son intolerantes con la edad y desaniman a sus familiares a vivir su vida al máximo cuando, en realidad, deberían animarlos? Lo creas o no, tu abuela no tuvo que ir a una clase de tecnología en la biblioteca para saber cómo bloquearte.

Miré a mi abuela.

Sonrió.

—No me mires en busca de ayuda. Has cavado tu propia tumba con Eleanor desde que te di su número para usarlo en caso de emergencia.

—Hablando de esos maravillosos mensajes que hemos intercambiado —siguió Nora—. La próxima vez que seas borde conmigo o me exijas que le pase un mensaje a tu abuela, sobre todo uno que sabes de sobra que le molestará, también te bloquearé.

Por lo general, si alguien me hablara así, me pondría en pie de guerra y esperaría mi turno para partirle la cara. Pero, por alguna extraña razón, lo único en lo que podía pensar era en discutir con esa mujer en privado y luego quitarle esa actitud a pollazos.

Sonreí con satisfacción.

—Tomo nota. Gracias por avisar.

Mi conformidad pareció disipar su enfado y, durante medio segundo, me planteé sacar a colación el número de muertes que se habían producido al saltar en paracaídas en los últimos años solo para discutir otra vez con ella. Pero entonces la abuela se puso a hablar de una excursión de esnórquel que estaban planeando, y la forma en que se le iluminaron los ojos hizo que se me ablandara el corazón. El esnórquel parecía bastante inofensivo...

—Y, una vez que le cogemos el truco —explicó—, empiezan con el cebo.

—¿El cebo?

La abuela asintió.

—Para los tiburones.

«A la mierda el inofensivo viaje para hacer esnórquel».

—¿En serio, abuela? ¿Nadar con tiburones? ¿Por qué no puedes hacer esnórquel y observar los peces de colores?

—¿Por qué haría eso cuando puedo ver a un monstruo gigante con cinco filas de dientes *comerse* todos los peces de colores?

—Entiendo perfectamente que quieras viajar y hacer cosas, pero ¿por qué tienen que ser todas peligrosas? Nunca tuviste ganas de hacer nada de esto antes de enterarte…

La abuela frunció el ceño.

—Me enteré de que *me estoy muriendo.* Puedes decirlo, Beckham. Me estoy muriendo. Lo más probable es que dentro de unos meses ya no esté por aquí. Así que ¿por qué no hacer cosas que me dan un subidón de adrenalina y me hacen temer mi propia mortalidad? Está claro que sentada en casa no le temo a nada. Quiero decir, ¿qué es lo peor que puede pasar? ¿Cruzar con el semáforo en rojo y que me atropelle un taxi? Quiero sentirme viva. Y, diablos, si me voy un poco antes de lo esperado porque las alas de mi traje aéreo no aguantan lo suficiente o un tiburón piensa que sería un buen postre, al menos tendré un obituario de la hostia.

Era lo bastante listo como para saber cuándo debía callarme. Ya hablaría con mi abuela cuando estuviera sola y no tan irascible. Cambié de tema e intenté disfrutar mientras me explicaba todas las cosas que habían hecho hasta entonces. El resto de la comida transcurrió en paz.

Cuando volvimos al hotel, la abuela dijo que iba a descansar un rato. Mencionó que había estado demasiado nerviosa por el inminente salto en paracaídas para dormir bien por la noche, por lo que la acompañé a su habitación y le pregunté si podíamos comer juntos, los dos solos.

En la puerta, me dio un beso en la mejilla.

—Estoy encantada de pasar tanto tiempo contigo como sea posible. Pero no me harás cambiar de opinión, Beck.

—¿Te paso a buscar hacia el mediodía?

De vuelta en mi habitación, decidí llamar a la puerta de Nora. Agradecí que mantuviera en secreto lo que había pasado entre nosotros. Y le debía una disculpa. También me di cuenta de que tendría más posibilidades con la abuela si Nora estaba en mi equipo. Aunque eran una extraña pareja, parecían muy unidas.

A Nora se le desencajó la cara cuando abrió y me vio.

—Espero que no creas que seguiremos con lo de anoche. Perdiste tu oportunidad cuando me dejaste plantada.

—En cuanto a eso…

Empezó a cerrar la puerta.

—No necesito explicaciones. Tú te lo pierdes.

Metí un pie en el hueco.

—Espera un segundo. Me gustaría explicártelo de todos modos.

Puso los ojos en blanco.

—Di lo que tengas que decir y vete.

—Te tomaste seis copas. Lo vi cuando pagué la cuenta.

Se encogió de hombros.

—¿Era demasiado dinero para ti? No te lo devolveré.

—No me quejo del coste. Pero las seis copas son la razón por la que no vine, por mucho que quisiera. Y, créeme, tenía *muchas muchas* ganas de hacerlo. Puede que incluso me quedara diez minutos delante de tu puerta intentando convencerme de que no sería un capullo por llamar, ya que me habías invitado. Pero, al final, no podía aprovecharme de una mujer que había bebido demasiado.

—Solo dos de esos vinos eran míos. Louise y yo quedamos con dos chicas para tomar algo antes de encontrarme con el pardillo de Tinder. Le dije que yo pagaría la cuenta. Estaba perfectamente sobria, y más teniendo en cuenta que llevaba allí sentada un par de horas. —Ladeó la cabeza—. Y, por cierto, *buscaba* que se aprovecharan de mí.

Dejé caer la cabeza.

—Joder.

—De todos modos, fue para bien. Es obvio que no sabía que eras el nieto de Louise, el que me ha estado dando órdenes como si trabajara para él.

Me pasé una mano por el pelo.

—Es mi abuela. Estoy preocupado por ella.

Nora se llevó las manos a la cadera.

—Porque está haciendo cosas peligrosas por primera vez en su vida, ¿verdad?

—Así es.

—¿Sabías que tu abuela tiene el título de submarinista? Fue una de las primeras mujeres en hacer el curso de certificación en 1967. Su tipo de inmersión favorita era para explorar restos de naufragios en alta mar.

—¿De qué hablas?

—¿Sabías que a los veintitrés años navegó por las cataratas de Lava, uno de los descensos de aguas bravas más difíciles del mundo?

—¿En serio?

Asintió con la cabeza.

—Tu abuela no es la mosquita muerta que crees. Es la hostia. Tal vez, si dejaras de verla como una mujer vieja y frágil que necesita que la cuiden, serías capaz de darte cuenta.

—¿Por qué nunca dijo nada?

Nora negó con la cabeza.

—Quizá porque nunca preguntaste. ¿Sabes cómo se conocieron ella y tu abuelo? ¿O por qué vamos a un rancho de Utah a visitar a un hombre que ella no ha visto en sesenta años?

Ya había soltado lo importante. Ahora solo me estaba cabreando.

—¿Sabes quién se sentó a su lado cada día después de su primera operación de páncreas? ¿O después de que el cáncer regresara y ella estuviera enferma durante meses por el tratamiento? No pongo en duda que te preocupes por tu abuela. Lo único que digo es que debes apoyarla en sus decisiones, sean cuales sean.

Me quedé callado un momento.

—¿Por qué haces esto?

—Porque has llamado a mi puerta.

Negué con la cabeza.

—No. ¿Por qué viajas con una mujer que te triplica la edad? ¿Qué ganas con eso?

Se le dilataron las fosas nasales.

—Que ¿qué gano yo? Que te den.

—La gente no suele hacer cosas sin sacar algo a cambio.

—¿Qué insinúas?

—No insinúo nada. Solo te pregunto por qué haces este viaje.

Su respuesta consistió en un gruñido. Como si fuera un animal. Justo antes de darme con la puerta en las narices.

Parpadeé un par de veces y entonces una sonrisa se dibujó en mi cara, algo que me sorprendió incluso a mí. Probablemente necesitaba que me examinaran la cabeza, pero Nora Sutton estaba *sexy de cojones* cuando se enfadaba.

Capítulo 3

Beck

—Espero de verdad que no hayas venido aquí esperando que se repita lo de anoche —soltó Nora.

Tomé asiento en la barra junto a ella y negué con la cabeza.

—El *jet lag* me está volviendo loco.

Asintió y volvió a fijar la mirada en su vino.

—¿Qué tal el salto en paracaídas de esta tarde? —le pregunté.

Nora frunció el ceño.

—¿Louise te ha dicho que hemos ido?

Negué con la cabeza.

—Resulta que estaba mirando por la ventana hacia las tres de la tarde y os he visto salir a hurtadillas hacia el coche. Dos minutos después, la abuela me ha llamado para decirme que aún no se había echado la siesta, pero que probablemente dormiría unas horas. He sumado dos más dos. Además, he visto la foto que has colgado en tu blog. Por cierto, es la primera imagen tuya que publicas. ¿Por qué?

—No me había dado cuenta. Pero supongo que es porque el blog trata del viaje de Louise.

—Y bien, ¿qué tal la tarde?

Nora sonrió.

—Ha sido increíble. Aunque no te habría gustado. Parece que estás en contra de la diversión.

El camarero se acercó y pedí el mismo *bourbon* de la noche anterior.

—No te gusto demasiado, ¿verdad? —le pregunté.

—La verdad es que no. Creo que eres arrogante.

Esperé a que me trajeran la bebida y me la tomé de un trago. Me quemó al tragar, pero me sentó bien.

—A mí tampoco me caes especialmente bien. Opino que eres creída e irritante.

Sonrió mientras se llevaba el vino a la boca.

—Parece que te gustan algunas partes de mí. Esta mañana, durante el desayuno, te he visto echarme un vistazo varias veces.

—También me he quedado mirando la foto que has colgado en tu blog. Pero llevabas un mono ceñido de goma. Hasta los putos pájaros te miraban. Eso no significa que me gustes.

Ella sacudió la cabeza y se rio.

—Bueno, parece que tendremos que encontrar una manera de tolerarnos, ya que a ambos nos importa tu abuela. Quizá deberíamos darnos la mano y hacer las paces.

—O… —Esperé hasta que me miró—. Podemos follarnos con odio hasta que se nos pase.

—Parece que solo hablas de follar con odio. ¿Es lo que te gusta?

—Nunca lo he hecho. Pero me cabreas, y eso hace que quiera arrancarte la ropa.

Me miró la entrepierna y suspiró.

—Qué pena que seas el nieto de Louise. Porque a mí también me gusta una parte de ti.

Sonreí.

—Quizá deberías ver esa parte de cerca. Si es justo en tu cara, mejor.

Se rio y se terminó el vino antes de volverse hacia mí y tenderme una mano.

—¿Amigos?

Le cogí la mano, pero, en lugar de estrechársela, me la llevé a los labios y le mordí un dedo.

—¡Ay!

Besé la zona y sonreí.

—Si insistes. Aunque me gusta más mi idea.

—Apuesto a que sí…

Como no quería ser un cerdo, cambié a un tema más seguro.

—Y, bien…, nunca te había visto por aquí. ¿Cuánto hace que vives en Vestry?

—¿Vestry?

—Las torres Vestry. Mi abuela dijo que vivías en su edificio.

—Ah, sí. —Sacudió la cabeza—. Ya. No hace mucho. Alrededor de un año, tal vez. Pronto volveré a California. Soy de allí. Me mudé a Nueva York para la universidad y ya no volví.

Nos quedamos callados unos segundos.

—¿Puedo preguntarte algo sin que te enfades?

Sonrió.

—Es probable que no. Pero dispara de todos modos.

—Antes te he preguntado por qué hacías este viaje…

—En realidad —interrumpió—, me has preguntado qué ganaba con el viaje, como si estuviera jugando a algo.

—Cierto. —Asentí—. Tal vez mi pregunta no ha sido muy agradable. Estoy seguro de que mi personal confirmaría que tengo la costumbre de hablar sin rodeos, lo que a veces puede resultar incómodo.

—Supongo que más a menudo de lo que imagino.

—Probaré a plantear la pregunta de esta manera: cuando te enteraste de que mi abuela planeaba este viaje, ¿qué te hizo decidirte a acompañarla?

Nora se quedó mirando su copa de vino.

—Mi madre murió muy joven. Solo era un poco más mayor que yo ahora. Pensar en ello me ha hecho plantearme las cosas de otra manera. En lugar de preguntarme por qué debería ir, ahora me pregunto por qué no debería. La vida es corta.

—Lo siento mucho.

—Gracias.

—¿Te importa si te pregunto cómo murió?

Se le tensó el rostro, transmitía dolor, y me arrepentí de inmediato de haber formulado la pregunta.

—Lo siento. —Levanté una mano—. No debería haberlo preguntado.

—No pasa nada. Se llama rabdomiosarcoma, es un tumor cardíaco maligno. Es poco común.

—¿No se podía tratar?

—Algunos pueden quitarse, otros no. Ella no fue una de las afortunadas.

Asentí con un gesto.

—Gracias por contármelo.

Se terminó el vino.

—¿Ahora me toca a mí? No tengo ninguna pregunta, pero lo que tengo que decir seguro que te hará enfadar.

Sonreí.

—Dispara.

—Deja de darle el peñazo a tu abuela por sus elecciones. Son suyas, y está disfrutando.

—Ya lo he visto. Tenía una sonrisa enorme cuando volvisteis al hotel después del salto.

—Da miedo saber que perderás a alguien. Lo entiendo. Pero te prometo que tu abuela no desea morir. Solo quiere sentirse viva, y acercarse a la muerte a su manera se lo permite.

—Haré un esfuerzo.

—Habla de ti constantemente, ¿sabes?

—Oh, oh.

Nora sonrió.

—La mayor parte de lo que cuenta es bueno. Aunque quiso abofetearte cuando le dijiste que le *prohibías* tirarse desde la avioneta. ¿No te has dado cuenta de que cuando le dices a cierto tipo de mujer que no puede hacer algo solo consigues que quiera hacerlo con más ganas?

Me froté el labio.

—Un cierto tipo de mujer, ¿eh? Tengo la sensación de que, en este viaje, mi abuela no es la única que entra en esa categoría.

—Puede que no. —Sonrió.

Me incliné hacia ella.

—Te prohíbo que te acuestes conmigo.

Nora inclinó la cabeza hacia atrás entre risas. Era una vista espectacular.

—Tu abuela dice que eres un chulo —dijo mientras sacudía la cabeza—. Ya veo por qué.

—¿Qué más dice mi abuela sobre mí?

—Muchas cosas. Que eres inteligente, el primero de tu clase en Princeton. Que tienes éxito: creaste tu propia empresa un año después de acabar la universidad e invertiste sabiamente en propiedades inmobiliarias en Manhattan. Que trabajas demasiado, y que, al parecer, eso viene de tu abuelo. Que estás divorciado y tienes una niña adorable que creo que tiene seis años…

Asentí.

—¿Qué más?

—Estás muy unido a tu hermano, que tiene diez años menos que tú, es todo lo contrario a ti y te saca de quicio, pero, aun así, lo contrataste porque eres muy leal. Ah, y una vez fuiste con tu abuela a recoger a tu hermano pequeño a la guardería. Insististe en que tú debías llevar el portabebés en lugar de ella. Y ninguno de los dos os disteis cuenta hasta que llegasteis a casa de que habíais cogido al bebé equivocado. Cuando volvisteis, la policía estaba allí porque la madre pensaba que alguien le había robado al niño.

Dejé caer la cabeza.

—Madre mía, ¿tenía que contarte eso? Me había vendido tan bien con lo del principio…

Sonrió.

—Otra vez, cuando estabais en el metro, un ratón corrió por el vagón. Tú preguntaste cómo había entrado y tu abuela te contó que el esqueleto de los ratones les permite colarse por pequeñas rendijas. Dormiste boca arriba durante un mes antes de que ella descubriera que temías darte la vuelta por miedo a que te entrara uno en el culo.

—¿En serio? ¿Por qué te contó eso?

Se encogió de hombros.

—Una noche estábamos en el andén del metro esperando un tren y un ratón cruzó corriendo las vías. Louise se echó a reír a carcajadas y luego me explicó por qué. No mencionó tu edad, así que espero que no fuera demasiado reciente.

—Listilla. —Terminé mi bebida y levanté una mano para llamar al camarero—. Tienes una ventaja injusta. No conozco ninguna historia sobre ti.

—Y así seguirá siendo. —Se rio.

El camarero se acercó. Señaló mi bebida.

—¿Lo mismo?

—Por favor. —Miré a Nora—. ¿Otro vino?

Ella negó con la cabeza.

—No, gracias.

—Tómate otro. Me voy por la mañana, y ni siquiera te estoy molestando ahora mismo.

—En realidad, tengo trabajo que hacer, correcciones de mi próximo libro que necesito aprobar. Son para hoy.

Qué decepción. Incluso sin la posibilidad de volver a su habitación, Nora parecía animada. Y yo disfrutaba escuchando lo que salía de aquellos labios carnosos, aunque seguía deseando meter algo entre ellos.

Sacó la cartera.

La detuve.

—Invito yo, por favor. Es lo mínimo si tenemos en cuenta todo lo que haces con mi abuela.

Sonrió con tristeza.

—Aún no lo entiendes. Recibo tanto de Louise como lo que yo le doy. No es un favor ni una carga. Solo hacemos cosas que ambas queremos hacer. —Metió la cartera en el bolso y se levantó—. Pero gracias de todos modos. Ha sido un placer conocerte, Beck. Al menos, creo que lo ha sido.

Me reí entre dientes.

—Todavía tengo la llave de tu habitación, ¿recuerdas? Podría dejar que acabes tu trabajo y luego terminar lo que casi empezamos anoche.

Se inclinó y me besó una mejilla.

—Seguro que no es una buena idea ahora que sé que eres el nieto de Louise. Pensaba utilizarte.

—Me parece bien que me utilicen…

Se rio.

—Buenas noches, Beck. Quizá volvamos a vernos algún día.

Capítulo 4

Beck

—Justo cuando empezaba a sentirme cómodo dando órdenes por aquí... —Mi hermano se apoyó en el marco de la puerta de mi despacho—, vuelve el ogro.

—¿Tú has dado órdenes? ¿Tengo que declararme en quiebra?

Jake se apartó de la puerta y entró en mi despacho. Se apoyó en el respaldo de una de mis sillas de invitados y la inclinó para que las patas delanteras se despegaran del suelo. Fijó la mirada en las múltiples tiritas que tenía en las manos.

—¿Qué demonios te ha pasado?

—Bitsy es lo que ha pasado —refunfuñé.

Jake levantó las cejas.

—¿La perra de la abuela? ¿Te ha mordido?

—Esa perra me odia. La cabrona espera hasta que me quedo dormido, y luego se sube a la cama para despertarme mordiéndome los dedos. Todas las malditas noches.

Mi hermano se rio.

—No tiene gracia. También puedes llevártela tú, ¿sabes? Tuve que pedirle al hijo del vecino que la cuidara mientras no estaba.

—La abuela te lo pidió a ti. Además, a veces no vuelvo a casa por la noche.

Sacudí la cabeza.

—¿Querías algo? Tengo que ponerme al día.

—¿Qué tal la abuela?

—Pues cabezota. Obstinada. Terca.

Jake sonrió.

—Así que ¿actúa con normalidad? ¿Todavía no hay señales de que el cáncer la afecte?

Me quité la chaqueta del traje y la colgué en el respaldo de la silla antes de moverla para tomar asiento.

—Creo que podría ser la primera persona a la que el cáncer tiene demasiado miedo para atacar por tercera vez.

—¿Conociste a la mujer con la que viaja? ¿La que se ha comportado como una zorra contigo?

—Oh, sí, por supuesto que la conocí.

—¿Y fue muy mal? ¿Os peleasteis otra vez?

—Algo así…

No le conté que, aunque la amiga de la abuela podía ser como un grano en el culo, también había sido el objeto de mis sueños las últimas noches. Si mi hermano lo supiera, no dudaría en subirse a un avión e ir a visitar a nuestra abuela. Jake, con su aspecto juvenil y la estructura ósea y la sonrisa con hoyuelos de nuestro padre, podía encandilar a cualquier mujer que conociera. El hecho de que llevara trajes de cinco mil dólares y un reloj llamativo también ayudaba. En ese momento, posé la mirada en la muñeca de mi hermano. Un Rolex. Pensándolo bien, quizá no lo tendría tan fácil con Nora…

—¿Qué me he perdido por aquí? —pregunté mientras me remangaba la camisa.

Mi hermano se sentó.

—No quería contártelo mientras estabas de viaje, pero nuestros auditores han pillado a alguien robando.

Tensé las manos.

—¿A quién?

—Ginny Atelier, del departamento de cuentas a pagar. Mientras revisaban los números, vieron que algunos de los cheques de caja no tenían sus recibos correspondientes. Cuando le preguntaron al respecto, se echó a llorar y admitió que había cogido el dinero.

«Joder». De todas las personas que trabajaban para mí, ¿tenía que ser ella?

—¿Dio alguna razón?

Mi hermano asintió.

—Afirma que su madre está enferma y que necesita dinero para comprar medicamentos que su seguro no cubre. Ya he hablado con Recursos Humanos. Esperan tu visto bueno para despedirla.

Respiré hondo y negué con la cabeza.

—Quizá no deberíamos despedirla.

Abrió los ojos de par en par.

—¿Qué has dicho? Vale, es una historia que toca nuestra fibra sensible, pero no despedirla es lo último que esperaba de ti.

—¿Por qué? Tengo corazón…

Mi hermano me miró con los ojos entrecerrados.

—No, no lo tienes. Has despedido a gente por mirarte mal, así que tiene que haber algo más. ¿Qué ocurre?

Me pasé una mano por el pelo y suspiré.

—Maldita fiesta de Navidad y esos estúpidos martinis de menta. Por algo bebo *bourbon* y me alejo del vodka.

Jake se rio.

—Dios mío, ¿te has liado con una empleada? Eres un capullo. ¿Cuántos sermones me has echado sobre mojar mi pluma en la tinta de la empresa?

—Eres un empleado.

—¿Y? ¿Solo el jefe puede follarse a empleadas?

—Tú eres el capullo.

—Quizá. —Mi hermano se echó hacia atrás con una sonrisa de oreja a oreja—. Pero al menos no me he follado a nadie del personal.

Suspiré.

—Déjame hablar con los abogados antes de tomar una decisión sobre cómo gestionarlo.

—Entendido, hermano.

Encendí el ordenador y esperé que captara la indirecta de que la conversación había terminado. Por supuesto, no lo hizo.

Fruncí el ceño.

—¿Qué? ¿Hay algo más de lo que tengamos que hablar? Si no, tengo mucho trabajo que hacer.

—No, solo disfruto del incendio. Tus cagadas son muy poco habituales.

Señalé la puerta.

—Lárgate. O reemplazarás a Ginny en la cola del paro.

No suelo consultar los mensajes durante una reunión, pero esa era aburridísima, y en la notificación apareció el nombre de Nora, así que lo abrí. Una foto de mi abuela montada encima de un delfín llenó la pantalla. Parecía Rose en *Titanic,* con los brazos extendidos mientras el animal la impulsaba hacia delante. Sonreí y respondí.

Beck: Esa sí que es la velocidad de mi abuela.

La respuesta fue tan rápida como su ingenio.

Nora: Sé bueno o no te enviaré más fotos. Tu abuela disfruta de la vida. Quizá deberías intentarlo alguna vez. ¿Qué haces ahora mismo? ¿Sentado en alguna reunión aburrida?

Me reí entre dientes.

La analista que hacía la presentación dejó de hablar y todas las cabezas se giraron en mi dirección. Debía de haber hecho más ruido de lo que pensaba. Sacudí la cabeza y señalé las cifras proyectadas en la pantalla.

—Prestad atención.

Nora había asegurado que ella y mi abuela solo hacían cosas que ambas querían hacer, por lo que ella también debía de haber nadado con delfines.

Beck: Supongo que tú también has tomado parte en el baño de hoy, ¿no?

Ignoré la reunión para observar cómo se movían los tres puntitos en la pantalla.

Nora: En primer lugar…, ¿tomado parte? ¿Qué tienes, noventa años? Quizá si hablaras como una persona joven, podrías actuar como tal y divertirte un poco. Pero, sí, hoy he nadado con delfines, y ha sido increíble.

Beck: ¿Puedo ver una foto?

Nora: Solo quieres verme en traje de baño…

Sonreí mientras miraba el móvil.

Beck: Solo quería ver lo que me perdí por ser un caballero.

Nora: Mucho. Créeme.

No tenía ninguna duda de que decía la verdad.

Beck: ¿Y cuál es el siguiente plan?

Nora: Estaremos aquí unos días más y la semana que viene vamos a las Bahamas a apostar y tomar el sol. Después de eso, a Montana para un viaje por la naturaleza.

Beck: ¿Un viaje por la naturaleza?

Nora: Al bosque nacional de Gallatin. Pasaremos dos noches en un rancho, montaremos a caballo durante el día y acamparemos después de un paseo a caballo por las montañas.

Eso me hizo reflexionar.

Beck: Mi abuela nació y se crio en Manhattan. No creo que sea una vaquera experimentada.

Nora: De ahí las dos noches en el rancho, para aprender a montar antes de ir a las montañas.

Beck: ¿De quién fue la idea de esta excursión?

Nora: Mía.

Beck: ¿Tienes experiencia cabalgando?

Nora: Sí, pero no caballos…

Terminó con una carita guiñando el ojo.

Nora: ¡Tengo que irme! Louise acaba de entrar. Nos espera una hora y media de coche para llegar a una cena con espectáculo.

Al menos eso sonaba bien para la abuela.

Beck: Pásatelo bien, y dile a mi abuela lo mismo, por favor.

Nora: ¡Lo haremos! Tengo suficientes billetes de un dólar para que sea más que agradable. ☺

Puse los ojos en blanco. Y yo que pensaba que verían una versión de *Jersey Boys* o algo por el estilo.

Unos minutos más tarde, mi aburrida reunión terminó y recogí las presentaciones que me habían entregado, como si hubiera alguna posibilidad de que las leyera cuando ni siquiera habían llamado mi atención cuando las habían presentado. Al levantarme, me sonó el teléfono. Era Nora otra vez, así que lo desbloqueé para leerlo antes de salir de la sala de conferencias.

Nora: Aquí tienes tu premio de consolación. Intenta divertirte esta noche, don Aburrido.

Debajo había una foto de Nora con un bikini amarillo montada encima de un delfín.

Joder. Qué curvas tenía. Tetas grandes y firmes que parecían estar a punto de salirse del bikini, pezones que apuntaban directamente a la cámara, una cintura diminuta y el tipo de cadera y muslos que me gustaban en una mujer: curvas que daba gusto tocar en la oscuridad.

Pensé en contestar, pero no se me ocurría nada decente que decir. En lugar de eso, guardé la foto en la galería del teléfono y pensé: «Oh, claro que me divertiré esta noche... con tu foto».

—Puede que tengamos un pequeño problema.

Yates Bradley. No era la primera vez que se sentaba al otro lado de mi mesa y soltaba esas palabras. Cuando lo había aceptado como cliente hacía dieciocho meses con el objetivo de vender su conglomerado mundial de alimentos para bebés, no tenía ni idea de dónde me metía. El tío era una pesadilla andante de las relaciones públicas, y ya habían fracasado dos acuerdos por culpa de la mierda que habíamos descubierto durante las diligencias realizadas. Ahora estábamos a diez días de cerrar la venta con un tercer comprador, y yo estaba convencido de que no habría más trapos sucios por descubrir. Debería haberlo previsto.

Me recosté en la silla y tensé los dedos.

—¿Qué pasa ahora?

—Mi mujer me ha engañado.

—Lamento oír eso, pero no debería ser relevante para finalizar la venta, si eso es lo que le preocupa.

—Hay cosas que podrían... salir a la luz.

«Mierda». ¿Y ahora qué?

—¿Qué tipo de cosas?

—Se tiraba a su monitor de yoga.

Parecía que estábamos jugando a las veinte preguntas y yo tenía que adivinar la que me estallaría en la cara.

—La señora Bradley no es empleada ni accionista de su empresa, así que, aunque es una lástima, no veo por qué supone un problema para la venta.

—Bueno... —añadió—. Ella fue la primera en poner los cuernos.

«Y ahí estaba...».

—¿La primera? ¿Eso significa que usted también se los puso?

—Solo porque se lo merecía.

Sabía, por nuestra investigación de antecedentes previa a aceptar a un cliente, que la actual señora Bradley no era su primera esposa. Había tenido otras dos antes que ella, y sendos matrimonios terminaron en sobornos, a pesar de que habían firmado acuerdos prematrimoniales.

—¿Le preocupan las finanzas? Esta vez tendría un acuerdo prematrimonial, ¿verdad?

—Sí, nunca me caso sin firmar uno. Es como ir en un bote de remos en medio de una tormenta sin chaleco salvavidas.

—Bueno, entonces no debería haber ningún problema.

—A menos que ella filtre las fotos...

«Maldita sea mi vida».

—¿Qué fotos?

—Las mías con la señorita Dolor.

Cerré los ojos.

—Por favor, dígame que ese es un apodo para alguien que se llama Dolores y que no es lo que creo que es.

Tuvo el descaro de parecer indignado.

—Lo que elijo hacer en mi vida personal no es relevante. Los estilos de vida alternativos son cada vez más aceptados por la sociedad. Quizá no sea un problema.

—Señor Bradley, tiene una empresa de alimentos para bebés. Sus compradores son madres primerizas, la mayoría de las cuales solo piensa en la familia en el momento de la compra. Un escándalo de infidelidad tendría cierto impacto en su marca, pero unas fotos suyas practicando sadomasoquismo o en alguna otra situación delicada podrían poner en riesgo su venta. —Me incliné hacia delante—. ¿De qué hablamos exactamente?

El señor Bradley sacó su teléfono e introdujo un código antes de dármelo.

Lo cogí, aunque tenía la sensación de que no quería verlo. Señaló la pantalla.

—Hay una carpeta llamada «Señorita Dolor».

«Estupendo». Bajé con el dedo hasta encontrarla.

—Aquí hay más de mil fotos. ¿Su mujer las tiene todas?

—No sabía que se hacían copias de seguridad en la nube.

Respiré hondo y abrí la carpeta. Las primeras no eran terribles. La mujer, que supuse que era la señorita Dolor, llevaba un traje de cuero. Yates ni siquiera aparecía en las fotos… hasta que sí salió.

Sacudí la cabeza y mascullé una retahíla de maldiciones. Si hubiera pensado en lo peor y más comprometedor relacionado con el sadomasoquismo para un hombre que era la imagen de una empresa de alimentos para bebés, no habría imaginado eso.

Me aclaré la garganta.

—Tiene fotos de rodillas con un gorro de bebé y un pañal mientras una mujer vestida de cuero le perfora la piel con su tacón de aguja, ¿y entra en mi despacho y dice que *podríamos* tener un pequeño problema? Eso es como decir que un barco que se hunde tiene un pequeño agujero, señor Bradley.

Sus hombros se desplomaron.

—¿Qué hago?

Deslicé el teléfono por el escritorio.

—Vaya a casa con su mujer y ofrézcale la cantidad de dinero que haga falta para que esto desaparezca.

—Ya se ha mudado y no quiere hablar conmigo. Su abogado ha pedido una reunión.

—Bueno, entonces prepárela.

—Ya lo he hecho. Estará aquí en una hora.

—¿Aquí? ¿Por qué aquí?

—Porque no sabía a quién más acudir, y usted ha arreglado todos los demás problemas que han surgido.

—Me dedico a la compraventa de empresas, señor Bradley. No a jugar al *Whac-A-Mole*.

—Por favor...

Resoplé.

—Está bien. Pero hablaré con él a solas. Váyase a casa y lo llamaré cuando termine.

—De acuerdo.

—Y me llevo otro punto de la venta por lo que me ha hecho pasar.

Capítulo 5

Nora

—¿Sabes? Nunca me he bañado desnuda…

Una semana después, Louise y yo estábamos sentadas en una playa de las Bahamas contemplando la puesta de sol. Sorbí el resto de mi piña colada con la pajita de papel y me volví hacia ella con una sonrisa.

—Deberíamos cambiar eso…

Mi amiga abrió los ojos de par en par y miró a su alrededor. Solo había otra pareja en la playa. Parecía que la mayoría de la gente se había marchado a ducharse y cambiarse para la cena antes de la mejor parte del día.

—A ver si se van pronto.

Me encogí de hombros.

—¿A quién le importa si nos ven?

—Mi cuerpo no se parece al tuyo, querida. Tendré que usar una mano para evitar que mis pechos se arrastren por la arena y la otra para taparme el chocho.

—¿Por qué te cubres el chocho? Acabamos de dejarlo precioso. Enséñalo.

Louise y yo habíamos ido a que nos dieran un masaje y nos depilaran el mismo día que llegamos. Después me contó que era la primera experiencia de la que se arrepentía.

—Soy como Bob Ross, mejor con un arbusto feliz.

Me reí.

—¿Quieres otra copa?

Levantó su margarita.

—Si vamos a desnudarnos, dile al camarero que necesito un tequila *float*.

—Perfecto.

Fui al bar y volví con dos copas del tequila *float* y dos chupitos de tequila. Parecía que la pareja que estaba viendo la puesta de sol ya recogía sus cosas para irse.

—En unos minutos, tendremos la playa para nosotras. —Le ofrecí un chupito a Louise—. He pensado que también nos vendrían bien unos de estos.

Chocamos los vasos de chupito antes de beberlos de un trago, y luego nos sentamos en la playa a terminar nuestras bebidas hasta que el sol se ocultó en el horizonte.

—¿Estás lista? —pregunté.

Se puso en pie.

—Solo se vive una vez.

Mientras nos quitábamos la ropa, se me cayó la cámara de la mochila. La recogí y limpié la arena.

—Supongo que esta será la primera actividad que no grabaré para mi blog.

—¿Te lo cerrarían si publicaras algo así?

—No creo. ¿Eso significa que quieres que lo grabe?

—¿Podrías poner unas barras negras sobre mis partes nobles? Pero, sí, grabémoslo. Intentamos animar a otras personas a que no se queden en casa esperando a que lleguen sus últimos días. Les dijimos que compartiríamos lo bueno, lo malo y lo feo. Esto será lo feo.

Sonreí.

—Como quieras.

Una vez desnudas las dos y con la cámara colocada en la silla de playa, le tendí una mano a Louise.

—¿Estás preparada?

—Nací preparada y moriré de la misma manera. Vamos.

Chillamos cuando entramos en el agua. No estaba fría, pero nos enfrió de golpe las partes del cuerpo que no suelen estar al aire. Una vez que el agua nos cubría hasta el cuello, flotamos de espaldas.

—¡Esto es increíble! —exclamó Louise.

—Lo sé. Es tan liberador…

—No me creo que vaya a decir esto, pero puede que sea lo que más me ha gustado de todo lo que hemos hecho hasta ahora.

Suspiré.

—A veces las cosas sencillas pueden ser las más gratificantes.

—Deberíamos tenerlo en cuenta a la hora de planificar el resto de nuestro itinerario. No siempre tenemos que hacer cosas que nos den miedo.

—Seguro que harías feliz a tu nieto si realizáramos algunas actividades que no pusieran en riesgo tu vida.

—Ah, es verdad. Quizá no deberíamos hablarle de las más tranquilas. De lo contrario, podría pensar que le hice caso en lo de tomarme las cosas con calma.

Me reí.

—Dios no lo quiera.

Louise y yo flotamos un buen rato mientras mirábamos las estrellas. Me sentí libre y, al mismo tiempo, conectada a los elementos como nunca lo había estado. Cuando empezamos a arrugarnos, decidimos que era hora de salir. Pero, cuando miramos a la orilla, descubrimos que ya no estábamos solas.

Entrecerré los ojos.

—¿Esas personas están en nuestras sillas o la corriente nos ha arrastrado a otra parte de la playa?

Louise se cubrió los pechos mientras nos acercábamos para ver mejor.

—¡Creo que esa chica lleva mi sombrero!

Tres adolescentes, dos chicas y un chico, estaban rebuscando en nuestras cosas. Grité y avancé en el agua tan rápido como pude.

—¡Eh! Eso es nuestro. ¡Alejaos de ahí!

Una de las chicas nos señaló y los otros dos encapuchados recogieron todo lo que habíamos dejado en las sillas.

—¡Vamos! —exclamó una.

—De ninguna manera —respondió el chico—. Quiero verles las tetas.

La chica tiró de su brazo.

—¡Vamos, imbécil! O nos meteremos en problemas.

Antes de que llegara a la orilla, los tres se habían echado a correr por la playa. A unos cien metros sobresalía un espigón de rocas, gracias al cual la zona donde estábamos nadando era tan tranquila y privada. Los chicos corrieron por la arena hasta llegar a las rocas y luego se metieron en el agua con la ropa y las bolsas que nos habían robado sobre la cabeza. Yo estaba a unos cincuenta metros de ellos, así que, cuando pasaron el espigón y llegaron al otro lado de las rocas, los perdí de vista.

Mientras maldecía, me zambullí de nuevo en el agua y nadé tan rápido como pude. Siempre he sido una buena nadadora, de modo que supuse que sería mejor que intentar correr en un agua que me llegaba al pecho. Nadé alrededor de las rocas, me mantuve cerca de ellas y no salí a respirar hasta que sentí que mis rodillas tocaban el fondo al otro lado. Entonces me puse en pie, dispuesta a reanudar la persecución de los tres adolescentes ladrones corriendo.

Solo que no fueron los tres adolescentes ladrones a quien vi cuando me puse en pie.

Vi a la novia.

Ay. Dios. Mío.

«Por favor, dime que me lo estoy imaginando».

Pero no, era real. Y no tuve más remedio que seguir adelante.

Salí del agua.

Unas cincuenta personas que vestían con trajes y vestidos giraron la cabeza para mirarme.

Los tambores de acero que estaban tocando se detuvieron en seco, como la aguja de un tocadiscos.

Dos hombres corpulentos vestidos con polos y pantalones cortos a juego corrieron hacia mí. Estaba convencida de que eran de seguridad.

Tuve que tomar una decisión en una décima de segundo: dar la vuelta y tratar de volver nadando y rodeando las rocas o salir corriendo e intentar huir por tierra. Por el rabillo del ojo, vi a los tres adolescentes salir del agua al otro lado de la boda. Supuse que habían sido lo bastante listos como para ver que se celebraba un enlace antes de salir del agua. Como los de seguridad no tenían ropa que ofrecerme y no parecían muy contentos, eché a correr hacia los adolescentes.

—¡Lo siento! —grité a los invitados de la boda. Las personas sentadas en las sillas me miraban a mí en lugar de a los novios. Cuando llegué hasta ellos, los saludé con una mano, completamente desnuda—. ¡Felicidades!

Un poco más allá, en la playa, habían colocado una docena de mesas redondas para la recepción de la pareja. Cada una tenía una cesta de flores en el centro que mantenía en su sitio a los manteles, que ondeaban con la brisa. Tiré de uno de ellos y me lo coloqué sobre los hombros mientras miraba hacia atrás para comprobar si los hombres de seguridad aún me pisaban los talones. Por suerte, se habían detenido. Uno estaba agachado con las manos en las rodillas y el otro le gritaba a un *walkie-talkie*.

Les patearía el culo a los cabroncetes que nos habían robado nuestras cosas si los pillaba.

Más adelante, los adolescentes corrían hacia unas escaleras, así que seguí avanzando, aunque con cada paso que daba me quedaba un poco más atrás. También me ardían los pulmones. Cuando llegué al rellano de hormigón del hotel, miré a izquierda y derecha. No vi a los chicos por ninguna parte, pero otros tres tipos de seguridad se dirigían hacia mí desde la izquierda, por lo que corrí en la dirección opuesta.

El mantel no me cubría demasiado, y los hombres que me perseguían estaban cada vez más cerca, por lo que, cuando doblé una esquina y vi una puerta abierta, me metí dentro.

Parecía un armario de suministros, pero no pensaba encender la luz para averiguarlo. Me temblaba la mano mientras tanteaba la puerta en la oscuridad y trataba de encontrar una cerradura. La localicé, la giré a la derecha y me incliné para recuperar el aliento. Veinte segundos después, oí voces al otro lado de la puerta y alguien giró el pomo insistentemente.

Me cubrí la boca con una mano y así amortigüé el sonido de mi respiración.

—Debe de haber entrado en el hotel a través de esa puerta —gritó uno de los hombres—. Hay un baño antes de llegar al vestíbulo principal. ¡Es probable que esté allí!

Escuché con la oreja pegada a la puerta hasta que dejé de oír pasos y voces. El ritmo de mi corazón disminuyó. Palpé la pared en busca de un interruptor y encendí la luz. Como sospechaba, estaba en un armario de suministros. Había estanterías llenas de productos químicos para la piscina, artículos de limpieza y material de jardinería. En una esquina, en el estante superior, vi un montón de tela negra. Tiré y me alivió encontrar lo que parecían unos pantalones de uniforme. Detrás había un montón de tela roja, pero no llegaba a alcanzarla. Entonces cogí un cubo de productos químicos para piscinas y me subí encima.

Polos con el logotipo del hotel bordado. Cerré los ojos. «Gracias a Dios».

Los pantalones me quedaban un poco grandes, así que me quité la goma del pelo y la utilicé para recoger el exceso de tela y hacer un nudo. Luego, me puse un polo y cogí una prenda de cada para Louise. Y, sin hacer ruido, abrí la puerta y me asomé al exterior. Entonces, sin moros en la costa, me escabullí y regresé a la playa caminando por el hotel con la cabeza gacha.

Empezaba a pensar que tal vez esa pesadilla en pelotas llegaba a su fin cuando accedí a la entrada de la playa donde había dejado a Louise y la encontré con la policía.

«Mierda». Corrí hacia las sillas que habíamos usado antes. Louise estaba sentada, envuelta en una manta, mientras un policía la apuntaba a la cara con una linterna.

—¿Qué pasa aquí? —pregunté—. Louise, ¿estás bien?

—Me están arrestando por conducta inapropiada.

Miré al policía.

—¿Está de broma? Unos chavales nos han robado la ropa, ¿y la quiere arrestar a ella?

Me miró de arriba abajo y se fijó en el logotipo de mi camiseta.

—¿Trabaja aquí?

«Oh, mierda».

—No. He tenido que pedir prestado un uniforme para volver después de perseguir a los mocosos que cometieron el verdadero crimen.

—Así que ¿usted es la que corría desnuda por la boda?

—¿«Correr desnuda»? No. No tenía ni idea de que estuvieran ahí. No era mi intención. He intentado quedarme en el agua, pero...

El otro policía me interrumpió.

—Señora, ¿sabe la boda por la que se ha paseado desnuda? El padre de la novia es el alcalde de esta isla. Quiere presentar cargos. —Levantó la barbilla—. Yo mantendría la boca cerrada, a no ser que también quiera que la acusen de robar ese uniforme.

—¿Robar el uniforme? Lo he tomado prestado porque tres adolescentes nos han quitado la ropa. ¿Por qué no los persiguen a ellos?

El primer policía se encogió de hombros.

—Si se hubiera dejado la ropa puesta, como ordena la legislación local en las Bahamas, ahora mismo todo el mundo estaría contento.

Louise frunció los labios.

—Estoy segura de que tu mujer estaría contenta si te dejaras la ropa puesta.

Oh, oh. Había cabreado a Louise.

El policía levantó las cejas.

—¿Disculpe?

—Está claro que, si echaras un polvo de vez en cuando, no te pondría tan nervioso ver un poco de carne.

Cerré los ojos. Las posibilidades de salir de esa con excusas ya eran escasas, pero aquello había sido la guinda en el pastel. Media hora más tarde, nos estaban tomando los datos en la comisaría.

—¿Qué pasará cuando termine de rellenar el formulario? —pregunté a uno de los policías que nos había detenido—. ¿Pagamos una multa o algo así?

—Se presentarán ante el tribunal de primera instancia de las Bahamas, que será quien fijará su fianza. Luego las traeremos aquí y podrán hacer una llamada para que alguien pague la cantidad que les impongan. Si no viene nadie... —Señaló una puerta sin levantar la vista del ordenador—. Pasarán la noche al final del pasillo, en el calabozo.

—Pero podemos pagarla nosotras mismas, ¿no? ¿Con una tarjeta de crédito o algo así?

—Puede usar su propio dinero para pagar la fianza. Pero hay que ir a la oficina del secretario, así que no puede pagarla usted misma. Alguien tendrá que ir y hacerlo por usted.

—Estamos solas.

El policía se encogió de hombros.

—Puede probar en la embajada de su país. Pero no son demasiado rápidos, y menos en fin de semana.

Durante las dos horas siguientes, a Louise y a mí nos trasladaron para comparecer ante un juez del tribunal de guardia y después nos llevaron de vuelta a la comisaría. Se fijó una fianza de quinientos dólares para cada una. Llamé a la Embajada de Estados Unidos y pregunté si podían ayudarme a realizar el pago de la fianza, pero la persona que contestó al teléfono me dijo que se pondrían en contacto con alguien y me llamarían. No supo decirme cuándo. Entonces, el policía tuvo la amabilidad de permitirnos hacer una segunda llamada, que yo no quería realizar.

Louise llamó a su nieto. Me estremecí al pensar en cómo se tomaría la noticia. Pero me contó que tenía negocios en las Bahamas y que probablemente encontraría a alguien que nos ayudara. Mientras tanto, me escoltaron hasta una celda abarrotada. Había mujeres sentadas en el suelo alrededor de casi todo el perímetro y una señora mayor estaba tumbada en el único banco de la celda. El grupo me miró de arriba abajo mientras el policía abría la puerta y me guiaba al interior. Ninguna parecía alegrarse de verme. Había un sitio libre en una esquina, pero, cuando fui a sentarme, las dos mujeres de ambos lados se movieron para sugerirme en silencio que buscara otro lugar donde poner el culo. Eso ocurrió dos veces, y entonces me di cuenta de que la mujer que roncaba no podía oponerse, así que me senté a su lado.

Pasaron veinte minutos antes de que el guardia volviera con Louise.

—Hola. —Me levanté del suelo—. ¿Estás bien?

Asintió.

—No es mi primera vez en un suelo como este. ¿Y tú?

—La verdad es que sí.

—En los años sesenta, me detuvieron por bailar de forma vulgar. Creo que hoy los jóvenes lo llamaríais *twerking*.

—Louise, ¿me estás diciendo que puedes mover ese culo hacia atrás?

—Mi mejor amiga era de Egipto. Ahora ya no está entre nosotros, que en paz descanse. Pero su madre le enseñó a bailar la danza del vientre, y ella me enseñó a mí. Aunque a mí me gustaba más mover el culo que el vientre.

La mujer que acaparaba todo el banco se incorporó de repente. Levantó la barbilla.

—A ver.

—Probablemente no sea una buena idea —respondí.

—Claro que sí. —Louise se colocó en el centro de la celda. La mayoría de las mujeres sentadas alrededor estaban dormidas o a punto de perder el conocimiento a causa del alcohol, pero todos los ojos abiertos se desviaron hacia la presa de setenta y ocho años. Louise extendió los brazos y empezó a mover la cadera de un lado a otro. El mono de color naranja que llevaba era holgado, pero se veía que sabía moverse.

—Así se empieza a bailar la danza del vientre —explicó—. Te mueves de lado a lado. —Después de unos treinta segundos, se detuvo y amplió su postura y se inclinó hacia delante—. Ahora haces el mismo movimiento, pero, en vez de ir de lado a lado, vas de delante hacia atrás.

—¡Joder! —Una de las señoras señaló y se rio—. ¡Menudo culo!

Era increíble, pero Louise Aster no dejaba de sorprenderme. Con una seguridad increíble, movía su trasero hacia arriba y hacia debajo de un modo que haría que incluso Miley Cyrus se sonrojara.

Cuando terminó, la celda abarrotada aplaudió y gritó, y entonces se acercó un agente con cara de pocos amigos, porque se había tenido que levantar de su mesa.

—¿Qué pasa aquí?

Una de las señoras le guiñó un ojo.

—Solo hablábamos de usted, agente Burrows. Sabe que ver su preciosa cara nos vuelve locas.

Sacudió la cabeza.

—Ya, bueno, bajad la voz.

La mujer agitó sus pestañas postizas.

—Sí, don Aburrido.

El agente Burrows frunció el ceño, pero se marchó.

Por suerte, parecía que el espectáculo de danza de Louise nos había hecho ganar nuevas amigas. La mujer que acaparaba el banco se hizo a un lado y palmeó el espacio libre.

—Siéntate aquí, mamacita. Las reinas no se sientan en el suelo.

Después de eso, el ambiente en la celda cambió. Incluso la mujer que roncaba a mi lado se despertó una vez que Louise le contó a todo el mundo que la habían arrestado por exhibicionismo. Frieda, la mujer que ocupaba todo el banco, parecía la cabecilla del lugar, y las otras mujeres lo sabían.

—¿Por qué estás aquí, Frieda? —preguntó Louise.

—He organizado una timba en mi casa.

—¿Jugar a las cartas es ilegal en las Bahamas?

—No para ti. Pero las apuestas son ilegales para los residentes.

—Eso es ridículo.

Se encogió de hombros.

—Es lo que hay. Suelen hacer la vista gorda, pero a veces, cuando necesitan dinero para gastos extra en el departamento, me encierran. Confiscan todo el dinero de las mesas y no detienen a ninguno de mis jugadores. Saben que no van a protestar por la desaparición de su dinero, así que nadie viene a reclamarlo, y el departamento se lo queda al cabo de un tiempo.

Me hice amiga de una chica joven que había llegado unos minutos después de Louise. Todas nuestras compañeras de celda la llamaban Perra Loca, y descubrí que el nombre se debía a que recogía los perros callejeros de la isla. Perra Loca había perdido su trabajo hacía poco y ya no podía permitirse comprar comida para los animales. La habían detenido por robar pienso. A otra mujer, por colarse en una casa. Sospechaba que su marido la engañaba, lo siguió, entró y lo sorprendió en el acto. La amante había insistido en presentar cargos.

No tenía ni idea de cuánto tiempo hacía que estábamos ahí, porque no había reloj y la policía se había llevado el mío, pero, para cuando volvió un guardia, supuse que tenía que ser de madrugada.

El agente Burrows abrió la puerta de la celda.

—Eleanor Sutton y Louise Aster, pueden irse.

Me puse en pie.

—¿La embajada ha pagado nuestra fianza?

—No. Un tío rico y arrogante.

Louise puso los ojos en blanco.

—Suena a uno de los amigos de mi nieto.

Fuera como fuese, estaba encantada de salir de ahí. Louise y yo nos despedimos de nuestras nuevas amigas y nos llevaron a la sala de bienes, donde recogimos lo que quedaba de nuestras pertenencias. Al parecer, a los ladronzuelos se les había caído mi tanga y el teléfono de Louise. No estaba segura de si la persona que había pagado nuestra fianza también pasaría por la comisaría, pero resultó que sí. Y el hombre que lo había hecho no parecía contento.

Louise se detuvo en seco cuando entramos en el vestíbulo.

—Beck, ¿qué haces aquí?

Capítulo 6

Beck

—¿En serio, abuela? ¿Qué cojones?

—No uses ese lenguaje conmigo, ni con ninguna mujer. —Se volvió hacia su compañera de aventuras y sonrió con satisfacción—. Excepto quizá en el dormitorio. Ahí sí que me gusta hablar sucio.

Cerré los ojos.

—¿Dónde hay un atizador caliente que pueda meterme en las orejas cuando lo necesito?

—Venga, no seas tan estirado. De todas formas, ¿qué diantres haces aquí?

—Me has llamado y me has dicho que os habían arrestado.

La abuela se encogió de hombros.

—¿Y? Te he pedido si podías conseguir que alguien trajera la fianza al secretario, no que te subieras a un avión.

—Estoy preocupado por ti.

—Bueno, menudo derroche de energía. No hacía falta.

Extendí las manos y señalé la sala llena de policías.

—Mira dónde estamos, en una comisaría de policía de un país extranjero.

—Son las Bahamas, no Corea del Norte —protestó la abuela.

Me volví hacia Nora.

—¿Puedes ayudarme, por favor?

—¿Cómo? Tiene razón. Esto no es Corea del Norte.

—Debería haberme emborrachado en el avión —murmuré.

Fuera, dirigí a Bonnie y Clyde a mi coche de alquiler, donde mi abuela se metió en el asiento delantero y Nora se deslizó en el trasero.

La abuela se abrochó el cinturón de seguridad.

—Tenemos que hacer una parada de camino al hotel.

—¿Dónde? —pregunté.

—En la oficina del secretario. Donde has pagado la fianza.

—Ya he pagado vuestra fianza.

—Quiero pagar la de Frieda.

Nora se inclinó hacia delante desde el asiento trasero.

—Y la de Perra Loca. También me gustaría sacarla. Ah, ¿y crees que también podríamos parar a por comida para perros?

Entrecerré los ojos.

—¿De qué cojones habláis vosotras dos?

—¡Esa boca! —respondieron al unísono.

Me restregué las manos por la cara.

—Me siento como si estuviera en un *sketch* de los Tres Chiflados* y cada uno hablara de algo diferente. ¿Quién es Frieda y por qué tenemos que pagar su fianza?

—Y la de Perra Loca —intervino de nuevo Nora.

—Por supuesto. —Puse los ojos en blanco—. No nos olvidemos de Perra Loca.

Solo eran las seis y media de la mañana, pero la temperatura era por lo menos de treinta grados. Necesitaba poner en marcha el coche para encender el aire acondicionado. Llevaba media noche de viaje y no había dormido nada, así que arranqué el motor y decidí que sería más rápido hacer lo que me habían pedido.

Cuando llegamos a la oficina del secretario, Moe y Larry salieron del coche y entraron en el edificio. Las seguí para asegurarme de que no se metían en más problemas. Si no hubiera

* Los Tres Chiflados fue un grupo de actores cómicos estadounidense muy famoso entre 1934 y 1946, compuesto por Moe Howard, Larry Fine y Jerome «Curly» Howard. *(N. de la T.)*

estado tan agotado y cabreado, verlas juntas de esa guisa habría sido gracioso. Nora llevaba unos pantalones que parecían demasiado grandes incluso para mí atados por delante y un polo enorme con el nombre de un hotel bordado. Y mi abuela, de casi ochenta años, llevaba un mono naranja de presidiaria. Ninguna de las dos pareció percatarse ni preocuparse por ello.

—Hola —saludó Nora al funcionario—. Nos gustaría pagar la fianza de dos amigas.

El hombre les echó un vistazo desde detrás del mostrador.

—Está bien… ¿Cómo se llaman?

—Frieda —respondió mi abuela con énfasis.

—Y Perra Loca —añadió Nora.

El tío me miró. Me encogí de hombros.

—A mí no me pregunte.

Por disparatado que fuera, el hombre solo tardó unos cinco minutos en averiguar que Frieda era Frieda Ellington, una mujer a la que habían detenido varias veces por apuestas ilegales, y que Perra Loca era Elona Bethel, detenida por robar comida para perros en una tienda. Una vez aclarado todo, el funcionario les dijo que la fianza era de setecientos cincuenta por Perra Loca y de mil quinientos por Frieda. Se miraron entre ellas antes de dirigirse a mí.

Nora se mordió el labio.

—¿Me prestas un poco de dinero hasta que volvamos al hotel? Se me había olvidado que no llevo la cartera encima.

—Yo también necesito algo de dinero —anunció la abuela—. Pero no te lo devolveré. Pronto recibirás mucho de mí.

Negué con la cabeza, más a mí mismo que a ellas dos, mientras sacaba la cartera. Cuando terminamos, volvimos al coche.

—Gracias, Beck —agradeció Nora—. Por sacarnos de la cárcel y por prestarme el dinero para ayudar a la mujer que he conocido.

Miré por el retrovisor.

—¿Dónde has conocido a esa Perra Loca?

Sonrió con satisfacción.

—En el calabozo.

Me reí.

—¿Acabas de pagarle la fianza a una mujer que no conocías antes de que te encerraran?

Se encogió de hombros.

—Era muy simpática. Y rescata perros.

No tenía ni idea de cómo seguir con la conversación, así que arranqué el coche.

—¿En qué hotel os alojáis?

—Paradise Found. Lo siento, no puedo buscarte la dirección porque no tengo teléfono.

—¿Dónde está?

—Me lo han robado unos despreciables adolescentes.

Me tembló el labio.

—Pues claro que sí.

El Paradise Found estaba a quince minutos de la comisaría. Pensé que lo mejor sería pagar una habitación y, después de dormir unas horas, decidir qué hacer. Pero, cuando entramos en el complejo y Nora y mi abuela pidieron en recepción llaves nuevas para sus habitaciones, el tío del hotel desapareció y volvió con un hombre trajeado.

—Hola, señorita Sutton, señorita Aster. Soy el gerente, Alan Harmon. Lamento informarles de que ya no pueden hospedarse en este hotel. Les devolveremos cualquier cargo que hayamos adelantado por las noches restantes.

La abuela se llevó ambas manos a la cadera.

—¿Por qué no podemos quedarnos aquí?

—Por el incidente. —El gerente dirigió su mirada al uniforme de Nora, que, al parecer, había robado del hotel—. Nos hemos tomado la libertad de empaquetar sus pertenencias. Las tenemos aquí mismo. Denme un minuto para recogerlas.

—No me lo creo —espetó Nora.

—No los culpo. —Sacudí la cabeza—. Os han arrestado por conducta indecente en sus terrenos, y ahora mismo llevas pruebas de que robaste en su propiedad.

—No. —Nora negó con la cabeza—. No me refiero a eso. Entiendo que tienen una razón para echarnos, pero ¿han hecho nuestras maletas? Eso significa que alguien ha tocado mi vibrador.

—El mío también —añadió mi abuela.

Cerré los ojos. «Primero suelta guarradas y ahora un vibrador». Se perfilaba un gran día después de pasar toda la noche viajando. Lo ignoré y saqué el teléfono para enviar un mensaje a mi ayudante, pero solo tenía una barra de cobertura. Como pensé que no sería buena idea pedir la contraseña del wifi del hotel, me excusé y salí.

Fuera no había mucha más cobertura, pero al menos pude enviar un mensaje de texto a Gwen para pedirle que nos buscara un hotel decente. Cuando volví a la recepción, el gerente estaba sacando dos maletas de detrás del mostrador.

—También tenemos dos tarros de cristal —añadió—. No queríamos que se rompieran, así que no los hemos metido en las maletas. Permítanme cogerlos.

Volvió a salir con dos botes de cristal. Ambos estaban llenos de trocitos de papel.

—¿Son vuestros? —Miré a Nora.

Ella asintió.

—Uno es mío y el otro es de Louise.

—¿Qué son?

—Nuestros tarros de la gratitud.

—¿Qué diablos es eso?

—Cada día dedicamos quince minutos a cerrar los ojos y reflexionar sobre las cosas buenas que nos han pasado. Anotamos al menos una en un papelito y lo metemos dentro. Así, cuando la vida nos deprima, podemos sacar los papelitos para reflexionar sobre todo lo bueno que ha habido en nuestras vidas.

Miré fijamente a Nora.

Se volvió hacia el gerente.

—Usted no estará en nuestros tarros.

La abuela levantó el dedo índice.

—Pero ¡deberíamos escribir sobre nuestras amigas de la cárcel!

Dios mío, me sentía como en una especie de mundo bizarro con esas dos. Sacudí la cabeza y agarré las asas de las dos maletas.

—¿Esto es todo?

—No lo sé —contestó Nora—. ¿Cómo sabemos que lo han metido todo?

El gerente se llevó una mano al pecho.

—Me he tomado la libertad de inspeccionar las habitaciones después de que el botones terminara. Les aseguro que no quedaba nada.

—¿Revisó la mesita auxiliar? —preguntó la abuela.

El hombre suspiró.

—Sí, señora.

Como parecía que estábamos a dos segundos de que esas señoras abrieran sus maletas en el vestíbulo e hicieran inventario, intervine.

—¿Tiene una tarjeta, señor Harmon? Por si falta algo cuando lleguemos a un lugar donde puedan comprobarlo.

Se acercó al mostrador y me la tendió.

—Estoy seguro de que estará todo. Pero, por si acaso, aquí tiene.

—También tenemos un coche de alquiler —añadió Nora.

—¿Anoche dormisteis aquí? —pregunté.

Sacudió la cabeza.

—¿Está en el aparcamiento?

—Sí.

Miré al gerente.

—¿Pueden dejar aquí el coche hasta mañana?

—Por supuesto.

—Gracias.

Miré a Nora y luego a la abuela.

—Nos ocuparemos de ello entonces.

Fuera, guardé el equipaje en el maletero de mi coche de alquiler y, justo cuando me puse al volante, mi teléfono vibró.

Gwen: Tres habitaciones reservadas en el Four Seasons. Avísame si quieres que haga otros planes.

Al menos algo había salido bien hoy.

Más tarde, por la noche, mientras estaba sentado en el bar contestando correos electrónicos en mi teléfono y me bebía mi segundo *bourbon,* entró Nora. Se sentó a mi lado y sonrió. No le devolví la sonrisa.

—Lamento lo de hoy —se disculpó.

—¿En qué demonios pensabais?

Me señaló con un dedo.

—A tu abuela no le gustaría ese lenguaje.

—A ella tengo que respetarla. A ti… no tanto.

Se quedó boquiabierta.

—¿Por qué no?

—Bueno, para empezar, no eres mi abuela. Todos los demás tienen que ganárselo.

Frunció el ceño.

—Lamento mucho que sintieras que tenías que venir.

—Así que ¿no te arrepientes de haber hecho lo que hicisteis, solo de que os pillaran y yo tuviera que venir?

—Bueno… Sí, así es.

Me removí en el asiento para mirarla.

—Mi abuela tiene setenta y ocho años. ¿De verdad pensaste que era buena idea que se desnudara en público en las Bahamas?

—Dios mío. Eres idiota.

—¿Yo soy idiota?

—Sí. Te molesta que una mujer mayor se quite la ropa, pero no una más joven.

—Yo no he dicho eso…

—Entonces, si te dijera que quiero encontrar una zona tranquila de la playa y quitarme toda la ropa, ¿te parecería bien?

—Quizá sería la única cosa que cambiaría mi humor en este momento.

Nora frunció los labios.

—Bueno, entonces supongo que deberías acostumbrarte a tu humor. Durará un tiempo.

El camarero se acercó y señaló mi bebida.

—¿Quiere otro *bourbon?*

—Doble, por favor. —Sacudí un pulgar hacia Nora—. Paga ella.

Puso los ojos en blanco.

—Bien. Y tomaré un cabernet, por favor. Cualquier botella que tenga abierta irá bien.

—Perfecto. —El camarero se alejó.

—¿Alguna vez te has bañado desnudo? —preguntó.

—No desde que soy adulto.

—Tal vez ese sea tu problema. Necesitas divertirte un poco.

—No era consciente de que tuviera un problema.

—Oh, por supuesto que sí. Eres un estirado con un palo metido en el culo que discrimina a los ancianos y que actúa como un idiota cada vez que su abuela quiere divertirse un poco.

—Muy bonito. ¿Besas a tu madre con esa boca?

Me miró con los ojos entrecerrados.

—Mi madre está muerta. Pero se me da muy bien usarla.

Su comentario provocó un estremecimiento en mis pantalones, aunque seguía cabreado.

—Te pediría una demostración, pero no quiero que me contagies lo que hayas pillado en la cárcel.

Nora se quedó con cara de «que te jodan». Esperé una respuesta ingeniosa, pero, en lugar de eso, sus ojos se posaron en mis labios.

«¿Me toma el pelo?». ¿Intentaba sacarme de mis casillas fingiendo estar interesada, o nuestra discusión estaba funcionando? O tal vez yo me imaginaba cosas. No tenía ni idea, pero conocía una forma de averiguarlo.

Me incliné más hacia ella.

—Eres como un enorme grano en el culo.

Abrió los ojos de par en par y luego los entrecerró hasta que se convirtieron en rendijas con aspecto furioso. Me miró fijamente durante diez segundos y luego se inclinó y juntó sus labios con los míos.

Tardé un par de segundos en reponerme de la sorpresa, pero, cuando lo hice, me llevé su labio inferior a la boca y lo mordí. Con fuerza.

—Au… —Intentó retroceder, pero yo la tenía bien agarrada con los dientes.

—Esto es por insultarme —gruñí sin soltarla—. Ahora dame tu puta lengua.

Sin duda, le gustaba. Me agarró la camisa con los puños, se levantó de la silla y apretó sus grandes tetas contra mí, las mismas tetas con las que podría haberme masturbado mientras pensaba en las fotos en bañador que me había enviado. Y también me dio su lengua.

Joder, quién diría que la mezcla de lujuria y rabia sería tan estimulante como la viagra. Estaba duro como una piedra, sentado en medio de un maldito bar. En el fondo, sabía que debía retirarme, ser la voz de la razón, pero era incapaz. En lugar de eso, deslicé los dedos en su pelo y enrollé un mechón alrededor de un puño. Gimió a través de nuestras bocas unidas cuando tiré de él.

«Joder».

Necesitaba más.

Más de ella.

Lo necesitaba todo de ella.

Estaba a punto de echármela al hombro y arrastrarla a mi habitación cuando el sonido de alguien aclarándose la garganta nos interrumpió. Aturdido, intenté retroceder, pero esa vez Nora me mordió el labio. *Con fuerza.*

Joder.

Le gustaba que estuviera cabreado. Bueno, eso se me daba bien…

—Eres tan exasperante… —refunfuñé.

—Y, aun así, quieres follarme.

—Primero me gustaría ponerte sobre mis rodillas.

—Oh, me gusta cómo suena eso.

Consideré follármela ahí mismo. De todos modos, probablemente solo fuera el camarero quien nos había interrumpido. Que mirase cuanto quisiera. Me centré en el momento e ignoré todo lo que nos rodeaba. Nunca en mi vida había sentido una química tan intensa con alguien.

Pero entonces se escuchó otro carraspeo. Y esa vez fue seguido por una voz, la voz de un hombre.

—Por Dios, Nora. Te van a arrestar otra vez por comportamiento indecente.

Eso hizo que volviera a la realidad. Y ella también.

Nos giramos en la dirección de la voz y Nora parpadeó varias veces.

—Richard. ¿Qué haces aquí?

—Ver cómo te restriegas, al parecer.

—En serio, ¿qué cojones?

Esperaba que ese tío no fuera su novio, y mucho menos su marido. Meterse en una pelea con una erección no sería divertido.

—Me has llamado tú, ¿recuerdas? Para sacarte de la cárcel.

—Y tú me has mandado a la mierda.

—Y, sin embargo, aquí estoy…, como siempre hago por ti.

El tío me miró por primera vez. Levantó la barbilla.

—¿Quién eres?

—Beck Cross. ¿Y tú eres…?

Señaló a Nora.

—Su prometido.

—*Exprometido* —aclaró Nora.

Perfecto. Simplemente perfecto.

Capítulo 7

Beck

Dos horas más tarde, seguía sentado en la barra cuando el tío entró de nuevo. Nora y él se habían ido después de que nos hubiera interrumpido comiéndonos la boca.

—¿Te importa si me siento? —preguntó.

Me encogí de hombros.

—No busco problemas.

El tipo sonrió y tomó asiento.

—Parece que los has encontrado de todos modos. —Me sorprendió al extender una mano—. Richard Logan.

Eso no estaba bien, pero, aun así, le estreché la mano.

El camarero se acercó y puso una servilleta delante de Richard.

—¿Qué le sirvo?

—Tomaré un vodka con tónica. Que sea doble.

—Perfecto. —El camarero me miró—. ¿Quiere otro?

—Estoy bien —le respondí—. Gracias. —Era importante mantener la cabeza despejada con el tío que estaba sentado a mi lado.

El prometido, o exprometido, de Nora, lo que fuera, se sentó en silencio a mi izquierda hasta que le sirvieron su copa y se la llevó a los labios.

—¿Has oído hablar del acónito? —preguntó.

Negué con la cabeza.

—Creo que no.

—Es una planta. Preciosa. Alta, por lo general, de color púrpura oscuro o azul. Las flores tienen forma de casco y en cada tallo hay un montón. Crecen silvestres y se ondulan al viento, y cuando las miras transmiten una sensación de libertad. La medicina china utiliza su extracto para aliviar el dolor, pero, si tomas demasiado, te mueres. —Tragó un poco de su bebida y me señaló—. Esa es Nora. Guapísima y capaz de quitarte todos los males. Pero intenta tomar demasiado de ella y te matará por dentro.

Levanté una mano.

—No estamos juntos.

Sonrió a medias.

—Me dijo lo mismo durante mucho tiempo.

—No es así.

Se encogió de hombros.

—Lo que tú digas. Pero recuerda que te lo advertí.

Pasaron unos minutos. Como el tipo aún no me había pegado, pensé que podía cotillear sin temer nada; no es que estuviera interesado en más que lo que estaba a punto de ocurrir entre Nora y yo, pero, después de todo, viajaba con mi abuela.

—¿Cuál es su historia?

—¿Tienes un par de meses?

—Complicada, ¿eh?

—Como intentar preparar el té en una tetera de chocolate.

Me reí entre dientes.

—Supongo que estabais prometidos, ¿no?

—Nos separamos hace dieciocho meses.

—Y, aun así, te llamó cuando la arrestaron…

—Soy abogado. Probablemente el único cuyo número se sabe de memoria. Era la primera vez que sabía de ella en más de un año.

Asentí.

Él negó con la cabeza.

—Por fin conseguí pasar página hace un mes. Mi nueva novia no estará demasiado contenta cuando se entere de que me he subido a un avión en cuanto mi ex me ha llamado para decirme que necesitaba ayuda.

—Lo siento…

—Entonces, ¿qué pasa? Nora me ha contado que viaja con tu abuela, ¿no?

—Son amigas. Es raro, lo sé. Pero parecen muy unidas. Mi abuela no está bien. Tiene cáncer. Tercera recaída. Decidió no tratarse más y disfrutar del tiempo que le queda. Han estado viajando juntas haciendo locuras.

—Lamento que esté enferma.

—Gracias. Pero se encuentra bien. Si la conocieras, no imaginarías que no está sana.

—En realidad, la he conocido hace un rato. Nora y yo hemos ido a su habitación a hablar. La de tu abuela está justo al lado. Cuando nos ha oído en el pasillo, ha asomado la cabeza y Nora me la ha presentado. Me he preguntado por qué viajaba con una anciana. —Levantó una mano—. No te ofendas.

—No te preocupes.

—Nora, en su línea, no ha mencionado que la mujer estuviera enferma. Solo ha insistido en que era su amiga. Pero ahora el hecho de que viajen juntas adquiere sentido.

—¿Por qué?

Richard dio un sorbo a su bebida.

—Por lo que le pasó a Nora.

Lo miré.

—¿Qué le pasó a Nora?

—Mierda. Suponía que lo sabías. Nora tuvo problemas de salud serios hace unos años. —Sonrió con tristeza—. Ha dicho que no había nada entre vosotros. Parece que no mentía.

—¿Porque no lo sabía?

Sacó una cartera del bolsillo delantero y arrojó dos billetes de veinte sobre la barra. Luego se bebió el resto de su bebida y se puso en pie.

—Porque si la hubieras visto desnuda, habrías visto las cicatrices y habrías hecho preguntas. —Richard extendió una mano—. Cogeré el vuelo de la tarde para volver a Nueva York. Buena suerte con tu abuela, y recuerda que el acónito te mata.

—Hola.

—¿Qué pasa, hermano? —Jake soltó un gran «ahhh» después de saludar, y lo imaginé sentado en mi escritorio con los pies en alto.

—¿Dónde estás?

—Son las ocho de la mañana. Estoy en la oficina.

—Claro, pero ¿dónde exactamente?

—En tu despacho. He venido a buscar la propuesta que necesito para cubrir la reunión que me pediste.

—Quita los pies de mi mesa, idiota.

—¿Cómo demonios sabías que tenía los pies sobre tu escritorio?

—Eres fácil de leer. Disfrutas demasiado jugando a ser el rey del mundo.

Jake se rio.

—Es divertido. Oye, ¿cómo está la abuela? Tuve que escuchar tu mensaje dos veces porque estaba seguro de que lo había oído mal, creía que habías dicho que habían arreglado a la abuela, no arrestado. ¿Qué cojones ha pasado?

—Anteanoche se bañó desnuda.

—¿Y eso es ilegal?

—Estaba en la playa del complejo turístico donde se alojaba.

—No puedo creer que la arrestaran por divertirse un poco.

Fruncí el ceño.

—Infringió la ley.

—Relájate, hermano. No todos somos tan perfectos como tú.

—De todas formas, te llamo para decirte que no volveré esta noche, como pensaba hacer en un principio.

—Ah, qué bien. Así disfruto de más días sentado en la torre de marfil.

Suspiré.

—Le pediré a Gwen que reprograme la agenda de los próximos días, así que no tendrás que cubrirme demasiado.

—Mejor todavía. Soy más bueno siendo la cara de la empresa que la cabeza pensante. Será porque mi cara es muy bonita.

—O porque la cabeza no te da para pensar... De todos modos, la abuela tiene una vista dentro de unos días y quiero quedarme y asegurarme de que todo va bien. Se niega a que contrate a un abogado, así que alguien tiene que evitar que mande al juez a la mierda. Además, he pensado que quizá pueda hacerla entrar en razón mientras estoy aquí.

—Y ver a su compañera de viaje en bikini.

«Mejor aún, comerle la cara...». Me guardé eso para mí.

—Adiós, Jake.

—Hasta luego, *cariñín*.

Después de colgar, envié unos cuantos correos electrónicos y fui a desayunar. El restaurante del hotel estaba vacío, salvo por una mesa en la que había una rubia guapísima con un pañuelo transparente en la cabeza. Cuando me acerqué, me di cuenta de que llevaba un pareo de playa a juego con la parte de arriba del bikini. «Puede que al final estos cuatro días no se me hagan tan largos».

Al llegar a la mesa, miré a mi alrededor en busca de su compañera de aventuras.

—¿Está mi abuela?

—No, se ha quedado durmiendo un rato más. Le molesta la parte baja de la espalda, creo que le duelen los riñones. Empezó hace unos días. Llamó a su médico, le dijo que cabía esperar eso y le recetó algo que parece que la ayuda. Pero también hace que esté cansada, por lo que ha empezado a tomar la medicación por la noche.

Señalé el asiento vacío frente a ella.

—¿Te importa si me siento contigo?

—Como quieras. Voy a una clase de yoga en la playa a las ocho y cuarto, pero tengo unos minutos para hacerte compañía.

La camarera se acercó, así que pedí un café y ella me entregó el menú.

—¿Tu prometido no se ha quedado? —pregunté, aunque ya sabía la respuesta.

—*Exprometido,* y no. Aunque mencionó que debería compartir mi habitación con él durante una noche por las molestias. Cuando le dije que no, nos peleamos, y yo le sugerí que cogiera un vuelo a casa.

—¿Discutisteis? ¿Eso significa que os enrollasteis?

Nora se rio.

—No. Pero ha tenido gracia.

—¿Ves? No siempre soy un imbécil.

Le brillaron los ojos.

—Solo la mayor parte del tiempo.

Su ex me había recomendado que mantuviera las distancias, así que tenía curiosidad por saber qué tenía que decir sobre él.

—¿Y por qué va el ex delante de prometido, si no te importa que pregunte?

—No me importa. Supongo que la razón principal es que era autoritario y posesivo. Richard tuvo una relación larga con una mujer que lo engañó y que se quedó embarazada de otro hombre. Eso lo llevó a pensar que todas las mujeres eran iguales. Yo viajaba mucho por trabajo, y al principio me llamaba varias veces al día para saber dónde estaba. Con el tiempo, dejó de hacerlo, y pensé que por fin había empezado a confiar en mí. Entonces encontré un AirTag escondido en el forro de mi bolso. Comprobé su teléfono y me había estado rastreando.

—Joder.

—Me echó la culpa a mí, dijo que lo había obligado a rebajarse a ese nivel porque no le había garantizado lo suficiente que no lo engañaba. —Se encogió de hombros—. Tal como yo lo veo, si necesitas que tu pareja te confirme todo el rato que nunca ha hecho nada para que no dudes de ella, es tu problema, no el mío.

Tenía razón.

La camarera volvió y tomó mi pedido. Cuando se fue, Nora partió un trozo de melón y me apuntó con él.

—¿Qué tal tu vida amorosa? ¿Has tenido suerte en los pasillos de los supermercados?

—He estado un poco ocupado persiguiendo a mi abuela y a su amiga preciosa, aunque un poco exasperante, por todo el país.

—¿Solo un poco exasperante? Tendré que esforzarme más.

Sonreí.

—Entonces, ¿qué hay en la agenda para hoy? ¿Meter la cabeza en la boca de un tiburón o dejar que un ciego os dispare con un rifle a una manzana sobre vuestra cabeza?

—En realidad, no tenemos nada previsto porque se suponía que nos iríamos pronto. Obviamente, ha habido un cambio de planes, puesto que tenemos que quedarnos unos días más para la vista. Pero a Louise le encantan los tambores metálicos, y he visto un cartel en el vestíbulo sobre una fiesta en la playa que el hotel celebra esta tarde con música, así que he pensado que quizá podríamos ir y tomar un poco el sol.

—¿Crees que podréis quedaros vestidas mientras estáis en la playa?

—No será tan divertido, pero sobreviviré. ¿Y tú? ¿A qué hora tienes el vuelo?

—Odio decepcionarte, pero no me marcharé hoy. También me quedaré hasta que se celebre la vista. Quiero asegurarme de que mi abuela no le echa la bronca al juez y la encierran de nuevo.

—Diría que eso es ridículo y que nunca pasará, y que puedes irte a casa y no preocuparte, pero no me extrañaría tratándose de ella. Seguro que nos viene bien que te quedes. Además, entre nosotros, creo que le gusta tenerte cerca.

Asentí con la cabeza y me quedé en silencio durante un minuto.

—Entonces… —Nora se mordisqueó el suculento labio inferior—. Sobre anoche…, lo que pasó antes de que apareciera Richard.

Me froté el labio.

—¿Te refieres a cuando me dijiste que se te daba muy bien chuparla o a cuando me besaste?

Se sonrojó. No cabía duda de que el alcohol la había vuelto más atrevida.

—A las dos cosas.

—¿Qué pasa con eso?

—Bueno, solo quería decirte que no creo que sea buena idea que sigamos donde lo dejamos, sobre todo si te quedas unos días.

Eso fue desalentador, aunque disimulé mi reacción.

—¿Por qué no?

—Porque no busco una relación.

—Yo tampoco. —Incliné la cabeza—. Parece que los dos pensamos lo mismo, y podría ser una muy buena idea retomarlo donde lo dejamos. En realidad, olvida eso. No fui un caballero. Tal vez deberíamos empezar de nuevo. Me dijiste que la chupabas bien, pero no te conté que a mí me encantaría enterrar la cara entre tus piernas hasta oírte gritar.

Nora abrió mucho los ojos un momento, pero luego apartó la mirada y se aclaró la garganta.

—Aunque es una oferta generosa, creo que es mejor que sigamos siendo amigos.

Sonreí con satisfacción.

—No somos amigos. No nos gustamos lo suficiente.

—No nos gustamos lo suficiente para ser amigos, pero ¿nos gustamos lo suficiente para acostarnos?

Asentí con la cabeza.

—Así es. Las personas pueden sentirse físicamente atraídas sin que por ello les guste la personalidad del otro.

—Así que ¿no te gusta mi personalidad?

—No especialmente. Te encanta sermonearme. Lo único que me gusta de eso es imaginarme las distintas maneras en que podría hacerte callar metiéndote algo en la boca. —Me incliné hacia delante—. Y creo que a ti también te gusta pensar en eso. ¿Me equivoco?

El pecho de Nora se elevó un poco más y sus ojos se oscurecieron. «Está claro que no me equivoco». Pero de nuevo apartó los ojos y, cuando me miró de nuevo, se había recompuesto.

—Me gusta el sexo, pero no me gustan los líos. Y no lo digo en el sentido literal —explicó—. Si no me importara que las cosas se enredaran, habría aceptado la oferta de Richard de pasar la noche con él. Teníamos una química bastante buena cuando estábamos juntos.

Apreté la mandíbula. No era un tío celoso. De hecho, en la mayoría de mis relaciones ocasionales había adoptado la vieja postura militar de Clinton: «No preguntes. No hables». Supuse que el hecho de que me molestara pensar en ella con otro hombre debería hacer sonar las alarmas, aunque Nora era el tipo de mujer que merecía un poco de riesgo. Pero ya sabía que no era de las que querían que las convencieran de nada, ella sola decidía lo que le apetecía.

Sin embargo, ya nos habíamos visto dos veces y casi habíamos acabado en la cama en ambas ocasiones, así que me gustaba dejar la pelota sobre su tejado.

—Estaré por aquí si cambias de opinión —le dije.

Se terminó el café, se limpió la boca y dejó la servilleta sobre el plato vacío.

—Debería ir a yoga. ¿Te veré luego en la playa para la fiesta?

—Lo más probable es que no. Tengo mucho trabajo pendiente y debería ponerme al día.

Se puso en pie.

—Qué pena. Tenía ganas de ver lo que hay debajo de esas camisas de vestir que tanto te gustan.

—Tres, uno, nueve —anuncié.

—¿Esas son las series de ejercicios que haces o algo así?

Le guiñé un ojo.

—Es el número de mi habitación. Pásate cuando quieras, y estaré encantado de enseñarte lo que hay debajo de lo que llevo puesto.

Capítulo 8

Nora

—Bueno, bueno, bueno. —Me bajé las gafas de sol hasta el borde de la nariz para ver mejor al hombre que se acercaba a mi silla de playa—. ¿Qué tenemos aquí? El trajeado tiene un par de pantalones cortos. Nunca lo habría dicho.

Beck torció el labio.

—Acabo de comprarlos en la tienda de regalos. Los únicos pantalones cortos que tengo son para correr.

—¿Qué te pones cuando vas a la playa?

Levantó una ceja.

—¿A la playa?

—Dios mío. ¿Cuándo fue la última vez que estuviste en una?

Se llevó las manos a la cadera y miró hacia el mar.

—No estoy seguro. Hace mucho tiempo.

—No sabes lo que te pierdes.

En ese momento, Beck se deslizó las gafas de sol por el puente de la nariz. Bajó la mirada hasta mi cuerpo y recorrió lentamente el camino desde los dedos de mis pies hasta mi cuello. Se detuvo en mis pechos durante un rato, y luego se subió las gafas con un dedo.

—Habría sido más fácil si no lo supiera.

Sonreí.

—¿Has terminado todo el trabajo que tenías?

—Lo más urgente. —Miró a su alrededor—. ¿Dónde está mi abuela?

Señalé hacia la playa.

—Está en una clase de baile calipso.

Asintió con la cabeza.

—Me parece bien. ¿Te importa si me siento?

—¿Te quitarás esa camiseta?

—Hace calor. Tenía pensado hacerlo. ¿Supone un problema?

—No. —Hice un gesto hacia su torso—. Adelante. Hazlo antes de sentarte para que te vea bien. Creo que es lo justo.

Beck soltó una risita. Pero también se llevó una mano al cuello de la camiseta y se la quitó por encima de la cabeza.

«Ay, Dios». Joder, todo en él era atractivo. Piel bronceada, bíceps trabajados, abdominales marcados, una V que me hacía la boca agua y unos pectorales que tenía unas ganas locas de lamer. Extendió los brazos.

—¿Y bien?

Le resté importancia a mi aprobación.

—No está mal.

Sonrió, y de repente hizo que sus pectorales bailaran, y los músculos rebotaron a gran velocidad.

Me tapé la boca.

—Ay, madre. Eres uno de esos chicos.

Se rio.

—En realidad, no estaba seguro de poder hacerlo. No lo había hecho desde que tenía dieciséis años. Aprendí por mi cuenta en un intento de que la hermana mayor de mi colega se fijara en mí.

—¿Funcionó?

—Tenía veintitrés años y salía con un chico de la Facultad de Medicina. A mí me aconsejaba sobre cómo atraer a las mujeres Ronnie, de *Jersey Shore*. ¿Tú qué crees?

Me reí entre dientes.

Beck se sentó en la tumbona de Louise, a mi lado. Posó su mirada en mi escote y le cambió el rostro, y entonces supe que se había fijado en mi cicatriz. Cuando levantó los ojos, vi que se preguntaba si mencionarlo o no, y le ahorré el esfuerzo.

—Me operaron del corazón hace unos años.

—Tu ex mencionó algo al respecto. Cuando le conté lo de mi abuela y el motivo del viaje, dijo que todo encajaba teniendo en cuenta los problemas de salud que tuviste. ¿Puedo preguntar por qué te operaron?

—Rabdomiosarcoma.

—¿Lo mismo de lo que murió tu madre?

Asentí.

—Lo siento. ¿Todo bien ahora?

Odiaba hablar del cáncer, sobre todo en una playa preciosa, así que le di a Beck mi respuesta habitual cuando un desconocido se fijaba en mi cicatriz.

—Todo perfecto. Fui una de las afortunadas. —Señalé la caseta de actividades que había cerca—. Había pensado en alquilar una moto acuática. ¿Te apuntas?

Beck frunció el ceño.

—No, gracias.

—A Louise tampoco le gustaba la idea.

—No me sorprende, ya que así murió su hija.

Casi se me salieron los ojos de las órbitas. Me quité las gafas de sol y me incorporé.

—¿Qué has dicho?

—Mi madre murió en un accidente de moto acuática cuando yo tenía once años.

Me cubrí el corazón con una mano.

—Dios mío, no tenía ni idea. Era la segunda vez que le pedía a Louise que se apuntara. Hoy incluso le he hecho ¡cloc-cloc!, ya sabes, agitando los brazos como una gallina.

—Qué madura.

—Bueno, ¿cómo diablos iba a saberlo? Mencionó que su hija murió hace años en un accidente, pero automáticamente pensé que fue en uno de coche.

Beck negó con la cabeza.

—Mis padres estaban de vacaciones por su decimoquinto aniversario de boda. Mi padre conducía la moto acuática y chocaron contra una lancha. Él no se hizo ni un rasguño, pero mi madre sufrió una lesión cerebral traumática.

—Ostras. ¿Murió durante las vacaciones?

—En realidad, vivió tres meses más. Volaron con ella de vuelta a Estados Unidos, pero nunca recobró el conocimiento. Yo era un niño, y fueron unos meses horribles.

—Lo siento mucho.

Beck asintió.

—Gracias. No pretendía deprimirte. Solo quería que lo supieras. Eso es probablemente lo único de la lista de cosas por hacer que mi abuela no tachará.

—Por supuesto. Más que comprensible. —Sacudí la cabeza—. ¿Puedo hacerte una pregunta indiscreta?

—Dime.

—¿Tu padre falleció después de eso? Sé que Louise os crio a ti y a tu hermano tras la muerte de tu madre. Supuse que era porque tu padre también habría fallecido. Pero acabas de decir que no resultó herido.

—Así fue, pero se sentía muy culpable. Al parecer, había bebido un par de copas antes de subirse a la moto acuática. No lo suficiente para dar positivo en el test de alcoholemia que le hicieron unas horas después del accidente, pero nunca lo superó. Empezó a beber mucho, y mi abuela nos llevó a mi hermano y a mí a su casa unos días. Después de aquello, desapareció durante un tiempo y nunca volvimos a casa. Lo último que supe de él es que iba por su cuarta esposa y aún bebía. Vive en Florida, creo.

—Lamento que pasaras por eso.

—Mi abuela nos dio una buena vida.

—Supongo que ahora entiendo por qué eres tan sobreprotector con Louise. Ella ha sido muchas cosas para ti.

—¿Eso significa que harás que estos viajes locos paren?

—No, porque, aunque lo que acabas de contarme me ayuda a entender tus preocupaciones, no cambia el hecho de que Louise no hace todo esto por ti. Se trata de ella.

—No tiene por qué gustarme.

—No, desde luego que no. Pero deberías respetar y aceptar sus decisiones.

Beck frunció el ceño.

—¿Qué tal si volvemos a mirarnos el cuerpo? Es mucho más divertido que hablar contigo.

Lo fulminé con la mirada. Él hizo lo mismo.

—¿Sabes cuál creo que es tu problema? —le pregunté.

—No, pero supongo que ahora me lo dirás.

—Eres un maniático del control y odias no poder decidir lo que hace tu abuela.

—Lo dices como si fuera algo malo. Los maniáticos del control son buenos líderes. Son perfeccionistas y muy trabajadores.

—Son inflexibles y no saben escuchar.

Se llevó una mano a la oreja.

—Lo siento. ¿Qué has dicho?

—Uf. Cállate y dedícate a ser guapo, ¿quieres? Eso se te da muy bien.

—Se me dan bien muchas más cosas aparte de eso. ¿Qué tal si te lo demuestro?

Me entraron ganas de darle un puñetazo. Pero, al mismo tiempo, tuve que luchar contra mi instinto. ¿Por qué demonios me excitaba tanto discutir con ese tío? Cuanto más tenso era el momento, más abrumador parecía ser el efecto físico.

Y no era solo cosa mía. Beck posó la mirada en mi boca y se humedeció los labios. Parecía un león hambriento a punto de abalanzarse sobre la presa. Y yo era un antílope dispuesto a que lo hiciera. Por suerte, mi teléfono interrumpió mis ridículos pensamientos. Lo saqué del bolso y contesté.

—Hola, Louise.

—Hay un bailarín de calipso bahameño guapísimo aquí arriba que no tiene pareja —comentó—. Y reparten cócteles bahama mama gratis.

Levanté la mirada y me encontré con la de Beck.

—¿Un bailarín guapo y bebidas gratis? Parece justo lo que necesito. Estaré allí en unos minutos.

Cuando colgué, dediqué un minuto a investigar rápidamente en Google. Mientras tanto, Beck guardaba silencio y me observaba.

—¡Ja! —Giré el teléfono para mostrarle la pantalla—. No tiene nada que ver contigo.

Él entrecerró los ojos y se inclinó más para leer.

—El cerebro humano libera testosterona, cortisol y adrenalina cuando está sometido a estrés, como por ejemplo durante una pelea. Para contrarrestar esas hormonas, el cuerpo humano ansía las hormonas del placer que puede proporcionar el sexo.

Frunció las cejas.

—¿Qué demonios has buscado en Google?

—Por qué me pongo cachonda cuando discuto con un gilipollas.

Una vez más, le tembló el labio. Le ocurría a menudo cuando hablábamos.

—¿Sabes lo que tengo que decir al respecto? —preguntó.

—¿Qué?

Levantó las manos y las unió detrás de la cabeza, con los codos hacia fuera, e hizo bailar de nuevo sus pectorales.

—Estoy seguro de que tu guapísimo bailarín de calipso bahameño no sabe hacer esto.

Me levanté con un resoplido.

—Disfruta de tu propia compañía el resto de la tarde.

Sonrió satisfecho y se echó hacia atrás. Mantuvo las manos detrás de la cabeza mientras se acomodaba en la tumbona.

—Oh, lo haré. Estaré con mi persona favorita.

Capítulo 9

Nora

Esa misma noche, bajé al vestíbulo para reunirme con Louise y cenar con ella. Me había mandado un mensaje para decirme que había reservado mesa en un sitio elegante, pero no le había preguntado si Beck también iría. Cuando le pedí indicaciones sobre cómo debería vestirme, respondió que me pusiera el vestido azul real que había comprado la otra noche en una bonita *boutique*. Era muy ajustado y tenía un solo tirante, un corpiño que se ceñía a mis curvas y una abertura que probablemente necesitaría cinta adhesiva de doble cara para que no me detuvieran otra vez. Lo combiné con unos tacones de aguja plateados de diez centímetros con una fina tira que rodeaba el tobillo. Algunas personas giraron la cabeza mientras esperaba, y me sentí bien después de pasar la última semana vestida con ropa sucia de la playa y del viaje. A veces olvidaba lo mucho que disfrutaba al sacar mi lado femenino.

Me había autoconvencido de que me había arreglado para mí misma, pero, cuando Beck salió del ascensor y me vio allí, chocó con la persona que tenía delante. Tal vez no todo era por mí.

Ni siquiera fingió ocultar su admiración mientras se acercaba. Curiosamente, me gustó que no disimulara su evidente atracción física. Demasiados hombres fingían que sus intereses eran morales cuando solo querían echar un polvo.

Beck llevaba un traje de tres piezas hecho a medida. Cumplía más de uno de los requisitos de mi lista de regalos de Navidad. Saber que había un cuerpo cincelado debajo me hizo querer desenvolverlo con más ganas. Así que, sin duda, me alegré de que Louise nos acompañara. Las chicas tenemos un límite de fuerza de voluntad, sobre todo cuando no hemos practicado sexo en mucho tiempo.

—Vas vestida de mi color favorito —comentó Beck—. Tal vez debería decir que te queda horrible para que discutamos, pero no soy un mentiroso. Estás preciosa.

Me sonrojé.

—Gracias. Tú tampoco estás nada mal.

Levantó un brazo y se remangó la manga de la camisa para mostrar unos gemelos caros y un reloj todavía más caro.

—¿Llego pronto?

Negué con la cabeza.

—Justo a tiempo. Louise debería bajar en nada.

Asintió con la cabeza.

—Cuando me ha mandado un mensaje para ordenarme que me pusiera un traje para bajar a cenar, he estado a punto de contestarle que pediría algo al servicio de habitaciones. Me alegro de no haberlo hecho, porque me habría perdido este vestido.

Me vibró el teléfono en el bolso al mismo tiempo que el de Beck en algún lugar dentro de la chaqueta de su traje. Nos miramos el uno al otro.

—¿Es una coincidencia? —pregunté.

—No lo sé.

Sacamos nuestros teléfonos y leímos al mismo tiempo. Era un mensaje escrito para los dos.

Louise: Siento avisaros tan tarde. Me saltaré la cena de esta noche. Estoy un poco cansada. Pediré algo al servicio de habitaciones si me entra hambre. Vosotros dos disfrutad. La reserva es en el Royal Bahamian, aquí en el hotel.

«Mierda». Negué con la cabeza.

—La llamaré. Quiero asegurarme de que solo está cansada y que no ocurre nada más.

—Buena idea.

Louise contestó al segundo tono.

—Hola, cariño. Estoy bien. Es mi edad, no el cáncer.

Sonreí.

—¿Cómo sabías por qué te llamaba?

—Porque vas de despreocupada, pero en el fondo eres doña Angustias, igual que mi nieto.

Levanté la mirada para encontrarme con la de Beck.

—No me parezco en nada a tu nieto.

Louise se rio entre dientes.

—Tal vez os hagáis amigos durante la cena. He modificado la reserva. Está a mi nombre. Intentad disfrutarlo.

Suspiré.

—Duerme un poco. Te enviaré un mensaje por la mañana.

—Buenas noches, querida.

Colgué el teléfono.

—¿Está bien? —preguntó.

—Creo que sí. Eso parecía.

Asintió con la cabeza.

—¿Por qué has dicho que no nos parecemos en nada?

—Porque me ha soltado que yo era una doña Angustias como tú.

—Me alegro de que lo seas. Antes de conocerte, pensaba que eras alguien muy diferente.

Puse los brazos en jarras.

—¿Quién creías que era?

Colocó una mano sobre la parte baja de mi espalda.

—¿Qué tal si vamos a cenar y dejamos la discusión para el postre? ¿Dónde está el restaurante?

—Está aquí. Es el Royal Bahamian. Esta mañana he visto un cartel de camino a la playa.

Extendió la otra mano.

—Te sigo.

El restaurante estaba en la parte trasera del hotel, tenía ventanas abiertas y algunas mesas frente al agua. Le dimos el nombre de Louise al metre y sonrió.

—Ah, sí, nuestros invitados especiales de la noche.

Beck y yo nos miramos. Antes de que le preguntara qué significaba eso, nos indicó que lo siguiéramos. Nos dirigimos hacia la parte trasera del restaurante, así que pensé que nos sentarían en una mesa con vistas al mar. Pero entonces el metre se volvió y nos condujo por unas escaleras ocultas. Cuando llegamos abajo, abrió una puerta y salimos a la playa.

Habían colocado una mesa para dos a orillas del agua, bajo una palmera que los vientos alisios habían doblado y que ahora formaba un arco. El mantel blanco ondeaba con la ligera brisa y una lámpara de cristal protegía la vela del centro para que no se apagara. Miré a mi alrededor. No había ninguna otra mesa en toda la playa.

—¿Esto es para nosotros?

—Sí, señora. ¿No es de su agrado?

—Oh, sí. Es increíble. Es que… es muy romántico.

Sonrió y miró a Beck y luego a mí.

—Sí, lo es.

—¿No se suponía que nuestra reserva era para tres?

El metre frunció las cejas.

—¿Para tres?

Miré a Beck.

—¿Piensas lo mismo que yo?

Arqueó una ceja.

—¿Que mi abuela está arriba en su habitación practicando calipso y no está cansada en absoluto?

—También me dijo que me pusiera este vestido azul, que ahora sé que es *tu* color favorito, a pesar de que mencioné que llevaría uno rosa, *mi* color favorito.

—Tendré que acordarme de darle las gracias por eso.

Miré al metre.

—¿Tiene otra mesa? ¿Tal vez algo dentro?

Frunció el ceño.

—Me temo que no. Estamos completos esta noche. Su reserva es para la «Experiencia sabor a mar». Es un menú degustación de siete platos en esta mesa.

—Tal vez alguien quiera intercambiar su mesa con nosotros. La pareja de las escaleras, la de la mujer del vestido rojo, parecía enamorada. Podría preguntarles si les gustaría la idea.

El pobre hombre parecía horrorizado.

Beck sacó su cartera del bolsillo del pantalón y le entregó unos billetes al hombre.

—Esta mesa está bien. Yo me encargo a partir de aquí. Gracias.

El metre se fue de inmediato.

Levanté las manos, confundida.

—¿Por qué has hecho eso?

—Porque estás siendo ridícula.

Fruncí los labios.

—¿Por qué soy ridícula?

—¿Podemos sentarnos y comer? No te vas a morir.

—Como quieras. —Puse los ojos en blanco—. Vamos a quitárnoslo de encima.

Beck y yo tomamos asiento, y un camarero apareció casi de inmediato con la carta de vinos.

—¿Vas a pedir tu *bourbon* habitual? —le pregunté.

—Tomaré vino. Lo que tú elijas está bien.

Pedí una botella del tinto que había disfrutado por copas desde que habíamos llegado. Cuando volvimos a quedarnos solos, el único sonido que se oía era el suave batir de las olas contra la orilla, a menos de un metro y medio de distancia. Observé la marea subir y bajar varias veces, hipnotizada.

—La verdad es que es precioso —comenté.

—Lo es. —La voz de Beck era suave, pero capté algo en ella. Levanté la vista para averiguar qué era y me encontré con que me miraba de *esa* manera. No hablaba de la isla.

—¿Qué tal si hacemos las paces por esta noche? —sugerí—. Una tregua, quizá. Sin discusiones.

—¿Qué tiene eso de divertido?

Extendí una mano.

—¿Estás listo para el desafío?

Beck me cogió la mano, pero se la llevó a los labios con una sonrisa burlona y me besó la parte superior. El calor de sus labios se extendió por mi interior.

—Claro. —Guiñó un ojo—. Hay mil maneras de conseguirlo.

—No conseguirás nada, créeme.

Su sonrisa se ensanchó.

—Me encantan los retos.

El camarero volvió y abrió el vino. Después de que lo probáramos, llenó nuestras copas y se marchó. Beck me miró por encima de la vela mientras se frotaba el labio inferior con el pulgar, algo que hacía a menudo.

—¿En qué piensas? —le pregunté.

—¿Quién dice que estoy pensando? Tal vez solo disfruto tranquilamente de la compañía.

Señalé su mano, que ahora estaba sobre su copa de vino.

—Te frotas el labio con el dedo cuando meditas si debes preguntar algo. No eres precisamente una persona difícil de leer.

—Supongo que es porque no considero necesario ocultar lo que pienso.

—¿Y? —Extendí una mano con la palma hacia arriba—. Venga, escupe. ¿Por qué empezarías ahora?

—Intentaba respetar tu pacto de no discutir.

—Ah… —Asentí—. Así que lo que sea que estés pensando… ¿me cabreará?

Sacudió la cabeza.

—Todavía trato de entender por qué haces este viaje.

Puse los ojos en blanco.

—¿Otra vez con eso?

—Calculo que os lleváis unos cincuenta años. Incluso tú tienes que darte cuenta de que es una pareja inusual.

—Cuarenta y nueve, y no sabía que hubiera un límite de edad para las amistades. Además, actúas como si le hiciera un favor a tu abuela al viajar con ella, como si necesitara una acompañante o algo así.

—La arrestaron hace solo dos días…

—¿Y qué? No necesita una acompañante, y algunos días creo que es ella la que me hace un favor a mí, no al revés. Algunas de las cosas que hemos hecho juntas son cosas que yo quiero hacer, ¿sabes?

—¿Como qué?

—Bueno, por ejemplo, estamos aquí en las Bahamas porque quiero ir a Exuma. Se suponía que pasaríamos unas noches en esta isla para divertirnos apostando, y luego esta mañana teníamos que coger un barco a otra.

—¿Para hacer qué?

—Para ver a mi padre.

—¿Está allí de vacaciones?

Negué con la cabeza.

—Vive allí. Es dueño de un pequeño hotel en Georgetown. No lo conozco.

Beck frunció el ceño.

—¿Qué quieres decir con que no lo conoces?

—Bueno, como en tu caso, mi madre murió cuando yo era pequeña. Solo tenía tres años cuando enfermó. Ni siquiera la recuerdo, solo por fotos. Estaba casada con William, quien yo creí que era mi padre biológico hasta que cumplí dieciocho años. Resultó que aunque me crio, era mi padrastro. Había conocido a mi madre cuando estaba embarazada de cinco meses de otro hombre y nunca le importó que yo no fuera su hija. William se enamoró locamente de mi madre. Aún lo está. Nunca volvió a casarse. Es el ser humano más increíble que he conocido. Cuando me contó la verdad, dijo que él y mi madre nunca habían planeado mantenerlo en secreto, pero, después de que ella muriera, no quería quitarme al único otro padre que había conocido.

—Vaya. ¿Tu padre biológico sabe que existes?

Me encogí de hombros.

—Supongo que sí. Al menos, en algún momento lo supo. Mi madre le contó que estaba embarazada, y él mandó unos cheques para ayudar cuando yo naciera. Pero William le dijo que, si no quería formar parte de mi vida, los cheques no eran necesarios. Podía cuidar de su familia sin la ayuda de un extraño. Eso fue lo último que supieron de Alex Stewart. Hace unos cinco años, hice una de esas pruebas de 23andMe y obtuve algunas coincidencias en la parte de mi padre. Pero no había ningún pariente de primer grado, como hermanos o mi padre; nada, en realidad. Entonces, el año pasado, un día recibí un correo electrónico en el que me decían que tenía nuevos parientes. Esto sucede con frecuencia cuando estás registrada en esa página. Suelen ser primos de quinto grado o tías abuelas. Pero esa vez, cuando entré para comprobarlo, ponía el nombre de mi padre y la relación era paterna. También debieron de notificárselo a él. Así que supongo que sabe que todavía ando por ahí.

—¿Contactaste con él?

—No. Y él tampoco. Pero lo busqué en internet. Así descubrí que ahora vive en las Bahamas. Al parecer, llegó a ser ejecutivo de una gran cadena hotelera, pero se retiró pronto y compró un hotel destartalado en la isla y lo devolvió a la vida. Encontré un artículo cuando investigaba sobre él.

—Si recibiste el correo hace un año, ¿por qué has tardado tanto en ir a verlo?

—No estoy segura. No noto esa sensación de abandono que tienen algunas personas que nunca llegaron a conocer a sus padres. No tengo preguntas que hacerle ni nada que reprocharle. Supongo que nunca tuve una sensación de urgencia.

—Entonces, ¿por qué ahora?

Me encogí de hombros.

—Supongo que es el momento adecuado.

Beck asintió.

—¿Y cuál es tu plan? ¿Acercarte a él y decirle que eres su hija?

Suspiré.

—No tengo plan.

—Eso me temía.

Me reí entre dientes.

—Cállate.

Beck sonrió.

—Se te han iluminado los ojos cuando has hablado de tu padrastro.

—Es un hombre increíble. Algunas mujeres tienen problemas porque su padre las abandonó o porque no era un buen ejemplo de cómo debe tratarse a una mujer, y eso provoca relaciones disfuncionales con los hombres. Mi problema, en cambio, es que ninguno estará a la altura de William. Es sabio y justo, duro cuando hace falta, pero también un gran oso de peluche.

—Si mi hija crece y en el futuro me describe la mitad de bien, sentiré que he hecho mi trabajo en la vida de forma más que digna.

Recorrí el rostro de Beck con la mirada mientras sorbía el vino.

—Seguro que eres un buen padre.

—Lo intento. Mi abuela fue un buen ejemplo de paternidad, y, aunque mi ex no fue la mejor esposa, es una madre bastante buena. Pero parece que ambos tuvimos la suerte de que las personas adecuadas se hicieran cargo de nosotros cuando lo necesitábamos.

Se me humedecieron los ojos de manera inesperada y respiré hondo mientras luchaba contra las lágrimas y buscaba algo que decir.

—Siento mucho que Louise se esté muriendo. No puedo ni imaginarme a William…

Beck extendió una mano sobre la mesa y me pasó el pulgar por la mejilla para secar una lágrima.

—Bueno, esta noche ha tomado un giro hacia lo deprimente bastante rápido, ¿eh?

Me reí y me sequé los ojos con la servilleta.

—Hablemos de algo más divertido. Cuéntame algo de tu hermano, Jake. Tu abuela dice que no os parecéis en nada.

Beck negó con la cabeza.

—Es un cumplido. Jake es diez años más joven que yo, pero a menudo siento que es mi hijo. Trabaja para mí.

—¿A qué se dedica?

—No estoy muy seguro. Te lo haré saber cuando lo averigüe.

Me reí.

—No, en serio.

—Se dedica al *marketing* y las relaciones públicas. Es bastante bueno en eso. Pero no le digas que lo he dicho. Se incorporó en cuanto terminó la universidad. A mí se me dan bien los tratos en persona. Méteme en una reunión y te conseguiré la mayoría de los clientes. Pero no se me dan bien las presentaciones que no son en persona: páginas web, diseño de propuestas, conseguir que publiquen artículos en revistas. Jake tiene un aire juvenil. Nunca deja de sonreír y siempre necesita que le planchen la camisa. Pero le funciona.

—Eso es gracioso. En cambio, tú eres taciturno, siempre vas impecable y no hay nada juvenil en ti.

Sus ojos brillaban a la luz de las velas.

—Me alegro de que te hayas dado cuenta. Soy todo un hombre, cariño.

Sentí que se me calentaban las mejillas. Por suerte, el camarero llegó con nuestro primer plato de degustación: una patata frita casera con caviar por encima. Absolutamente delicioso.

Me limpié la boca con la servilleta.

—Así que, dime, Beck, ¿por qué te divorciaste?

Se recostó en la silla.

—Qué gran pregunta.

Incliné la cabeza.

—Te conté lo que pasó entre Richard y yo. Creo que es justo que me cuentes por qué te divorciaste.

—De acuerdo. No es bonito, pero imagino que la mayoría de las historias de divorcio no lo son. Me casé con una mujer que había conocido en la universidad. Ella era de Nevada y no tenía mucha familia en la costa este, salvo un tío que era profesor donde estudiábamos. Unos meses después de que empezáramos a salir, un amigo me contó que había visto a Carrie besándose con el profesor Burton. Carrie y yo nos reímos mucho, porque el profesor Burton era su tío. Poco tiempo después de graduarme, Carrie se quedó embarazada. Yo no estaba listo para ser padre, no te mentiré, pero iba a pasar me gustara o no, así que creí que era mejor darlo todo. Seis meses después de que naciera Maddie, llegué pronto a casa del trabajo y me encontré a Carrie en la cama con el profesor Burton.

Abrí los ojos de par en par.

—¿Se acostaba con su tío?

—Por supuesto, eso es lo que yo pensé. Pero resultó que el tipo no era su tío. No era pariente de Carrie en absoluto. Pero los habían pillado juntos unas cuantas veces, cuando él la llevaba en coche y cosas así. Así que le contaron a la gente que era su tío para no levantar sospechas. Él es treinta y un años mayor, de modo que tenía sentido. Se acostaba con él desde el primer año, y él siempre le prometía que dejaría a su mujer por ella. Como no lo hizo, ella lo dejó. Una vez casada conmigo, el tío cambió de parecer y al final dejó a su esposa. Entonces Carrie se vio en una encrucijada entre la vida cómoda que yo le ofrecía y el hombre que siempre había deseado, pero que nunca había podido tener. Cuando él empezó a acercarse de nuevo, pensó que quizá podría tenernos a ambos. Es gracioso, pedí el divorcio en nuestro primer aniversario de boda.

—Santo cielo. ¿Qué pasó entre ella y el profesor?

—Ahora están casados. Él acaba de cumplir sesenta y ella tiene veintinueve.

—Vaya, es una historia de locos. Al lado de esto, el hecho de que Richard me rastreara parece casi normal.

Se rio entre dientes.

—Me alegra que mi vida te haga sentir normal.

El camarero trajo nuestro segundo plato y, cuando lo terminamos, los siguientes fueron llegando cada cinco o diez minutos durante la siguiente hora.

Cada porción era muy pequeña, un solo mordisco; sin embargo, al final me sentía llena. Me recosté y me di unas palmaditas en el estómago.

—Estoy muy llena, pero todo estaba delicioso.

—Sí. Y he disfrutado de la compañía. Parece que hemos conseguido mantener nuestro pacto.

—Eso parece. —Sonreí—. ¿Quién me iba a decir que podrías ser agradable durante tanto tiempo?

—Listilla.

Cuando el camarero volvió, Beck le pidió la cuenta, pero, al parecer, Louise había pagado por adelantado. Cruzamos de nuevo el restaurante y caminamos por el pasillo hacia los ascensores. Al pasar por delante del bar del vestíbulo, oí una risa robusta y familiar.

Beck y yo nos miramos antes de volvernos hacia el extremo del bar de donde procedía el sonido. Había una mujer y dos señores mayores sentados juntos, y los tres reían a carcajadas con el camarero.

—Parece que Louise se encuentra mejor —comenté.

Beck negó con la cabeza.

—¿Por qué no me sorprende lo más mínimo?

Nos acercamos. Cuando Louise nos vio, su gran sonrisa se ensanchó aún más.

—Ahí estáis. ¿Qué tal la cena?

Beck entrecerró los ojos.

—Lo sabrías si no hubieras estado demasiado agotada para aparecer. Hablando de eso, parece que has conseguido un milagroso segundo aire.

A Louise no parecía importarle una mierda que supiéramos lo que había hecho.

—Así es. Sentaos con nosotros. Estos son mis nuevos amigos.

Tomé asiento, pero Beck miró su reloj.

—Debería irme. Tengo una llamada con un socio de China en unos minutos.

—Ah, vale. —Forcé una sonrisa, pero me sentía decepcionada. A pesar de que no me gustara, había disfrutado de su compañía. Y tampoco estaba nada mal mirarlo desde el otro lado de la mesa—. Buenas noches.

—Igualmente.

Cuando se marchó de vuelta a su habitación, Louise y yo tomamos una copa de vino con los dos hombres que había conocido en el bar. Resultó que eran una pareja de luna de miel. Ambos habían estado casados con mujeres la mayor parte de su vida y habían salido del armario recientemente. Cuando terminamos, se despidieron y se fueron a dar un paseo por la playa.

—Aseguraos de que no os quitáis la ropa —les aconsejó Louise—. Nos metimos en un lío al bañarnos desnudas por la noche. Al parecer, eso es ilegal aquí.

Los hombres se rieron.

—Es bueno saberlo.

Los observé alejarse.

—Dios, imagina pasarte la vida viviendo en una mentira. Me alegro de que encontraran una forma de ser quienes son antes de que fuera demasiado tarde.

—Yo también. La vida es demasiado corta para lamentarse. Hablando de eso, ¿has disfrutado de la cena?

Sonreí.

—Tu nieto es muy guapo, y esta noche incluso ha sido una buena compañía. Pero no creo que emparejarnos sea prudente, por más de una razón.

Louise me hizo un gesto para mostrar su desacuerdo.

—Creo que podríais ser buenos el uno para el otro. Él necesita relajarse un poco y a ti te iría bien que alguien te cuidara.

—Vive en Nueva York. Yo volveré a California al final del verano. Además, no es el momento adecuado, Louise.

—A veces encontramos a la persona adecuada en el momento equivocado. Y solo tenemos que confiar en el destino.

Capítulo 10

Beck

Dos días después, fuimos al juzgado para la vista programada de la abuela y Nora. Me sorprendió bastante que todo fuera como la seda. Las dos se declararon inocentes, pagamos la multa y salimos quince minutos más tarde. Pero noté que la abuela tosía mucho. La noche anterior, durante la cena, me había percatado un par de veces, pero esa mañana tosía con mucha más frecuencia, y se había convertido en una tos seca.

—¿Estás bien? —le pregunté cuando salimos del juzgado—. ¿Deberíamos ir a ver a un médico?

La abuela se aclaró la garganta y sacudió la cabeza.

—¿Para qué? Ya sabemos lo que me pasa.

Fruncí los labios.

—Porque quizá puedan darte algo que te ayude. Sé que no quieres recibir ningún tratamiento, pero eso no significa que no puedas tomar algún medicamento para prevenir una infección o algo así.

Nora asintió.

—Beck tiene razón. También respiras con algo de dificultad. Quizá puedan darte un tratamiento con nebulizador o un inhalador. Tal vez incluso un antitusivo o algo así.

—Vale, pero vamos a una clínica aquí y no a un hospital cerca de casa.

Nora se encogió de hombros.

—Me parece bien.

Miré a mi abuela.

—Digo algo y me lo discutes de inmediato. —Señalé con un pulgar a Nora—. Pero lo dice ella y es una buena idea.

—Seguro que es porque tu abuela está acostumbrada a que intentes controlarla, así que automáticamente se pone a la defensiva.

Entrecerré los ojos.

—No te preguntaba a ti.

Ella puso los ojos en blanco.

—Busquemos una clínica.

Dos horas más tarde, Nora y yo estábamos en la sala de espera de un centro de urgencias abarrotado. Hacía casi media hora que se habían llevado a la abuela.

La recepcionista deslizó la ventanilla de cristal y se inclinó hacia la abertura.

—¡Eleanor Sutton!

Nora se levantó y se acercó al mostrador. Yo la seguí.

—El médico y su abuela quieren que entre.

—No es su abuela —la corregí—. Es la mía.

La mujer me miró de arriba abajo.

—No parece llamarse Eleanor Sutton.

—No, no me llamo así. Pero la paciente es mi abuela, no la suya.

La mujer se encogió de hombros.

—Bueno, ha preguntado por ella. No por usted.

—Quizá no vaya vestida o algo así —comentó Nora mientras posaba una mano en mi brazo—. Déjeme entrar y ver qué pasa.

Como no me quedaba otra opción, asentí.

Quince minutos después, me estaba impacientando cuando la abuela y Nora salieron de la parte de atrás. Me levanté.

—Creía que vendríais a buscarme.

Mi abuela puso los ojos en blanco.

—Tranquilízate, Beck. El médico solo quería asegurarse de que Nora sabe hacer la maniobra de Heimlich por si se me atasca la comida. Al tumor de mi esófago le gusta atrapar cosas. Por eso toso. Los trocitos se atascan y me irritan la garganta.

—¿Pueden reducirlo?

La abuela frunció el ceño.

—Sabes que no quiero recibir tratamiento.

—Pero… si te ayuda a mejorar tu calidad de vida…

Suspiró y levantó una bolsa de papel blanco.

—Me ha dado Alka-Seltzer y algo llamado simeticona que ayudará a mi estómago a producir gases, ya que estos aumentan la presión en el esófago y pueden ayudar a empujar la comida. Ahora vayámonos de aquí.

Me quedé en silencio mientras llevaba a Bonnie y Clyde de vuelta al hotel. Si quería convencer a mi abuela de que debía recibir tratamiento preventivo, no era tan tonto para hacerlo cuando tenía a dos personas en mi contra. Así que esperé y, cuando la acompañé a su habitación, le pregunté si podíamos hablar unos minutos. Me respondió que tenía que ir al baño, pero que se reuniría conmigo en el vestíbulo para tomar un café al cabo de quince minutos.

Pero no fue la abuela quien apareció.

—No va a venir —declaró Nora cuando salió del ascensor.

—¿Por qué no? Me ha dicho que nos encontraríamos aquí.

Tomó asiento frente a mí.

—Creo que sus palabras exactas han sido: «Quiero a ese chico, pero a veces es más terco que una mula».

—Así que ¿te ha enviado ella?

—No. He venido por mi cuenta para que no te preocuparas por ella cuando perdieras la paciencia e, inevitablemente, subieras a su habitación a buscarla. No está ahí.

Se me encogió el corazón.

—¿Adónde ha ido?

—No creo que quieras saberlo.

Sacudí la cabeza.

—¿Dónde está?

—Ha ido a casa de Frieda a jugar a las cartas.

—¿Frieda?

—Una de las mujeres que conocimos en la cárcel. Ha montado una partida por la tarde y le dijo a Louise que pasara cuando quisiera.

—¿Cómo ha ido hasta ahí?

—Ha dicho que el conserje le pediría un taxi.

Respiré hondo.

—Menuda joyita de abuela. Gracias por contármelo.

Nora puso su mano sobre la mía.

—Te prometo que la cuidaré.

Me burlé.

—Estupendo. ¿Será a seiscientos metros de altura mientras las dos lleváis los paracaídas puestos?

—Entonces también la vigilaré. —Sonrió y se levantó—. Me voy con ellas para jugar a las cartas.

—¿En la casa de juego ilegal cuya dueña has conocido en prisión?

—Deja de ser tan aguafiestas. ¿Quieres venir?

Negué con la cabeza.

—Creo que paso. Tengo trabajo que hacer de todos modos.

Se encogió de hombros.

—Bueno, no voy a perder la oportunidad de disfrutar con Louise mientras pueda.

Nora se alejó. Solo tardé unos diez segundos en darme cuenta de lo que había dicho. «Mientras pueda». Se me estrujó el corazón. «Joder». Tenía razón. El trabajo podía esperar. Total, yo era el jefe.

Me levanté y le grité a Nora.

—¡Espera!

—¿Quién ha traído el sol de las Bahamas? —Una mujer con marcado acento isleño dejó de repartir cartas y nos miró. Llevaba un vistoso pañuelo en la cabeza y un brillante pintalabios de color melocotón.

Miré detrás de mí para averiguar a qué se refería. Nora se rio.

—Seguro que se refiere a ti, Beck.

—Este es mi nieto. —La abuela se recostó en su silla con una sonrisa. Para no ser menos que la colorida señora del pañuelo, se había puesto una camisa brillante y una sombra de ojos a juego, también brillante—. Guapo, pero mandón.

Una de las señoras de la mesa movió las cejas. Debía de tener cerca de setenta años.

—Me gustan mandones.

Supongo que mi cara dejó entrever que no estaba muy seguro de qué pensar del grupo, porque todas se rieron.

—Relájate, chico. Entra. Cualquier amigo de Mamacita es amigo nuestro.

—¿«Mamacita»?

Nora se inclinó.

—Así es como llaman a Louise. Le pega, ¿verdad?

Iba a ser una tarde infernal.

Nora y yo nos unimos al grupo en la mesa. Aparte de Frieda, la dueña, había un tío al que llamaban Sugar. La señora a la que le gustaban los mandones era Rowan, y, por último, había otro hombre al que llamaban Fideo, que era de todo menos eso. Mi abuela estaba sentada al final, fumándose un puro.

Cuando vio mis ojos clavados en ella, se encogió de hombros.

—Dame un respiro, chico. ¿Qué hará? ¿Provocarme un cáncer?

Negué con la cabeza, pero me mordí la lengua. Parecían estar jugando al *blackjack*.

—¿Os importa si os acompañamos? —pregunté.

—Claro que no. No me quejaré por mirar a esa cara tan bonita de cerca, cariño. —La mujer extendió una mano y se inclinó sobre la mesa—. Frieda Ellington. Encantada de conocerte.

Supuse que ahí no se aplicaban las reglas de juego de Las Vegas. Un cliente nunca podía tocarle la mano al crupier. Le di la mano.

—Beck Cross.

Nora sonrió.

—Hola, Frieda. Me alegro de verte.

—Tienes mejor aspecto que la última vez.

Nora se rio.

—Eso espero. Nos detuvieron después de un largo baño en el océano, y yo llevaba un uniforme cuatro tallas más grande que había robado.

Ocupamos los dos asientos libres. Estaban uno frente al otro, lo que me vino bien. Frieda no era la única que disfrutaría de las vistas.

Saqué la cartera del bolsillo y la abrí, pero Frieda me indicó que no con una mano.

—Los juegos diurnos son para divertirse con los amigos. Solo apostamos de noche.

—Ah, vale.

Recogió dos pilas de fichas y me las acercó a la mesa.

—Pero tenemos un bote al final. El gran ganador del día puede elegir algo que pertenezca a cualquiera de los de la mesa. Puede ser la camiseta que llevas puesta o que te lleven a casa. Algo sencillo.

Miré mi reloj.

—¿Se puede elegir cualquier cosa?

Ella sonrió.

—No te preocupes por eso tan elegante que llevas en la muñeca. Hay un valor máximo de veinticinco dólares. Pero más te vale que Rowan no gane. Le gustan los besos.

Rowan esbozó una sonrisa de dientes amarillos. Habría preferido dar mi reloj.

Capítulo 11

Nora

Al día siguiente, cuando llegamos a Exuma, era un manojo de nervios. Había reservado un hotel distinto al de mi padre, porque no quería quedarme allí si las cosas no iban bien. Aún no sabía qué demonios le diría cuando lo viera, suponiendo que estuviera ahí. Pero parecía una de esas cosas de la vida que no se pueden planear. Pasaría lo que tuviera que pasar.

Louise se había ofrecido a acompañarme, pero necesitaba hacerlo sola. Así que, después de que nos registráramos en el hotel, fue a relajarse a la piscina. Beck no podía coger un vuelo a casa hasta el día siguiente, de modo que había decidido acompañarnos en nuestro viaje en barco a Exuma. Él estaba en su habitación trabajando, y yo debía dirigirme seis kilómetros más al sur, hacia el Sunset Hotel. Pero hacía una hora y media que había hecho una parada en el bar y aún no había reunido el valor para llegar más lejos.

Iba por mi segunda copa de vino cuando una voz grave me sobresaltó.

—¿Ya has vuelto?

«Beck».

Solté un suspiro exagerado.

—Todavía no me he ido.

—¿Necesitas que te lleve?

Negué con la cabeza.

—No. Hay taxis esperando a la gente que necesita que la lleven. Y el conserje ha dicho que, si por alguna razón no había ninguno, podía llamar y tendría uno aquí en cinco minutos o menos.

Beck miró mi copa de vino casi vacía.

—¿Estás tomándote una copa de coraje líquido?

—¿Te burlarás de mí si digo que sí?

—No. Me tomé dos dedos de *whisky* en mi habitación antes de tener las pelotas de volver al bar después de mi llamada de Zoom la noche en que nos conocimos. Puedes ser un poco intimidante.

Levanté mucho las cejas.

—¿Tú te sentías intimidado por mí? Estás de coña.

Señaló el asiento libre a mi lado.

—¿Quieres compañía?

—Vale.

Beck se sentó. El camarero se acercó.

—¿Qué le sirvo?

—¿Me pones un agua con gas, por favor?

—Marchando.

El camarero me señaló.

—¿Quiere otra copa?

—Qué demonios. ¿Por qué no?

Cuando se alejó, Beck me miró.

—Hoy llevas tu color favorito en vez del mío.

Miré hacia abajo. Había olvidado por completo lo que llevaba puesto: un vestido de tirantes rosa palo.

—En realidad, me gusta más el rosa fuerte que el rosa claro. Pero no es tan fácil de combinar. Tienes buena memoria.

Beck se dio un golpecito con el dedo índice en la sien.

—Difícil de olvidar. Me costará quitarme de la cabeza ese vestido azul.

Oculté mi rubor mientras me bebía las últimas gotas de la copa antes de que el camarero me trajera otra.

—¿Ya has terminado de trabajar?

—Todavía no. Estaba yendo al centro de negocios, a recoger unos documentos que mi asistente me ha enviado por correo electrónico para que los firmara. El bar está de camino al centro.

—Ah. Bueno, no dejes que te entretenga. Estaré bien.

—¿Quieres hacer un *roleplay?*

—¿Disculpa?

Me dedicó una sonrisa lenta y *sexy.*

—Lo creas o no, con eso no pretendía sonar como un guarro. Estás nerviosa. Así que finge que soy tu padre y dime lo que tengas pensado decirle. Haremos un pequeño simulacro.

Me mordí el labio.

—Ese es el problema. No tengo nada planeado.

Se encogió de hombros.

—Entonces haremos estilo libre. Improvisaremos. —Levantó la barbilla—. Cierra los ojos un minuto. Respira hondo, sacude los brazos, echa los hombros hacia atrás, y luego simplemente no pienses.

Asentí con la cabeza. ¿Por qué no? Así que hice lo que me sugirió y me relajé todo lo posible. Luego me volví para mirarlo de frente.

—Hola. —Sonreí—. ¿Eres Alex Stewart?

Él mantuvo la cara seria.

—Así es. ¿En qué puedo ayudarte?

Me quedé en blanco y lo miré fijamente.

—Joder, Beck. ¿Qué coño le voy a decir a este hombre?

—No lo sé. ¿Qué tal si empiezas preguntándole si recuerda a tu madre?

—Oh. Sí…, es una buena idea. Eso romperá el hielo.

Beck extendió una mano.

—Adelante. Prueba.

Me enderecé en la silla.

—Hola. ¿Eres Alex Stewart?

—Así es. ¿En qué puedo ayudarte?

Respiré hondo.

—Tal vez sea una pregunta extraña, pero ¿recuerdas a una mujer llamada Erica Sutton? —Negó con la cabeza como respuesta—. Perdón. Erica Kerrigan. Kerrigan es su apellido de soltera.

—Sí. ¿Qué pasa con ella?

—Bueno, ella es… mi madre.

—Vale…

—Ay, Dios. ¿Crees que no lo entenderá cuando diga eso y que tendré que decir más?

Se encogió de hombros.

—No tengo ni idea. Pero más vale prepararse para lo peor.

—Tienes razón. De acuerdo. Entonces deja que repita la pregunta. ¿Recuerdas a una mujer llamada Erica Kerrigan?

—No.

Parpadeé varias veces.

—¿Cómo que no?

—No la recuerdo.

—No, Beck. Se suponía que tenías que decir que sí, como has hecho la primera vez.

—Esto es improvisación. Tienes que seguir la corriente. Me estoy inventando lo que dirá.

—De acuerdo. Sigamos.

Beck volvió a su personaje.

—No recuerdo a ninguna Erica Kerrigan.

—¿Cómo puedes no recordarla? La dejaste embarazada. —Me tapé la boca—. Mierda. No debería decir eso, ¿verdad?

—Creo que deberías decir lo que quieras decir. Si te molesta que no se acuerde de una mujer a la que dejó embarazada, díselo.

—Vale. ¿Qué dirá después de que le recuerde que la dejó embarazada?

—No estoy seguro.

—Bueno, ¿qué dirías tú si una chica se te acercara y te contara que dejaste embarazada a su madre?

—Supongo que tendría curiosidad por saber por qué demonios me entero de eso después de que la niña en cuestión tenga edad para hablar. Pero en tu caso es diferente, porque tu madre sí que le habló de ti. Así que no debería ser un *shock* total.

El camarero se acercó con mi vino y el agua con gas de Beck. Conocía mis límites. Dos copas me ayudaban a relajarme. Bueno, al menos solían hacerlo. Pero la tercera me pondría al límite y afectaría a mi juicio.

Suspiré y señalé mi bebida.

—Creo que al final no me la beberé. Una copa más y o no voy o no debería ir.

Beck deslizó mi copa hacia atrás y puso la suya delante de mí.

—Bebe un poco de agua.

—Gracias.

—¿Qué tal si te llevo hasta allí?

—Oh, no. No es necesario. Solo está a unos kilómetros. Puedo coger un taxi.

—Sí, pero el taxista no te obligará a salir del coche cuando llegues.

Sonreí con tristeza.

—Tienes razón. ¿Seguro que no te importa?

Negó con la cabeza.

—En absoluto.

El Sunset Hotel era igual que en las fotos de su página web. Pintado de verde caribeño, con contraventanas y molduras blancas, tenía un aire isleño y relajado. Cuando llegamos, dos empleados vestidos con uniformes florales bailaban al ritmo de música *reggae.* El más alto de ellos me abrió la puerta con una sonrisa.

—Bienvenida al Sunset Hotel. —Me ofreció una mano para ayudarme a salir del coche—. ¿Es su primer día en nuestro alojamiento?

—Eh… No. Hay un bar aquí, ¿verdad? Solo he venido a tomar una copa.

—Nuestro bar es el lugar ideal para ver la puesta de sol. —Señaló el vestíbulo al aire libre—. Hay que ir directamente a la parte de atrás y bajar las escaleras. No tiene pérdida.

Beck caminó alrededor del coche.

—¿Quieres que vaya contigo?

—No, no. Ya he interrumpido bastante tu día. Tienes trabajo que hacer.

—Puede esperar.

—No puedo pedirte que hagas esto conmigo…

—No me lo has pedido. Me he ofrecido. Me quedaré por aquí por si me necesitas. Dejaré que hagas lo que has venido a hacer.

Me sudaban las palmas de las manos y me sentía un poco mareada. La idea de tener cerca a alguien conocido me reconfortó, así que asentí.

—De acuerdo. Gracias.

Beck le lanzó las llaves al aparcacoches.

—¿Me lo guardas un rato?

—Claro, señor.

Se me aceleró el corazón al entrar en el hotel. Seguro que parecía una delincuente por la forma en que alternaba la mirada de una persona a otra. Beck me rodeó la cadera con una mano y apretó con suavidad mientras se inclinaba y susurraba:

—Respira, cariño.

Asentí e inspiré hondo. Una vez en el vestíbulo, unos escalones conducían a un patio exterior. Abajo se veía el chiringuito.

Beck y yo nos detuvimos.

—Hasta ahora nadie me ha parecido lo bastante mayor para ser tu padre. Supongo, pues, que no nos lo hemos cruzado todavía, ¿no?

Negué con la cabeza.

—¿Qué aspecto tiene?

—Oh. —Saqué el móvil—. Puedo enseñártelo. —Escribí en mi teléfono y me desplacé por la página web del hotel—.

Parece un vagabundo de playa envejecido: tiene el pelo blanqueado por el sol, de color arenoso, hasta los hombros. Bronceado. Gafas de sol que le cuelgan del cuello con una cinta.

—Encontré la foto que buscaba en la pestaña de la sección «Quiénes somos» y giré el teléfono para mostrársela a Beck.

Sonrió.

—Justo como me lo había imaginado por tu descripción. Gracias. Al menos ahora puedo ayudarte a buscarlo. —Miró hacia el bar—. ¿De verdad querías ir al bar, o querías echar un vistazo primero?

—En su biografía pone que a menudo está trabajando en el chiringuito, descalzo.

—De acuerdo, entonces. ¿Estás lista?

Negué con la cabeza.

—No.

Se rio entre dientes.

—Vamos de todos modos.

Bajamos codo con codo las escaleras hasta la playa. El chiringuito tenía un techo de paja que crujía con la brisa y asientos de color azul brillante en tres de sus lados. A un lado había algunas mesas, una de ellas ocupada por una pareja en bañador.

Me detuve al llegar al camino de madera, a menos de treinta metros.

—Creo que es él.

Beck fijó la mirada en el hombre que había detrás de la barra. Llevaba unas gafas de sol sobre la cabeza que le sujetaban el pelo desgreñado y, con un cigarrillo entre los dientes, abría una botella de cerveza. Beck asintió.

—Está claro que no era publicidad engañosa. Creo que es la misma camisa que llevaba en la foto de la página web.

No podía dejar de mirar.

—No se parece en nada a William.

—¿No?

Moví la cabeza.

—William se cuida mucho. Se levanta al amanecer y corre ocho kilómetros al día, en pantalón corto y camiseta con una banda reflectante de seguridad.

—¿Estarás bien? —preguntó.

Tragué saliva y asentí.

—¿Por qué no te sientas en la barra? Yo me pondré en una de las mesas de ahí, para darte un poco de privacidad.

Respiré hondo.

—De acuerdo.

Él sonrió.

—Tú puedes.

El corto camino que conducía a la barra parecía más bien una pasarela. Cuando ya estábamos cerca, Beck me guiñó un ojo y siguió caminando hacia una mesa vacía. Tomé el asiento más cercano a él, que resultó ser el más alejado del camarero.

Pensé que tendría un minuto para recomponerme, pero en cuanto apoyé las nalgas en el taburete, el hombre que había detrás de la barra se acercó. Las gafas de sol que llevaba sobre la cabeza ahora le cubrían los ojos. Esbozó una sonrisa de bienvenida.

—Hola, preciosa. ¿Qué te pongo?

«Dios mío». Me sentí mareada, como si fuera a vomitar. Pero, al parecer, lo que me pasaba por dentro no se notaba por fuera. O, al menos, el camarero no pareció darse cuenta. Porque esperó, como si yo fuera a responder y no a vomitar encima de toda la barra.

—Eh… Tomaré una piña colada.

—Perfecto.

Lo seguí con la mirada mientras caminaba hacia el otro extremo de la barra y metía algunas cosas en una batidora. Busqué en su perfil algún parecido.

«¿Puede que tengamos la misma barbilla?». Aunque era difícil decirlo con toda esa barba en su cara.

Tenía los pómulos elevados, pero los de mi madre también eran así, y nadie más que ella tendría nunca el mérito de mis rasgos armónicos. Cuando apretó el botón y la batidora empezó a funcionar, casi me levanté de un salto. Necesitaba controlarme.

Demasiado pronto, el hombre —*mi padre*— volvió hasta mí. Me puso la copa delante y esperé que volviera a lo que hacía antes de que yo me sentara. Pero no hubo suerte. Levantó una rodilla y se apoyó en algo que había detrás de la barra.

—No te he visto por aquí antes. ¿Has llegado hoy?

Me temblaban las manos.

—Oh… No me quedaré aquí. Solo he venido a tomar una copa.

Se cubrió el corazón con una mano.

—¿No te quedas aquí? Eso duele. No hay mejor lugar para hospedarse que el Sunset. —Se colocó las gafas de sol en la cabeza y reveló unos familiares ojos verdes brillantes que resaltaban en su piel bronceada—. ¿Qué tiene tu hotel que no tenga el Sunset?

Mirarlo a la cara era como mirarse en un espejo. Nuestros ojos eran de un color idéntico. Si les preguntaras a diez personas que me conocían de qué color eran, obtendrías cinco respuestas diferentes. No eran azules. No eran verdes. Eran de un color intermedio. En un día nublado, algunos incluso dirían que eran grises. De joven, nunca sabía qué casilla marcar cuando me preguntaban por el color de los ojos, aunque de adolescente me decidí por el verde, y lo hice oficial con el carné de conducir y el pasaporte. No sabría decir cuántas veces había oído a alguien comentar que nunca había visto ojos de mi color. Y, a decir verdad, yo tampoco. Hasta entonces.

Pero yo era la única que se había dado cuenta. Porque, mientras yo estaba estupefacta y no podía hacer otra cosa salvo mirar, el hombre con mis ojos parecía estar esperando algo.

«Mierda». ¿Qué había preguntado?

¿Algo sobre la puesta de sol?

—Lo siento, ¿qué me has preguntado?

—Te he preguntado qué tiene tu hotel que no tenga este. Pero déjame decirte lo que tiene este que no tiene el tuyo.

—Vale…

Se señaló con dos pulgares.

—A Alex Stewart.

La confirmación de la identidad de ese hombre me golpeó con fuerza.

—¿Alex… Stewart? —Por alguna razón, salió como una pregunta.

—Suena bien cuando lo pronuncias tú. ¿Y tú eres?

El corazón me latía con fuerza y en la frente se me formó una gota de sudor. ¿Él sabía cómo me había llamado mi madre? ¿Debería inventarme un nombre falso?

Estaba tan cerca, justo al otro lado de la estrecha barra, y me observaba con tanta atención que no tuve mucho tiempo para deliberar. Así pues, opté por la verdad, que fue decírselo sin decírselo del todo.

—Mi nombre es Nora Sutton.

Contuve la respiración y esperé a que algo se reflejara en su rostro: sorpresa, conmoción, confusión, incluso una vaga sensación de familiaridad. Pero… nada. De modo que presioné un poco más.

—En realidad, me llamo Eleanor Sutton. Me llamaron así por mi abuela. Aunque nadie me llama Eleanor desde que murió mi madre. Bueno, excepto mi amiga Louise a veces. Pero me gusta que me llamen Nora.

Ni pestañeó.

Ni entrecerró los ojos.

Y, por supuesto, tampoco se quedó boquiabierto del asombro. Nada…

Me hizo sentir un vacío en mi interior.

Mi propio padre no me reconocía. Ni por la cara. Ni por el nombre. Aunque no hayas tenido contacto con tu hija durante casi treinta años, ¿cómo puedes olvidar su nombre una vez que te lo han dicho?

—Así que ¿estás aquí sola, Eleanor-Nora Sutton? —quiso saber.

Negué con la cabeza.

—Estoy viajando con una amiga.

—¿Es tan guapa como tú?

Ay, señor. ¿Estaba coqueteando conmigo? Antes me había llamado preciosa. Pensé que tan solo era un camarero de la isla siendo amable. Pero, en ese momento, el vacío que había sentido en mi interior comenzó a llenarse de ira.

—Lo es —respondí—. Y también tiene una edad más parecida a la tuya.

Yo tenía una mano apoyada con indiferencia sobre la barra. Alex extendió la suya y acarició la barra con el dedo. Mi ira se convirtió en furia.

—¿Estás casado, Alex?

—No estropeemos el momento, nena.

«Uf». Sin embargo, conseguí sonreír. Era una sonrisa malvada, con los dientes apretados, pero un hombre que no reconocía el nombre de su propia hija seguramente era demasiado inconsciente para darse cuenta de ello.

—¿Tienes hijos? —le pregunté.

—No.

—¿Por qué no?

—Nunca he querido tenerlos.

Fue como una patada en el estómago. Mis emociones pasaron de la tristeza al enfado y de nuevo a la tristeza, como en un partido de *ping-pong*.

—¿Cuánto tiempo estarás en la ciudad? —inquirió.

—Solo esta noche.

—¿Qué tal si te enseño la isla?

Entrecerré los ojos.

—¿Es un servicio que ofrecéis? ¿Cada persona que pasa por aquí recibe un *tour* gratis?

El gilipollas parecía disfrutar de nuestra charla. Esbozó una sonrisa aduladora.

—Solo las guapas. ¿Qué me dices? Puedo conseguir a alguien que me cubra. Tengo un *jeep* descapotable aparcado justo enfrente.

—No, gracias. —Me puse en pie. Esto había sido un error. Un error enorme.

—¿Adónde vas? Ni siquiera has tocado la bebida.

—A cualquier lugar donde haya mejor compañía. —Me di la vuelta, pero me detuve y miré hacia atrás—. ¿Sabes una cosa? Deberías aprender a respetar más a las mujeres. Un hombre de tu edad debería cuidar de una dama sentada sola en la barra, no buscar a alguna de la que aprovecharse.

Alex torció el gesto.

—Sois todas iguales. Chicas guapas que esperan bebidas gratis a cambio de nada. Así no funciona el mundo, nena.

Abrí los ojos de par en par. Sentía mucha rabia y decepción dentro de mí, así que lo expresé de la única manera que podía en ese momento. Cogí la piña colada que no había tocado y le eché el contenido del vaso a la cara.

—Encantada de conocerte, Alex Stewart.

Antes de que se limpiara la bebida helada de los ojos, Beck ya estaba encima de la barra con la camisa de mi padre en una mano.

«Oh, mierda».

Parecía a punto de matarlo.

—¡Beck, no!

La ira le salía por los poros.

—¿Qué coño te ha hecho este tío?

Agité las manos.

—No ha hecho nada. Vámonos.

Como Beck no soltó a Alex, me incliné sobre la barra y le toqué un hombro.

—Beck, por favor. No pasa nada. Solo quiero marcharme de aquí. —Lo soltó y levantó la barbilla hacia mi desprevenido padre.

—Menuda suerte has tenido, colega.

Mi padre se quedó allí de pie, limpiándose la bebida de la cara, mientras Beck saltaba de nuevo sobre la barra.

—¿Seguro que estás bien? —quiso asegurarse.

Negué con la cabeza.

—Solo quiero salir de aquí.

Me rodeó la cintura con un brazo y me guio por el hotel. Ninguno de los dos pronunció palabra mientras subíamos las escaleras, cruzábamos el vestíbulo y esperábamos a que el aparcacoches trajera el coche de alquiler. Continuamos en silencio cuando subimos al coche y Beck condujo tan tenso que tenía los nudillos blancos. Habíamos recorrido un kilómetro y medio cuando entró en el aparcamiento de una lavandería abandonada.

Puso la palanca de cambios en la posición de estacionamiento y se volvió hacia mí. Tenía la mandíbula apretada y rígida.

—¿Qué ha pasado? ¿Seguro que estás bien?

Había conseguido reprimir las emociones de la última hora. Pero en ese momento afloraron todas a la vez. Me temblaba la boca al hablar.

—Él… se me ha insinuado.

La expresión de Beck era de pura furia. Masculló una sarta de maldiciones en voz baja.

Luché contra el ardor de las lágrimas.

—Le he dicho mi nombre y ni siquiera lo ha reconocido. ¿Cómo es posible que una persona no reconozca el nombre de su hija? Aunque solo lo hubiera oído una vez en su vida. Me llamo Eleanor. No es como Katelyn o Ashley. —Se me llenaron los ojos de lágrimas—. ¿Cuántas Eleanor conoces?

No dijo ni una palabra. Siguió con la mirada una lágrima que me caía por la cara. Luego bajó del coche y caminó hasta mi lado. Abrió la puerta del copiloto y me tendió una mano. Una vez de pie, me envolvió en sus brazos. Me sorprendió muchísimo, pero era justo lo que necesitaba. La parte independiente de mí quería zafarse, decirle que estaba bien y que no era para tanto. Pero la parte de mí que pocos habían visto lo necesitaba muchísimo.

Todo el dolor que había sentido durante los últimos once años por un padre que no me quería afloró a la superficie. Y lloré. Y lloré. Un llanto feo, de esos que te llenan de mocos, cuyos sollozos te cortan la respiración. Beck me abrazó tan fuerte que era muy probable que al día siguiente me salieran moratones. Pero no me importó. Cuando por fin cesaron los sollozos, se apartó para mirarme.

—¿Lo has sacado todo?

Me reí mientras soltaba las últimas lágrimas.

—Sí. Y está todo sobre tu camisa.

Beck sonrió.

—No pasa nada, tengo otra.

Aflojó su abrazo, pero no me soltó hasta que mi respiración se normalizó.

—¿Quieres hablar de ello?

Negué con la cabeza.

—La verdad es que no. No hay mucho más de lo que te he contado.

—La oferta no se limita a hablar de lo que acaba de ocurrir.

Forcé una sonrisa.

—Gracias, pero creo que estoy bien.

Beck se llevó las manos a la cadera.

—¿Qué quieres hacer? ¿Quieres volver al hotel?

Sacudí la cabeza.

—Vamos a emborracharnos a algún sitio de mala muerte.

Una sonrisa se dibujó en su rostro.

—Me gusta cómo piensas…

Capítulo 12

Beck

—Creo que deberíamos establecer algunas reglas básicas antes de que me emborrache. —Nora soltó un hipido y se cubrió la boca.

Arqueé una ceja.

—¿Antes?

Se encogió de hombros.

—Lo que sea. ¿Más borracha? ¿Se dice así? Suena raro. Borrachaaaaa… Pero buena muchacha. Espera, si tú sigues bebiendo cuando ya estás borracho, ¿eso te hace buen muchacho?

Me reí entre dientes. Nora y yo habíamos encontrado un bar local, aunque no era uno de mala muerte como había pedido. En realidad, ni siquiera parecía un bar. A un kilómetro y medio de donde habíamos parado había un cartel de madera que anunciaba un chiringuito. Seguí la dirección por un camino de tierra lleno de baches hasta que llegamos a un lugar que era poco más que un toldo metálico que cubría a un lugareño con una docena de botellas de licor. Había un montón de sillas de playa viejas colocadas sobre la arena y sonaba música de lo que parecía un radiocasete de hacía treinta años. Era perfecto. Yo me había tomado una copa mientras que Nora se había tomado dos, y, como ella era la mitad de grande que yo, en ese momento no sentía ningún dolor.

—¿Qué reglas querías establecer, buena muchacha?

Soltó otro hipido y agitó el índice en mi cara.

—Nada de ñiqui-ñiqui. A veces, cuando estoy con el puntillo, me pongo cachonda.

—Pensaba que ya habíamos dejado claro que ese no es mi estilo. No acepté tu invitación la noche en que nos conocimos porque pensaba que habías bebido demasiado. Y por aquel entonces tampoco sabía que eras la compañera de aventuras de mi abuela.

Nora sorbió su bahama mama con una pajita.

—No eres tú quien me preocupa.

—¿Me estás diciendo que no crees que puedas controlarte conmigo, Eleanor?

Frunció el ceño.

—Eleanor. ¿Cómo podría no recordar a una niña llamada Eleanor?

—Él se lo pierde, cariño.

—Gracias por decir eso. —Miró hacia el océano—. No entiendo cómo podía sentir que me faltaba algo cuando William me dio tanto amor.

—Creo que es normal tener curiosidad, querer saber de dónde vienes.

No lo confesé, pero yo también tenía curiosidad por saber de dónde venía Nora. Por alguna jodida razón, quería conocer al padrastro del que tan bien hablaba, algo que no era normal en mí. Desde que me había divorciado, si quedaba varias veces con una mujer y ella hablaba de conocer a sus padres, salía corriendo. Sin embargo, ahora era yo quien lo pensaba.

Nora negó con la cabeza.

—No se lo he contado. A William, me refiero. No sabe que me registré en 23andMe y que encontré a mi padre, es decir, al donante de esperma. No quería que sintiera que no fue suficiente. Porque lo fue. Fue muy buen padre.

—Entonces, no tiene por qué saberlo. Pero, de todos modos, parece que es el tipo de persona que lo entendería.

Suspiró.

—¿Pasas mucho tiempo con tu hija?

—Su madre y yo tenemos custodia compartida, de modo que Maddie se queda conmigo tres noches durante una semana y cuatro a la siguiente.

—Vaya. Así que ¿la bañas y le preparas la cena y haces todas esas tareas domésticas?

—Tengo una canguro que la recoge del colegio por la tarde y que también se encarga de preparar la cena la mayoría de las noches entre semana. Pero yo cocino cuando tengo a Maddie los fines de semana.

Nora sonrió.

—Háblame de ella. ¿Va a clases de baile y lleva tutú? ¿Tiene la actitud de su padre?

—Maddie va a su propio ritmo. Le gusta más conseguir insignias de exploradora que bailar.

—Oh, ¿es una exploradora?

Negué con la cabeza.

—No. No le interesa unirse a las Brownies* ni a ningún otro grupo de escultismo, pero está obsesionada con conseguir insignias. Hace un año vio una película en la que la niña era una *girl scout* que intentaba ganarse una de la naturaleza. A la semana siguiente, volvió del colegio con un libro sobre todas las insignias que había tomado prestado de la biblioteca. Hay ciento treinta y cinco de esas malditas cosas. Y mi hija las quiere conseguir todas. Louise incluso le ha regalado un juego completo. No estoy seguro de dónde las ha sacado. No me extrañaría que hubiera asaltado a un líder explorador para hacer feliz a Maddie. Pero me gustaría matarla por no quitarle la insignia de la corneta. Para ganártela, tienes que ser capaz de tocar diez toques de corneta. Es bastante horrible cuando lo hace una niña de seis años.

Nora se tapó la boca.

—Dios mío. Qué gracioso. Entonces, ¿quién decide si se ha ganado las insignias si no es una *girl scout* de verdad?

* Las Brownies es una sección de las Girl Scouts para las niñas de entre seis y diez años. *(N. de la T.)*

—Esa es mi labor.

—¿Cuántas se ha ganado hasta ahora?

—Creo que lleva diecisiete. En otoño nos iremos de acampada para que se gane la insignia de la naturaleza. He comprado colchones hinchables, pero me han dicho que tenemos que pasar la noche en sacos de dormir en el suelo. La verdad es que eso no me apetece nada.

A Nora se le ablandó la mirada.

—Eres como William: un tío grande y duro por fuera, pero un osito de peluche por dentro.

—No dirías eso si supieras cómo la he suspendido en la insignia de inventos.

—¿Por qué?

—Inventó unas plantillas que van dentro de los zapatos para mantener los pies calientes.

Nora arrugó la frente.

—¿Quieres decir calcetines?

—Exacto. Calcetines —respondí con cara inexpresiva.

Nos reímos y negué con la cabeza.

—Supongo que debería alegrarme de que se haya relajado con su otra afición, la que tenía antes de querer ganarse insignias de exploradora.

—¿Cuál era la otra?

—Buscar listados inmobiliarios.

—¿Te refieres a listados de casas normales?

—Se pasaba horas mirando las listas con fotos. A veces encontraba cosas que no tenemos en casa y se enfadaba cuando yo no las compraba.

—¿Como qué?

—Bueno, para empezar, quería que añadiera una estación para lavar perros.

—Eso al menos podría ser útil.

—No tenemos perro.

Se rio.

—Madre mía.

—Dímelo a mí. Otra vez me pidió que añadiera un urinario. No estoy seguro de lo que quería hacer con eso.

—¿Maddie se parece a ti?

—Dímelo tú… —Saqué un selfi que se había hecho la semana anterior y giré la pantalla para que lo viera.

—Dios mío. —Me quitó el teléfono de la mano—. Mira todo ese pelo rubio y rizado.

—Eso lo heredó de su madre.

—Pero tiene tus ojos aguamarina. Y tus labios carnosos. Es preciosa, Beck.

—Gracias. Me mantiene alerta.

—Seguro. —Me devolvió el teléfono—. Maddie parece bastante guay. Y, para que conste, su padre también. —Levantó su copa, que estaba casi vacía, y brindó—. Por los buenos padres.

Sonreí.

—Y por las niñas que nos hicieron mejores hombres.

Nora se terminó esa copa y después otra. Luego, empezó a arrastrar las palabras.

—¿Qué te parece si volvemos al hotel? —pregunté.

Se inclinó hacia mí.

—¿Quieres volver a mi habitación?

Gemí y me puse de pie.

—Sí, quiero. Pero no, no lo haré. Creo que ya has tenido suficientes hombres imbéciles por un día.

Extendió una mano.

—¿Me ayudas a levantarme?

Lo hice, y, cuando se levantó, cayó hacia delante y me rodeó el cuello con los brazos. Sus preciosas tetas quedaron aplastadas contra mi pecho.

—¿Qué te parece si te masturbo? —susurró—. Así no te aprovecharás de mí.

En un momento más débil, habría aceptado esa lógica. Pero estaba bastante ciega.

—No hay nada que quisiera más que eso, pero tendré que dejarlo para otro día.

Su respuesta fue dibujar una línea con su lengua desde la base de mi cuello hasta la oreja. Gemí de nuevo.

—Está claro que tengo que llevarte a un lugar seguro. Detrás de una puerta de acero o algo así.

Como yo también había bebido, le pregunté al tío que regentaba el bar improvisado si podía dejar ahí el coche de alquiler hasta el día siguiente por la mañana y si podía llamar a un taxi. Al momento sacó de su mochila un cartel de madera que decía: «Vuelvo en cinco minutos» y nos pidió que lo siguiéramos. Luego nos llevó al hotel por ocho pavos.

Mantuve un brazo alrededor de la cintura de Nora mientras caminábamos por el vestíbulo y subíamos en el ascensor hasta su habitación. Le costó tres intentos pasar la llave, pero al final consiguió abrir la puerta.

Me quedé en la entrada para asegurarme de que estaba bien.

—¿Te quedas hasta que me duerma? —preguntó—. No te atacaré, lo prometo.

Estar en una habitación con poco más que una cama y esa preciosa mujer no era una idea inteligente. Pero se tambaleaba mientras trataba de quitarse una de sus sandalias, y yo tampoco estaba seguro de si debía irme. Así que dejé que la puerta se cerrara tras de mí.

Nora se sentó en la cama y levantó una pierna.

—¿Me quitas esto?

Tragué saliva, pero me arrodillé a los pies de la cama y le desabroché la sandalia. Me hundió los dedos en el pelo y empezó a masajearme el cuero cabelludo. Me gustó, y no pude evitar pensar en cómo me pondría que me tirase del pelo mientras enterraba la cara entre sus piernas. Como me vi cada vez más cerca de esa zona, le quité con rapidez el zapato y me puse de pie.

—¿Crees que estarás bien? Tengo que irme.

Hizo pucheros.

—¿Por qué?

—Porque, al parecer, no soy tan caballero como me gusta pensar que soy.

—Solo deja que me cambie. Después me arropas y te vas.

Nora caminó haciendo eses hasta el baño y desapareció durante unos minutos. Salió vestida solo con una camiseta de cuello en pico de los LA Dodgers, con un dobladillo que apenas le cubría el culo. Y ni siquiera un ciego habría pasado por alto que se había quitado el sujetador.

Retrocedí unos pasos mientras ella cruzaba la habitación y se metía en la cama. Se tumbó de lado con las manos recogidas bajo la mejilla y cerró los ojos.

—Ya puedes arroparme.

Negué con la cabeza y refunfuñé en voz baja. Aun así, me acerqué a la cama, levanté las sábanas y le besé la frente.

—Que sepas que los Dodgers son una mierda.

—Son el mejor equipo de béisbol.

—Esos son los Yankees, cariño.

Una sonrisa bobalicona se dibujó en su rostro.

—¿Quieres discutir sobre eso?

—Ni hablar.

Me reí entre dientes.

—Buenas noches, Nora.

—Buenas noches, Beck. Te debo una.

—Dudo que alguna vez me veas tan borracho como para necesitar que me arropen.

Sonrió.

—No me refería a eso. Quería decir que te debo una mamada.

Cuando llegué a la puerta, escuché el suave ronroneo de sus ronquidos, de modo que Nora no oyó lo último que dije.

—Y tanto que me la debes, cariño. Muy pronto.

Capítulo 13

Beck

Ha pasado demasiado tiempo.

A la semana siguiente, me obligué a salir, aunque no me apetecía nada. Pero una mirada a Chelsea Redmond, con el vestido de dos piezas que llevaba y sus pezones asomando a través del sedoso material del top, y me alegré de que ella hubiera sido persistente.

Tomó asiento a mi lado en la barra tras volver del baño y se inclinó para susurrarme:

—La forma en que me mirabas… Parece que quieras saltarte la cena. —Me dedicó una sonrisa sensual—. Podemos hacerlo, si quieres.

«Está claro que echaré un polvo». Gracias, joder.

No es que dudara de que Chelsea estuviera dispuesta. Ya habíamos salido unas cuantas veces y la noche siempre acababa igual: conmigo en su casa. Pero empezaba a preocuparme que yo no estuviera dispuesto.

Últimamente no estaba de humor. Bueno, eso no era del todo cierto. Más bien, no había estado de humor para practicar sexo con nadie más. Mi mano derecha había estado ahí para ayudar un montón de veces en los últimos días —dos ayer, después de que Nora publicara vídeos en su blog de ella montando a caballo en el rancho que estaba visitando con mi abuela—. *Arriba y abajo. Arriba y abajo.* Joder, no podía pensar en eso ahora o acabaría necesitando ir al baño.

Además, sería una estupidez hacer esa mierda mientras estaba con Chelsea.

La camarera se acercó para indicarnos que nuestra mesa estaba lista. Me alegré, porque Chelsea no bromeaba con su oferta.

—¿Nos quedamos? —quiso saber.

La cogí de una mano para levantarla de su asiento y la envolví con mis brazos.

—Sí, primero te daré de comer —le susurré al oído—. Necesitarás la energía más tarde.

Chelsea frotó sus tetas contra mí, complacida.

—Qué ganas.

Una vez sentados, pedimos una botella de vino y escuché las historias de todos los famosos que había conocido desde la última vez que la había visto. Chelsea era azafata en una aerolínea privada de Hollywood. No me interesaban demasiado los cotilleos sobre famosos, pero asentí con la cabeza e intenté que mi mente no divagara demasiado. Estaba contando una historia sobre un músico que se había puesto furioso porque no tenían la marca adecuada de agua con gas cuando mi teléfono vibró sobre la mesa.

Lo tenía boca abajo, pero le eché un vistazo. No mucha gente me enviaba un mensaje de texto un viernes a las nueve de la noche. Tal vez mi hermano Jake, aunque lo más probable era que ya estuviese de fiesta. Así que le di la vuelta y vi que el nombre de «Nora» aparecía en la pantalla.

«Seguro que es otro vídeo o alguna foto de la abuela». Nora era la última persona de quien debería abrir un mensaje mientras estaba en una cita. Ya me había costado bastante sacármela de la cabeza desde que había vuelto de las Bahamas.

«No lo voy a abrir».

«Céntrate en tu cita: la mujer lista, dispuesta y muy capaz sentada frente a ti».

Volví la mirada de nuevo hasta Chelsea, a la piel cremosa de su delicado cuello y a todo lo que le haría al cabo de unas horas. Pero entonces mi teléfono sonó de nuevo. Y no pude evitar fijar la mirada en el nombre de Nora.

Esa vez, en lugar de ignorarlo, Chelsea hizo un gesto hacia el teléfono.

—¿Necesitas cogerlo? ¿Quién es Nora?

No quería que se sintiera mal, de modo que usé la verdad a mi favor.

—Lo siento. Es la mujer que viaja con mi abuela. —Me di cuenta de que nunca le había contado a Chelsea que estaba enferma, ni siquiera que era la mujer que me había criado. No teníamos ese tipo de relación. Así pues, añadí—: Mi abuela tiene algunos problemas de salud.

—Oh, lo siento. Entonces, ¿por qué no lo coges?

Genial. Ahora la mujer a la que debía prestar atención me instaba a hablar con la mujer en la que no debía pensar. Sacudí la cabeza.

—Lo siento. Será solo un minuto.

Deslicé el dedo por el teléfono y encontré unas cuantas fotos: mi abuela con un sombrero de vaquero montada a caballo, mi abuela girando un lazo encima de su cabeza en medio de un corral con un buey, algunas fotos de ella riendo y asando malvaviscos alrededor de una hoguera… Pero fue la última foto la que me detuvo en seco. Nora estaba sentada en una valla de madera, con unos zahones negros de flecos y un sombrero vaquero a juego. Sonreía de oreja a oreja, y no podía dejar de mirarla. Me enfadé un poco cuando Chelsea me interrumpió.

—¿De qué son las fotos? —quiso saber.

—Solo de ellas montando a caballo y esas cosas. Están en un rancho en Montana.

—¿No has dicho que tu abuela estaba enferma?

Había dicho que su salud no era buena, no que estuviera enferma. Pero tampoco tenía ganas de explicarle ni de compartir con ella lo que ocurría.

—Parece que se encuentra mejor.

Chelsea sonrió.

—Oh, eso es genial. ¿Puedo verlas?

Fruncí las cejas de manera involuntaria.

Señaló el teléfono.

—Las fotos de tu abuela.

—Oh. Sí. Supongo que sí.

No me apetecía compartirlas, pero volví a la primera foto y giré el teléfono para que las viera. Chelsea me quitó el teléfono de la mano y las pasó todas. También se detuvo en la última.

—¿Quién es?

—Nora. La amiga de mi abuela.

Chelsea me miró.

—Es preciosa.

Me encogí de hombros para intentar zanjar la conversación. Por suerte, el camarero se acercó y se ocupó de eso en mi lugar. Le cogí el teléfono de la mano a Chelsea y, para cuando terminamos de pedir la cena, mi cita parecía haberse olvidado por completo de las fotos. Volvió a divagar sobre otro famoso.

Pero yo no podía quitármelas de la cabeza, ni durante la cena ni tampoco después, cuando Chelsea me invitó a su casa.

Tenía muchas ganas de irme con ella. No me había acostado con nadie en lo que parecía una eternidad. Pero ese barco ya había zarpado. Me sentó fatal tener que rechazar la oferta.

—Mañana tengo que madrugar, así que creo que me iré a casa.

Chelsea parecía tan confundida como yo.

—¿En serio? —Hizo un mohín con el labio inferior—. Ven una hora o dos. Solo son las diez y media.

—En otra ocasión, tal vez.

Ella se encogió de hombros.

—Bueno, supongo que es una buena señal que hayamos quedado aunque no buscaras echar un polvo. Empezaba a pensar que solo te interesaba una cosa.

«Mierda». Estaba claro que no había pillado la indirecta. Ahora pensaba que me interesaba algo más que el sexo, cuando ya ni siquiera me interesaba eso con ella. Tendría que cortar la relación de raíz después de eso. Pero en ese momento no tenía ganas de enfrentarme a esa conversación. Solo quería irme a casa.

—Llamaré a un taxi para los dos y le pediré que te deje primero.

Media hora más tarde, solté las llaves sobre la encimera de la cocina. Bitsy me saludó con sus habituales gruñidos y ladridos, y luego corrió por el pasillo hasta la habitación de Maddie, aunque mi hija no estaría en casa durante unos días.

No me sentía cansado, por lo que me dirigí al armario y me serví dos dedos de *whisky*. Me quité los zapatos, apoyé los pies en la mesita y cogí el mando a distancia. Nada me llamó la atención, así que apagué el televisor y cogí el portátil para consultar la agenda del día siguiente. Pero se abrió la última página web que había visitado: el blog de Nora.

Estupendo. Simplemente estupendo.

Además, había colgado otro vídeo.

«Seguro que es otro vídeo montando a caballo». Porque la hora que ya había pasado viendo la grabación de treinta segundos de ella botando, de arriba abajo, no era suficiente. Esa mujer era un peligro. Necesitaba ignorar el vídeo, borrar el historial de búsquedas de la memoria del ordenador y bloquear su web.

«Sí, eso es lo que haré».

Sorbí un trago de mi bebida y me quedé mirando la pantalla.

«¿A quién coño quiero engañar?».

Había abandonado un plan seguro para volver a casa porque una foto me había distraído. No había ninguna posibilidad de que no viera ese vídeo, de manera que dejé de resistirme y pulsé el botón para reproducirlo.

—¿Qué pasa, vaqueros? —Nora sonrió a la cámara—. ¿Cómo ha sonado eso? ¿Puedo hacerme pasar por una vaquera? Me gusta. Es más amistoso que un levantamiento de barbilla neoyorquino y un «¿qué tal?», ¿no creéis? En fin…, para los que seáis nuevos en nuestro videoblog, bienvenidos a *Vive como si te estuvieras muriendo,* episodio dieciocho: una docuserie sobre el extraordinario final de la vida de Louise Aster. Si queréis saber más sobre el diagnóstico y el tratamiento de Louise… —Nora señaló hacia abajo y unas palabras aparecieron en la pantalla—. Solo tenéis que hacer clic en *Vive como si te estuvieras muriendo,* episodio uno, que debería estar justo aquí, en la parte inferior de la pantalla. Si ya estáis familiarizados con nuestra serie, sabréis que Louise está ocupada disfrutando de su vida, viviendo cada día como si fuera el último, y estos dos últimos días no han sido menos. Esta semana estamos en Montana, en el rancho Sunny Acres, donde hemos montado a caballo y acorralado ganado, algo que no solemos hacer mucho en Nueva York. Esperamos que estos nuevos vídeos os sirvan de inspiración, y tal vez salgáis a vivir vuestros días como si fueran los últimos. Así que, sin más preámbulos…, oh, esperad. —Levantó un dedo—. Antes de pasar al vídeo más destacado, quería enseñaros lo que Louise y yo hemos comprado hoy en la tienda de recuerdos. —Nora dejó la cámara y se abrió la chaqueta. Llevaba una camiseta rosa en la que se leía: «La mejor amazona del mundo».

Habló con alguien fuera de cámara y le hizo señas para que se acercara.

—Hola. Quiero enseñarles a nuestros seguidores tu nueva camiseta. Ven aquí.

Mi abuela se acercó y se abrió la chaqueta mientras lucía una sonrisa de oreja a oreja. Su camiseta también era rosa, pero en la suya se leía: «Salva un caballo. Monta a un vaquero».

Me reí entre dientes. «No esperaba menos».

Después de eso, hubo unos diez minutos de imágenes de la abuela montando a caballo, acorralando bueyes desde lo alto de un caballo, disparando un arco y una flecha a una diana y dando en el centro. Hasta yo tuve que sonreír. Era muy inspirador, sobre todo teniendo en cuenta su edad y que el cáncer había hecho estragos en su cuerpo.

Una vez terminados los vídeos, Nora volvió a la pantalla.

—He recibido un montón de correos electrónicos de gente que quiere donar a alguna organización benéfica que apoye las aventuras al final de la vida. —Señaló hacia arriba, y unas palabras parpadearon sobre su cabeza—. Así que he añadido algunos enlaces a organizaciones increíbles para aquellos que quieran contribuir. Incluso podéis hacerlo en nombre de un ser querido. —Realizó un gesto a la cámara—. Eso es todo por hoy. Volved pronto para más aventuras, y recordad: ¡vivid cada día como si fuera el último!

La pantalla se congeló en la cara sonriente de Nora. Me acabé el *whisky* mientras disfrutaba de las vistas. Una vez que mis hombros se relajaron un poco, cogí el teléfono para enviarle un mensaje a Nora y preguntarle cómo iba la tos de la abuela. No había respondido a sus últimas fotos, de modo que empecé por ahí.

Beck: Buenas fotos. Gracias por mandármelas. ¿Qué tal la tos de Annie Oakley?[*]

Unos segundos después, mi teléfono vibró.

Nora: sr suwte kejof

Fruncí el ceño. Le contesté.

Beck: ¿Sirven vino a la hora de cenar?

Pasó un minuto, y entonces sonó mi teléfono. Nora.
—¿Hola?
—Hola. Lo siento. Mi teléfono nuevo no va bien. Estoy fuera y está muy oscuro. Por alguna razón, se ilumina cuando llegan mensajes, pero no se enciende para que pueda respon-

---

* Phoebe Anne Oakley Moses (1860-1926) fue una tiradora famosa que participó durante muchos años en un espectáculo llamado *Buffalo Bill* que recreaba escenas del viejo Oeste. *(N. de la T.)*

der. Intentaba adivinar dónde está cada letra. Supongo que no lo he hecho muy bien.

—Bueno, digamos que he pensado que estabas borracha.

Nora se rio, y sentí un calor recorrer mi interior. «Debe de ser acidez por el vino de la cena».

—Su tos está más o menos igual —comentó—. No ha mejorado, pero tampoco ha empeorado. Está claro que eso no la detiene. Me está costando seguirle el ritmo esta semana.

Sonaba música de fondo. Cuando empezamos a hablar, se oía bastante alta, pero después apenas se escuchaba. Pensé que tal vez había salido de un bar o algo así.

—¿Dónde estáis?

—En una hoguera. El rancho en el que nos alojamos monta una cada noche. Es increíble. Preparan el fuego más grande que he visto nunca, y luego algunos vaqueros se sientan alrededor y tocan música.

—Suena divertido.

Se rio.

—Apuesto a que lo odiarías. Aunque aquí tu hija podría ganarse la insignia de la naturaleza.

De fondo, escuché la voz de un hombre.

—Aquí estás. Te estaba buscando.

—Espera un segundo, Beck, ¿vale?

—Vale.

La conversación se volvió amortiguada, pero, aun así, escuché lo que decían.

—¿Todo bien con Louise? —preguntó Nora.

—Está bien —respondió el hombre—. Te buscaba para saber si quieres dar un paseo hasta un prado no muy lejos de aquí. Es uno de los mejores lugares para observar las estrellas en el estado de Montana.

—Oh, eso suena bien. ¿Cuándo os vais?

—Cuando quieras. De hecho, esperaba que solo fuéramos tú y yo.

—Oh…

—Lo siento —se disculpó el hombre—. No me había dado cuenta de que estabas al teléfono.

—Colgaré en un minuto.

—No hay prisa. Ven a buscarme si te apetece.

—Gracias.

Cerré los puños. «Genial». Tenía ganas de darle una paliza a un vaquero.

Nora volvió al teléfono.

—Lo siento. ¿Por dónde íbamos?

—Me decías que la tos de mi abuela estaba más o menos igual, pero me pregunto si estás demasiado ocupada para notar algún cambio.

—¿Qué se supone que significa eso?

—Nada. —Sacudí la cabeza; me odiaba a mí mismo—. Debería colgar. Ten cuidado.

—Bien. Que tengas una noche maravillosa, Beck. —La voz de Nora estaba impregnada de sarcasmo.

«Como quieras». Colgué y tiré el teléfono en el cojín del sofá que tenía al lado. Luego procedí a servirme más *whisky;* esa vez llené tres cuartas partes del vaso en lugar de detenerme en una cantidad razonable.

Después de beberme la mitad, todavía me sentía molesto, y entonces mi teléfono sonó de nuevo.

Nora: He rechazado la invitación del vaquero. He pensado en contártelo, ya que parecías preocupado por mi seguridad... o algo así.

No estaba seguro de qué me cabreaba más: si el hecho de ser tan transparente con Nora o que se me hubiera relajado la mandíbula después de leer que no iría a ningún prado con un vaquero. Por supuesto, negaría ambas cosas. Le respondí.

Beck: No estaba celoso, si es eso lo que insinúas.

Nora: Mmm, mmm…

Beck: No lo estaba.

Nora: De todas formas, no era mi tipo.

Beck: ¿Por qué no?

Sorbí un poco más de mi bebida mientras observaba cómo se movían los puntos en la pantalla.

Nora: Bueno, hoy me ha preguntado si alguna vez había considerado mudarme al oeste. El hombre busca esposa.

Beck: Es verdad. Había olvidado que tu tipo era sin ataduras.

Nora: Preferiblemente uno cuyos pantalones a medida no puedan ocultar la tercera pierna con la que anda.

Me tembló el labio. Al parecer, lo único que necesitaba era que me acariciaran el ego para calmar a la bestia celosa que llevaba dentro. Le respondí.

Beck: Puedo estar ahí en cinco horas.

Nora: Ja, ja, ja. Teniendo en cuenta que no me he atrevido a volver a Tinder desde que el hombre casado me amargó la vida, puede que acepte si sigues ofreciéndomelo.

Me sentía cada vez mejor.

Beck: Eso es justo lo que quería oír...

Nora: ¿Y tú qué? ¿Alguna cita últimamente?

Beck: En realidad, he tenido una esta noche.

Observé cómo los puntitos se movían, se detenían y empezaban de nuevo.

Nora: ¿Qué hora es ahí ahora? ¿Alrededor de las once y media en Nueva York? Un poco pronto para volver a casa de una cita, ¿no?

Beck: Esta noche no me apetecía.

Nora: ¿Por qué no?

Beck: Porque no.

Nora: Mmm...

Treinta segundos después, apareció otro mensaje.

Nora: ¿Qué te apetece esta noche, Beck?

Me excitaba más la idea de mandarme mensajes sexuales con una mujer a tres mil kilómetros de distancia que la perspectiva de ir a casa de mi cita de esa noche.

Beck: Teniendo en cuenta que estoy solo en casa y que has rechazado mi oferta de coger un vuelo, me apetecería ver algunas fotos...

Nora: ¿Qué tipo de fotos?

El alcohol había hecho efecto. No quería parecer una mierda de persona y pedirle que me enviara fotos desnuda, aunque eso era sin ninguna duda lo que quería. En lugar de eso, fui con cuidado.

Beck: La del bikini con el delfín no estaba nada mal.

De nuevo, los puntos se movieron y se detuvieron durante unos minutos antes de que mi teléfono vibrara otra vez.

Nora: Buenas noches, Beck.

Suspiré. Supuse que había llevado las cosas demasiado lejos.

Media hora más tarde, mientras me desvestía en el baño, mi teléfono sonó de nuevo. Era Nora, y, cuando abrí el mensaje, apareció un vídeo.

Estaba de pie a un lado con la cámara apuntando al espejo, e iba vestida con los mismos zahones con flecos que llevaba en la foto anterior. Hizo *zoom* a la parte inferior de su cuerpo y se giró hasta que su culo quedó frente a mí.

«Me».

«Cago».

«En».

«Todo».

Y, cuando digo que su culo estaba frente a mí, es porque solo llevaba un tanga bajo esos zahones que no se lo tapaban. Se inclinó para darme un increíble primer plano de dos grandes y redondas nalgas, y luego miró hacia atrás por encima del hombro y guiñó un ojo justo antes de que terminara el vídeo.

Pulsé reproducir dos veces más, y entonces me di cuenta de que me había mandado otro mensaje después.

Nora: Dulces sueños.

Cerré los ojos para tratar de calmarme, pero eso solo empeoró las cosas. La imagen de mi mano dejando una huella en aquel precioso culo hizo que abriera los ojos y buscara de nuevo el botón de reproducir. Vi el vídeo una vez más antes de tragar saliva y escribir de nuevo.

Beck: No habrá nada dulce en mis sueños esta noche mientras imagino todas las cosas que le haría a ese culo si estuviera aquí.

Capítulo 14

Beck

Segundo asalto.

Una semana más tarde tuve otra cita. En esa ocasión fue con Claire Wren, una mujer con la que ya había salido tres veces: el mismo día en tres de los últimos cuatro años, el día de nuestro cumpleaños conjunto.

Claire era experta en seguridad informática y tenía su propia empresa. Había trabajado para mí hacía unos años y, de algún modo, habíamos descubierto que nuestro cumpleaños era el mismo día y que, además, habíamos nacido el mismo año. Unos meses más tarde, había salido de copas con mis amigos cuando me envió un mensaje para desearme un feliz cumpleaños. Al final vino al bar donde yo estaba y terminamos la noche celebrándolo en su casa, los dos solos. Claire estaba muy ocupada —quizá era la única persona que conocía más ocupada que yo en aquel momento—, así que no volvimos a encontrarnos hasta el mismo día del año siguiente. Después de eso, se convirtió en una especie de tradición. Cada año me enviaba un mensaje de texto el día de nuestro cumpleaños y nos reuníamos para la celebración anual. La única vez que no lo hicimos fue el año en que estuve fuera del país. Esta noche he estado a punto de rechazarlo y decirle que no podía ir porque no estaba de humor, pero al final he decidido ir. Los cumpleaños a solas son tristes, al igual que sentarse en casa a beber solo, cosa que últimamente hago con demasiada frecuencia.

Claire nos pidió unos chupitos de Bailey's en la barra y brindamos con ellos.

—Un día como hoy nació una persona inteligente, guapa y con éxito. —Sonrió—. Por desgracia, no fuiste tú. Hablo de mí. Quién sabe, quizá el año que viene sea tu año. Feliz cumpleaños, mi gemelo cumpleañero.

Me reí, chocamos los vasos y nos bebimos los chupitos.

—Así que… ¿alguna novedad en los últimos trescientos sesenta y cuatro días? —pregunté.

—No mucho. Trabajo sin parar. Más dinero que tiempo libre. —Levantó un dedo—. Oh, en realidad, sí que hay algo nuevo. Estuve en una relación seria durante unos seis meses.

—¿Qué pasó?

Se encogió de hombros.

—Me acusó de estar más enamorada de mi trabajo que de él. Entonces me dio un ultimátum: o dejaba de trabajar o se acababa. —Claire sonrió—. Resultó que tenía razón. Amaba más mi trabajo. —Levantó el palillo de su Martini y sacó las aceitunas con los dientes—. ¿Y tú? ¿Alguna mujer especial en tu vida este año?

De manera inmediata pensé en Nora. No habíamos hablado ni nos habíamos enviado mensajes de texto desde la noche de mi última cita, la noche en que me había mandado el vídeo del culo. El instinto me decía que a la mañana siguiente pensó que había ido demasiado lejos y se había controlado de nuevo. Y menos mal. Necesitaba desconectar de ella. Aunque ver sus videoblogs no era exactamente una ruptura limpia, pero paso a paso. Lo estaba consiguiendo. Esa noche supondría dar un gran salto.

Sacudí la cabeza y levanté la copa.

—No. Solo mi hija.

Media hora más tarde, empezaba a disfrutar. La comida estaba buena y la compañía era aún mejor. Claire era inteligente y divertida. La conversación no se interrumpía en ningún momento. Pero entonces me sonó el teléfono, y el nombre de

Nora apareció en la pantalla. Lo vi parpadear dos o tres veces, mientras luchaba contra el impulso de cogerlo.

Claire miró mi teléfono y después a mí. Frunció las cejas.

—¿Necesitas contestar?

Las imágenes de Nora inundaron mi cerebro, y ni siquiera era el vídeo del culo o la foto del bikini, sino las fotos de ella riéndose. Odiaba haber dejado que se colara en mi cita, así que respiré hondo y estiré un brazo por encima de la mesa para coger la mano de Claire justo cuando el zumbido cesó por fin.

—No. No es importante.

Como si pretendiera dejarme mal, mi teléfono volvió a sonar al momento. Intenté ignorarlo por segunda vez, pero cada vez que veía su nombre me preocupaba más. Nora no llamaba a menudo. Mucho menos dos veces seguidas.

Retiré mi mano de la de Claire.

—Lo siento. Será rápido.

—Por supuesto. Tómate tu tiempo.

Deslicé un dedo para contestar.

—¿Qué pasa?

—Beck… —Supe que algo iba mal solo con esa sílaba.

Me levanté de mi asiento.

—¿Qué ocurre?

—Es Louise. Está en el hospital. Dicen que ha tenido un derrame cerebral.

—¿Dónde estás?

—Estamos en Tennessee. En el Memorial Hospital, en Gatlinburg.

—Estaré allí lo antes posible.

Colgué, rebusqué en el bolsillo y arrojé unos cuantos billetes de cien dólares sobre la mesa.

—Lo siento, Claire. Tengo que irme.

—¿Qué ha pasado?

—Mi abuela ha tenido un derrame cerebral.

Cogí el primer taxi que encontré y le pedí que me llevara al aeropuerto. Ni siquiera sabía si aún había vuelos esa noche, pero tenía que intentarlo. Busqué con mi teléfono por el camino y conseguí un billete para un vuelo a Knoxville, pero sería difícil llegar a tiempo. Por suerte, por una vez la cola de seguridad no era muy larga y, como no llevaba nada más que la cartera, llegué a la puerta de embarque justo cuando anunciaban la última llamada.

Dos horas más tarde, estaba en Tennessee, y un taxi me llevó a Gatlinburg, un trayecto de cuarenta minutos. Nora ya me había puesto al corriente, así que cuando llegué al hospital fui directamente a la UCI. Me esperaba en el pasillo. La expresión de su rostro me detuvo en seco.

—¿Ha…?

Negó con la cabeza.

—No. No. Está bien. Bueno, no está bien, pero de momento está estable. Las enfermeras le están poniendo una bata y todo eso. Han dicho que no tardarían más de unos minutos y que me avisarían cuando pudiera volver a entrar.

Me pasé una mano por el pelo.

—Cuéntamelo todo.

—Estábamos nadando en la piscina. Estaba bien y se reía, y de repente empezó a arrastrar las palabras y a hablar de cosas inconexas. Al principio pensaba que se había tomado unas copas y no me lo había contado. Pero entonces noté que se le caía un poco un lado de la cara, de modo que llamé a urgencias.

—¿Han confirmado que ha sido un derrame cerebral?

Asintió.

—Le han hecho pruebas. Uno de sus tumores ha crecido y afecta al flujo de sangre.

—¿Qué van a hacer? ¿Extirparlo?

Nora frunció el ceño.

—Tiene una declaración de voluntad anticipada y un testamento vital. La cirugía no es una opción. Le han administrado anticoagulantes, que parece que han restablecido el flujo sanguíneo por ahora.

—¿Por ahora? ¿Y después?

Las puertas de la UCI se abrieron y una enfermera saludó a Nora.

—Puede volver a entrar.

—Gracias.

La mujer se quedó mirándome al ver que yo también la seguía.

—Este es el nieto de Louise, Beck —anunció Nora—. Acaba de llegar de Nueva York.

—Qué bien. Dos nietos a su lado.

Miré a Nora, que me miró con los ojos muy abiertos y los labios fruncidos para que no dijera nada.

Cuando llegamos a la cabina acristalada, la enfermera señaló una puerta cerrada.

—Pueden pasar. El médico vendrá enseguida a hablar con ustedes.

—Gracias.

Cuando entré, sentí el corazón atascado en la garganta. La abuela parecía tan pequeña, tan frágil… Empecé a pensar que también era vieja, pero me daría una patada en el culo por eso, de modo que no me lo permití.

—¿Ha perdido peso?

—No estoy segura. Pero veníamos de nadar, así que llevaba el pelo mojado y no iba maquillada. Además, no es de las que se tumban a descansar, por lo que me parece raro verla tan… —Sacudió la cabeza y se le humedecieron los ojos—. No lo sé. Le he puesto la diadema de purpurina plateada porque Louise no es Louise sin un poco de brillo.

Sorteé la cama y rodeé a Nora con un brazo.

—Lo siento. Ha sido una pregunta tonta. Y estoy seguro de que ella aprecia mucho que le hayas puesto la diadema.

Nora se sorbió la nariz.

—¿Crees que nos oye?

—No lo sé. Supongo que deberíamos preguntarle al médico.

Tuvimos la respuesta a esa pregunta unos minutos más tarde, cuando entró el adjunto de la UCI. Señaló la puerta.

—¿Por qué no hablamos fuera?

El doctor Cornelius se presentó y fue directo al grano.

—Como saben, su abuela ha sufrido un derrame cerebral. Hay dos tipos principales de ictus: un ictus isquémico, causado por la interrupción del suministro de sangre al cerebro, normalmente por una obstrucción, y un ictus hemorrágico, causado por una hemorragia cerebral. Louise ha sufrido un ictus isquémico causado por un tumor que ha bloqueado su arteria carótida. El isquémico tiene una tasa de supervivencia mucho mayor que el hemorrágico.

El médico debió de leer el alivio en mi cara. Levantó una mano.

—Sin embargo, en general, en este tipo de apoplejías podemos eliminar la obstrucción y restablecer el flujo sanguíneo al cerebro. Pero su abuela ha dejado claros sus deseos: no quiere que se le practique ninguna intervención quirúrgica. Por suerte, parece que los anticoagulantes que le hemos administrado están funcionando.

—¿Puede seguir tomando anticoagulantes a largo plazo?

Asintió con la cabeza.

—Ahora mismo le estamos suministrando la medicación a través del estómago, pero los anticoagulantes se pueden tomar en forma de píldora con relativamente pocas complicaciones.

—Oh, eso es genial —comentó Nora.

Pero algo en su tono me dijo que no respirase aliviado demasiado pronto.

—¿Y el tumor? —quise saber.

El doctor Cornelius sonrió con tristeza.

—He llamado al Sloan Kettering de Nueva York para que me enviaran sus últimas pruebas y compararlas. Es un tumor agresivo. Solo podemos diluir su sangre hasta cierto punto. Lo más probable es que siga creciendo y cause otra obstrucción.

—¿Y después qué?

El médico me miró a los ojos.

—Es probable que no sobreviva a la siguiente, hijo.

No recuerdo nada de lo que nadie dijo después, ni siquiera las amables palabras que sé que Nora pronunció mientras estuvimos sentados junto a la cama de la abuela durante horas. En algún momento, la enfermera que la había asistido toda la noche vino a hablar con nosotros.

—Hola. Pronto os pedirán que os marchéis, cuando empiece el cambio de turno. De cinco a ocho de la mañana no se permiten visitas. Deberíais iros a casa y descansar un poco. El cuerpo de vuestra abuela ha sufrido mucho, y es probable que duerma varias horas más. Sé que queréis estar con ella, pero lo más importante que puede hacer un cuidador es cuidarse a sí mismo. Dormid un poco. Desayunad algo sano. Y después volved.

Miré a Nora, que parecía agotada. No tenía que pensar solo en mí, por lo que asentí.

—¿Podemos dejarles nuestros números de teléfono por si hay cualquier novedad?

—Por supuesto. —La enfermera se acercó a una pizarra blanca y cogió un rotulador—. Puede escribirlos aquí: así será fácil para quien esté de guardia llamarlo si lo necesitan o si hay algún cambio. También me aseguraré de que sus números se introduzcan en nuestro sistema informático.

—Gracias.

Nora había ido al hospital en ambulancia, por lo que llamamos a un Uber porque ninguno de los dos tenía coche. Salía el sol mientras ascendíamos por las Montañas Humeantes. Nunca había pensado demasiado en el nombre, pero la niebla espesa y azulada que había bajo nosotros era suficiente explicación. Tonos morados y anaranjados se alzaban entre sus picos.

—Vaya. —Lo miré fijamente—. Es precioso.

—Nos levantamos para ver el amanecer los dos últimos días. —Nora tragó saliva—. Ahora me alegro de haberlo hecho.

Me resultaba difícil pensar que podría amanecer en el futuro sin mi abuela cerca para verlo. Se me formó un nudo en la garganta cuando me di cuenta de que esa realidad podría llegar más pronto que tarde. Permanecimos en silencio, cada uno mirando por su ventanilla, hasta que nos detuvimos en una meseta y vimos un hotel.

—Nos alojamos aquí —anunció—. Louise y yo siempre tenemos dos llaves de cada habitación y nos damos una, por si acaso. Así que tengo su llave, si quieres quedarte en la suya.

—Creo que preguntaré si tienen algo disponible. De esa manera, si ella… —Al darme cuenta de lo que había dicho, me detuve—. Cuando. *Cuando* salga, todo estará como lo dejó.

Nora forzó una sonrisa y asintió.

El hotel estaba bastante vacío, de modo que había muchas habitaciones disponibles. El recepcionista recordó el nombre de Nora y me dio una habitación justo al lado de la suya. Salimos del ascensor con una sensación sombría.

Cuando llegamos a su habitación, se detuvo en la puerta.

—¿A qué hora quieres volver al hospital?

—¿Por qué no duermes un poco? Volveré yo solo en unas horas, y tú puedes venir cuando te despiertes.

Ella negó con la cabeza.

—No, quiero ir, de verdad.

Miré mi reloj.

—¿Qué tal a las diez? Eso nos dará unas cuatro horas para descansar.

—Está bien. —Me miró de arriba abajo—. Te prestaría una camisa o algo, pero no creo que nada mío te quede bien.

Me encogí de hombros.

—La recepcionista ha dicho que había un kit de aseo en la habitación. Seguro que me apaño con eso.

—De acuerdo. Bueno, ya sabes dónde estoy si ocurre algo.

Asentí con la cabeza.

—Duerme un poco.

Ya casi había cerrado la puerta de mi habitación cuando oí gritar a Nora.

—¡Espera! ¡Beck!

Volví al pasillo.

—¿Sí?

Sonrió con dulzura.

—No te he deseado un feliz cumpleaños. Supongo que ahora es feliz cumpleaños atrasado. Tu abuela me lo comentó, y quería mandarte un mensaje, pero luego las cosas se torcieron.

—Gracias. Te veré en unas horas.

Cuando estábamos en el hospital, pensé que estaría demasiado nervioso para dormir, pero, al ver la gran cama, solté un bostezo gigante, aunque necesitaba una ducha rápida antes de meterme en ella. Así pues, me quité el traje que llevaba puesto desde el día anterior por la mañana y dejé las prendas sobre el respaldo de la silla que había en una esquina. Entré y salí en menos de cinco minutos, y solo me faltaba lavarme los dientes. Pero, cuando rebusqué en el neceser de cortesía, me di cuenta de que no había pasta de dientes, solo un cepillo. Pensé en mandarlo a la mierda, pero había tomado demasiadas tazas de café, y eso me volvería loco.

La habitación de Nora no solo estaba al lado, sino que había una puerta que comunicaba ambas habitaciones. Así que me puse la bata del hotel y me acerqué a escuchar para comprobar si seguía levantada. Estaba claro que había movimiento, y me pareció que también tenía el televisor encendido, por lo que llamé con un toque ligero.

—¿Beck? —Sonaba como si estuviera de pie justo al otro lado de la puerta—. ¿Eres tú quien llama a la puerta?

—Sí. Perdona. ¿Me prestas un poco de pasta de dientes?

—Oh, claro. Espera.

La puerta se abrió y Nora, con los ojos fijos en el suelo, extendió una mano con un tubo de Crest. Fui a cogerlo, pero me extrañó que no levantara la cabeza.

—¿Nora?

Al cabo de un momento, levantó la mirada. Tenía la cara llena de manchas y le temblaba el labio inferior.

Mi corazón pendía de un hilo, y ver lo alterada que estaba acabó con mi último resquicio de control.

—Joder —refunfuñé, y me acerqué a ella—. Ven aquí.

Ni siquiera intentó resistirse. Fue como si se abriera una compuerta. Nora gritó, un sollozo horrible y desgarrador. Me apretó la bata con las manos y escondió la cara contra mi pecho; le temblaban los hombros. La cogí en brazos, la llevé a su habitación y la acuné en mi regazo mientras lloraba.

—Aún no estoy preparada para perderla —dijo con voz ahogada.

El sonido quebrado de su voz me destrozó. Saboreé la sal en la garganta y agradecí el nudo que se me había formado, porque fue lo único que me impidió romperme junto a ella.

Le acaricié el pelo.

—Todo saldrá bien.

Sollozó más fuerte.

—No saldrá bien. El mundo seguirá igual, todo seguirá igual. Y eso no está bien.

La abracé con más fuerza.

—Eso no es verdad. No todo será igual. ¿Sabes por qué? Porque ella no dejará el mundo como lo encontró. Louise ha cambiado vidas. —Se me quebró la voz—. Ella nos hizo a ti y a mí mejores personas.

Intentaba ayudar, pero mis palabras solo empeoraron las cosas. Nora lloró más fuerte. El sonido provenía de lo más profundo de su ser. No tenía demasiada experiencia dando consuelo, excepto a mi hija, así que probé lo que mejor funcionaba con ella y la mecí hacia delante y hacia atrás.

Parecía ayudar. Al final, los hombros de Nora temblaron menos y sus jadeos se hicieron menos frecuentes. Al cabo de un rato, soltó un gran suspiro.

—Gracias.

—No tienes nada que agradecerme, cariño. —Besé su frente—. En todo caso, yo debería darte las gracias. Mi abuela tiene suerte de contar con alguien que se preocupa tanto.

Se secó las mejillas.

—Creo que voy a asaltar el minibar en busca de vino y voy a darme un baño caliente.

Sonreí.

—Me parece un buen plan.

Nora se incorporó y se puso en pie.

—Gracias, Beck. Tu abuela también tiene suerte de contar contigo.

Asentí y me levanté.

—Dejaré la puerta un poco abierta por si quieres hablar cuando salgas del baño.

—Creo que estaré bien. Pero te lo agradezco.

Pasó al menos media hora antes de que escuchara movimiento. La lámpara de su habitación estaba encendida y un rayo de luz entraba por la puerta que separaba nuestras habitaciones. Se oyó un chasquido lejano, y luego la rendija se oscureció. Me tumbé en la cama y me dejé llevar por la pesadez de mis párpados. Empecé a quedarme dormido, pero oí un crujido.

—¿Beck?

Me incorporé con los codos. Las cortinas estaban echadas, pero aún había luz suficiente para ver la silueta de Nora. Llevaba puesta la bata del hotel y tenía el pelo mojado hacia atrás, como si acabara de cepillárselo.

—¿Estás bien?

—No. —Hizo una pausa—. Quiero olvidar.

Me quedé helado. Eran las palabras que había utilizado cuando nos conocimos, la noche de su cita de Tinder. Estaba relativamente seguro de haber entendido lo que significaban, pero no quería tener ninguna duda.

—¿Qué me pides, Nora?

Su respuesta fue desatarse la bata y dejarla caer desde los hombros.

—Hazme olvidar, Beck.

Como no respondí nada, se acercó unos pasos. Estaba completamente desnuda, y, dado que no tenía ropa para cambiarme, yo también.

—Solo he tomado un vaso de vino —comentó—. Y, sí, estoy sensible. Pero no tanto para tomar una decisión precipitada. He pensado en ti todas las noches desde el día en que nos conocimos. Me he tocado mientras recordaba el sonido de tu voz profunda e imaginaba mis uñas raspando tu hermosa piel bronceada.

«Joder».

Se acercó más.

—Nora… tú no quieres esto. Me lo has dicho tú misma muchas veces.

Sonrió.

—No, te equivocas. Te he mentido. Te he dicho que no te quería porque intentaba convencerme de que era verdad. Pero te deseo tanto que ni siquiera podría obligarme a estar con un hombre. Incluso lo intenté con aquel vaquero la última noche en Montana.

Toda la indecisión y la incertidumbre que sentía se vieron de repente arrinconadas por una nueva emoción: los celos. Un maldito vaquero.

Retiré la manta.

—¿Dejaste que te tocara?

—No, pero estuve a punto. Pensé en chupársela y fingir que eras tú. —Dio otro paso para quedar frente a frente—. Te deseo, Beck. Te deseo en mi boca.

Me puse de pie, con la polla completamente erecta. Tanto ella como yo estábamos listos para probar esos labios.

—Ponte de rodillas. Y no tendrás que fingir nada en absoluto…

Capítulo 15

Nora

«Ay, Dios».

Nunca en mi vida había estado tan excitada. Caí de rodillas sobre la alfombra. Eso era justo lo que quería. No pensar. Que me dijeran lo que tenía que hacer. Que me desearan como había percibido en la rudeza de su voz.

Beck se agachó y me acarició una mejilla.

—Chúpala.

Un hormigueo recorrió mi cuerpo. Me moría de ganas de complacerlo. Abrí bien la boca y pasé la lengua por la parte inferior hasta que la punta chocó con la parte superior de mi paladar. Luego la envolví con los labios y chupé mientras la sacaba con un movimiento lento.

Beck emitió un sonido entre agónico y extasiado. Se acercó a mi nuca y me agarró un mechón de pelo.

—*Joder*. Esa boca. Es mía, y haré con ella lo que quiera. Ábrela más. Quiero llegar al fondo de tu garganta, nena.

Le habría dado lo que quería, pero era mucho mejor que lo tomara sin preguntar. Puse la lengua plana y lo lamí de nuevo, pero me detuve antes de tragar. Entonces respiré hondo, ya que sabía que sería la última vez que lo haría en un rato, y levanté la vista.

—Joder —gruñó Beck. Me agarró el pelo con más fuerza—. Ábrela más. Métetela entera.

Tomé aire por la nariz y abrí la mandíbula todo lo que pude. Beck empujó hacia delante y me llenó la garganta con tanta fuerza que estaba segura de que me quedaría en carne viva. Sin embargo, agarré la parte posterior de sus muslos, y disfruté cada segundo mientras él se encargaba de follarme la boca. Me despojó de todos los pensamientos, de todos los recuerdos, de todas las emociones en las que no quería pensar, hasta que solo quedó la necesidad. Cruda. Carnal. Una necesidad codiciosa.

Beck se hinchó en mi boca; extremadamente grueso y duro. Estaba segura de que lo único que haría falta para detonar mi propio orgasmo sería estirar una mano y tocarme el clítoris, pero deseaba más que Beck se corriera que mi propio alivio. Sus embestidas se hicieron más fuertes, y supuse que estaba a punto de conseguir lo que más necesitaba, pero entonces Beck gruñó y se apartó. Se agachó, me agarró por debajo de los brazos y me lanzó por los aires para dejarme en el borde de la cama.

Intenté recuperar el aliento.

—¿Por qué has parado?

Beck cayó de rodillas.

—Porque no puedes gritar mi nombre cuando tienes la boca llena, y la primera vez que te corras quiero que grites mi nombre.

—Dios mío, qué egocéntrico.

Su sonrisa era perversa.

—Recuéstate y ábrete para mí.

—¿Y si no quiero que lo hagas?

Su respuesta fue abrirme las piernas y levantarme las rodillas por encima de sus hombros.

—Túmbate, Nora —me ordenó con severidad.

Puse los ojos en blanco, pero hice lo que me pidió. Él no perdió el tiempo. Pasó su lengua sobre mi ya hinchado clítoris, lo que provocó una chispa que disparó electricidad por todo mi cuerpo. Me lamió la abertura de arriba abajo y me abrió más las rodillas mientras hundía la cara en mí. Le agarré el pelo con fuerza y tiré de él.

—¡Beck!

—Eso es. Córrete, nena. Quiero beber hasta la última gota de ti.

Hundió más la cara, su nariz empujaba mi clítoris mientras su lengua entraba y salía. Me sentía en el paraíso. No creí que pudiera mejorar, pero entonces metió dos dedos, y me volví loca.

—Dios mío.

Los movió más rápido, dentro y fuera, mientras chupaba y los giraba.

Todo el cuerpo empezó a temblarme y puse los ojos en blanco.

—Beck. ¡No pares!

—Ni de coña, nena. —Sus palabras amortiguadas resonaron contra mi carne sensible y mi cuerpo empezó a palpitar él solo.

—Beck… —Mi espalda se arqueó fuera de la cama mientras mi orgasmo estallaba.

Él se incorporó y usó una mano para sujetarme. Luego me succionó el clítoris con fuerza.

Y entonces llegó.

Oh, Dios.

Oh, Dios.

Vaya si llegó…

Me lancé en caída libre por la montaña rusa. Mi orgasmo se abrió paso por mi cuerpo y gemí en cada alucinante momento. Ya no sentía las piernas. Cuando mi cuerpo empezó a relajarse, me emocioné un poco. Nunca había llorado por un orgasmo, pero ese había sido *así* de bueno.

Mi respiración aún no se había normalizado cuando Beck subió por mi cuerpo. Recorrió mi rostro con la mirada. Por alguna razón, me pareció que pensaba besarme. Sabía que a algunas personas no les gustaba después del sexo oral, y en general a mí tampoco. Pero en ese momento no me importaba.

—Puedes besarme —dije—. Si eso es lo que estás pensando.

Le brillaron los ojos.

—No era eso. Y no pensaba pedir permiso. Pero gracias por hacérmelo saber.

Le di una palmada en los abdominales.

—Dios, eres un idiota.

—Seré un idiota pero acabas de gemir mi nombre, nena.

Puse los ojos en blanco.

—No hagas que me arrepienta.

Su rostro juguetón se puso serio.

—No quiero que te arrepientas de que estemos juntos.

—Bromeaba. —Le acaricié una mejilla—. No me arrepentiré de nada.

Beck asintió. Me gustaba que mostrara su lado vulnerable tan pronto, después de haber sido todo un macho alfa. No tenía miedo de expresar sus emociones, un rasgo poco común en un hombre de carácter fuerte.

—Aunque no pensaba pedirte permiso para besarte, sí que te lo pediré para hacerlo a pelo.

—¿Eso es lo que pensabas? ¿Quieres tener sexo sin condón?

—Si te parece bien. Solo he follado a una mujer sin él. Me hice una revisión hace poco, y no he estado con nadie desde entonces.

—Yo también me hice una revisión completa antes de salir de viaje. —Hice una pausa—. ¿No tienes condones?

—Sí. En mi cartera. Cogeré uno si no estás cómoda.

Estaba claro que había muchas cosas sobre las que reflexionar en esa conversación, pero confiaba en que Beck no fuera una de ellas.

—Tomo anticonceptivos. Me parece bien no usarlo.

Sonrió.

—Gracias.

Beck se puso de rodillas y me levantó para llevarme al centro del colchón. No había nada más *sexy* que un hombre seguro de sí mismo que sabía quién era y lo que quería, sobre todo uno que no esperaba el mismo comportamiento sumiso fuera del dormitorio.

Se tumbó sobre mí y entrelazó nuestros dedos antes de tirar de mis manos hacia arriba y colocarlas por encima de mi cabeza. Luego me besó con suavidad, exploró mi boca con su lengua de una forma íntima y sensual, muy distinta del beso que nos habíamos dado aquella noche en el bar. Me miró a los ojos mientras me penetraba. Todavía estaba muy mojada por su boca y por mi orgasmo, lo que hacía que su grosor fuera soportable.

—Joder. Estás tan caliente y apretada… —Beck entraba y salía, cada vez un poco más profundo. Una vez que estuvo por completo dentro de mí, cerró los ojos unos segundos—. Qué bien entra. Me encanta. —Empezó a moverse con más intensidad. Sus deslizamientos se convirtieron en penetraciones profundas y sus embestidas se hicieron más duras y rápidas. Pero en ningún momento apartó su mirada de la mía. La forma en que me miraba a los ojos me asustaba muchísimo, pero también me hacía sentir segura. Se suponía que solo era sexo, una forma de olvidar durante un rato, pero parecía mucho más, algo bonito.

Todo lo demás en el mundo se desvaneció. Éramos solo Beck y yo, dos personas que habían conectado profundamente. El sonido de nuestros cuerpos al golpearse el uno contra el otro nos envolvía en nuestro propio mundo privado. Cuando gemí, Beck estampó sus labios contra los míos. Nuestro beso se volvió ardiente y salvaje. Le tiré del pelo y su respiración se convirtió en bocanadas cortas y superficiales. Los dos estábamos a punto, pero mi cuerpo no podía esperar.

—Oh, Dios. ¡Beck! Voy a…

—Estoy igual que tú, nena. Córrete alrededor de mi polla.

Sus palabras me llevaron al límite. Mi cuerpo se contrajo y empezó a latir de nuevo. Oí que gritaba el nombre de Beck, pero apenas era consciente de que era yo la que lo pronunciaba.

Beck me levantó una pierna, y el cambio de posición hizo que rozara un punto que me hizo ver las estrellas. Cuando por fin empecé a relajarme, se hundió más hondo y se detuvo. Sentí espasmos dentro de mí, pero no estaba segura de a quién de nosotros correspondían.

Después, esperé el momento en que se desplomara y se apartara de mí. Pero no llegó. En su lugar, Beck me besó con suavidad, sin dejar de deslizarse despacio dentro y fuera. Me apartó el pelo de la cara y sonrió.

—¿Ha funcionado? ¿Has olvidado durante un rato?

Esbocé una sonrisa bobalicona.

—¿Quién eres? ¿Cómo te llamas?

Me besó los labios una vez más.

—Bien. Me alegro de que hayas tenido un poco de paz.

Unos minutos después, Beck se levantó para ir al baño. Mientras estaba fuera, me apresuré a coger el albornoz. Me lo estaba atando cuando salió con una toalla en una mano.

Arrugó la frente.

—¿Qué haces?

—Yo… —Miré hacia atrás, a la puerta que comunicaba nuestras habitaciones—. Volver a mi cuarto. Intentaré dormir un poco.

Frunció el ceño.

—¿En serio? Estoy seguro de que hasta una puta se queda más tiempo.

—¿Acabas de llamarme puta?

Se acercó a mí y se puso a mi altura.

—No. Pero vuelve a la cama. —Señaló el colchón grande que tenía detrás—. A esta, por si no me he explicado bien.

Me llevé las manos a la cadera.

—Eso suena como una orden y no como una petición.

Beck suspiró.

—Estoy cansado. Y me has dejado la polla flácida. ¿Podemos no discutir? Porque el único momento en que disfruto de eso es cuando forma parte de los preliminares, y necesito diez minutos para recargar.

—¿*Yo* te he dejado la polla flácida?

Me cogió en brazos. Volvió a su cama y me dejó caer en el centro sin miramientos.

—¿Qué demonios?

Se metió en la cama a mi lado.

—Cállate y duérmete.

—¿Que me calle?

Me rodeó la cintura con un brazo y me empujó contra él.

—Te he dado lo que querías sin rechistar. Ahora déjame tener lo que quiero.

—¡Lo que quería era sexo! ¿Estás diciendo que lo has hecho por obligación?

—No digo nada, porque tengo los ojos cerrados y me voy a dormir. Ahora déjame acurrucarme y grítame por ello más tarde.

Déjame.

Acurrucarme.

Parpadeé varias veces. No sabía qué pensar.

Pero… me sentí bastante bien.

Su cuerpo era cálido, incluso a través del albornoz que me había puesto. Y sus brazos me hacían sentir que nada malo podía ocurrir mientras estuviera en ese lugar.

Quizá podría quedarme un rato.

Bostecé.

Sí. Solo diez o quince minutos…

Capítulo 16

Nora

—¿Qué haces?

Beck se sentó en la silla junto a la cama y me miró fijamente.

—Observarte mientras duermes.

Levanté las sábanas.

—Eso da miedo, Cross.

Le tembló el labio.

—¿Cómo has dormido?

Pensé en ello. Me sentía bastante descansada. Pero, joder, teníamos que volver al hospital. Me incorporé sobre los codos.

—¿Qué hora es?

—Las nueve.

Fruncí el ceño.

—¿De la mañana?

Beck parecía divertirse.

—Sí. Las nueve de la mañana.

—¿Del sábado?

—Sí, del sábado.

—Así que solo he dormido… ¿cuánto? ¿Dos o tres horas?

Se encogió de hombros.

—Más o menos.

—Pero me siento muy descansada, como si hubiera dormido una noche entera.

Una sonrisa arrogante hizo que sus labios se curvaran.

—Debe de ser porque hemos dormido acurrucados.

Puse los ojos en blanco, pero me pregunté si sería cierto. Aunque admitirlo conllevaba dos problemas. Uno, reconocer que Beck tenía razón, y dos, que yo estaba equivocada.

De modo que me senté y me estiré.

—¿Ya te has duchado?

Asintió con la cabeza.

—Sí.

—De acuerdo. Me daré una ducha rápida para despertarme, pero no me lavaré el pelo, así que estaré lista en unos veinte minutos.

—Tómate tu tiempo. Tengo una videollamada en diez minutos, y lo más seguro es que dure media hora.

De vuelta a mi habitación, fui directa al baño. Me horroricé al ver mi reflejo en el espejo.

—Dios mío —murmuré. Y yo que creía que me admiraba mientras dormía. Seguro que se preguntaba quién era la lunática de su cama. Había ido a su habitación con el pelo mojado, y se me había secado al aire, lo que significaba que ahora estaba completamente alborotado. Una línea de baba seca se extendía desde mi boca hasta mi cuello, y, aunque al despertarme me sentía descansada, mis ojos hinchados y rojos no decían lo mismo.

Gruñí y abrí el grifo del agua caliente de la ducha. Tendría que ser aún más rápida de lo habitual para tener tiempo de ponerme algo frío sobre los ojos hinchados durante unos minutos. En cuanto toqué el agua, mi cerebro se despertó y empezó a hacerse preguntas.

«¿Qué demonios has hecho? ¿Te has acostado con Beck?».

«¿En qué pensabas?».

«¿No puedes controlarte?».

«Llevas un vibrador en la maleta, por el amor de Dios. ¿Por qué no lo has usado?».

Todas esas preguntas eran excelentes, y no tenía respuesta para ninguna.

Pero mi estómago dio un pequeño vuelco cuando recordé lo que había pasado.

«Ponte de rodillas».

«Chúpala».

Y cuando le pedí que no parara…

«Ni de coña, nena».

Dios mío. Eso era lo último en lo que necesitaba pensar en ese momento. Lo que necesitaba era café.

Mucho café.

Salí de la ducha para vestirme, pero unos golpes en la puerta de la habitación me detuvieron. Me puse el albornoz y, al mirar por la mirilla, vi a un empleado con un carrito. No había llamado al servicio de habitaciones.

Abrí la puerta y sonreí.

—Hola. Creo que se ha equivocado de habitación. No he pedido nada.

El carrito estaba muy bien decorado, con mantelería blanca, un ramo de preciosas flores de un rosa intenso, una bandeja de plata cubierta, zumo de naranja, periódicos y lo que olía a delicioso café. Tuve la tentación de cambiar de idea y decirle que metiera esa mierda dentro.

El camarero levantó una carpeta del carrito y la abrió.

—¿Es usted la señora Sutton?

—¿Sí?

—El pedido lo hizo el señor Cross, de la habitación trescientos quince. Dio instrucciones específicas de no entregarlo en su propia habitación, sino en la suya.

—Oh. —Me hice a un lado—. Bueno, entonces…

El camarero entró con el carrito en mi habitación. Saqué algo de dinero para la propina, pero hizo un gesto con una mano.

—Ya se han encargado de eso.

—Oh. Vale, gracias.

Era un hotel muy bonito, pero, a pesar de eso, no podía creer lo precioso que era todo lo que había en el carrito. Las flores debían de haber costado más que la comida. El montaje era digno de Instagram.

—¿Quiere que le prepare el café? —preguntó el camarero.

—No, gracias. —Sonreí—. Puedo hacerlo yo, incluso antes de tomar cafeína.

Hizo una pequeña reverencia.

—Muy bien. Que tenga un buen día.

—Igualmente.

Ya estaba saliendo por la puerta cuando lo detuve.

—¿Disculpe?

Se dio la vuelta.

—¿Sí?

Señalé el carrito del desayuno.

—¿Los pedidos del servicio de habitaciones siempre se entregan así? ¿Con un ramo de flores y todos estos periódicos?

El camarero sonrió.

—No, señora. Solo el suyo.

Fruncí el ceño.

—¿Por qué solo el mío?

—El caballero que hizo el pedido le pidió al conserje que consiguiera las flores y los periódicos. Especificó que solo fueran de color rosa.

Asentí con un movimiento lento.

—¿Solo rosa?

—Rosa fucsia, en realidad.

—¿De verdad? ¿Sabe cuándo se hizo el pedido?

El camarero sacó la carpeta de su bolsillo interior.

—Parece que lo encargó a las seis y cuarenta y cinco. Es probable que el conserje tardase en encontrar una floristería abierta tan temprano.

No tenía ni idea de qué pensar de aquella información, de modo que me limité a asentir.

—De acuerdo. Gracias de nuevo.

Cuando me quedé sola, miré lo que había debajo de la fuente: huevos benedictinos y fruta fresca. Salivé. Luego olfateé las flores y me incliné para apreciar todo el aroma; seguía asombrada por las molestias que se había tomado Beck. Escu-

162

ché voces en la habitación contigua, así que parecía que seguía con su llamada, pero pensé que lo menos que podía hacer para demostrarle mi agradecimiento era llevarle algo de cafeína. Preparé dos tazas, tomé un sorbo de una y me dirigí a la puerta de al lado con la otra taza en una mano.

Beck estaba sentado en el escritorio, con el portátil abierto y charlando, pero recorrió mi cuerpo con la mirada cuando entré. Se tomó su tiempo antes de mirarme de nuevo a los ojos y me reprendí en silencio por no haberme echado un vistazo en el espejo antes de entrar.

Incluso la forma en que me observaba mientras le servía el café traslucía un aire dominante, igual que en la cama. Seguía cada uno de mis pasos con los ojos, pero no movía la cabeza. Se me puso la piel de gallina.

Dejé el café a un lado de su portátil, con cuidado de mantenerme fuera de la vista de la cámara. Todo el tiempo, Beck se mantuvo frío y controlado, me seguía con la mirada, pero sin mostrar ninguna expresión ante la cámara. Así que no pude evitarlo. Parecía un desafío silencioso.

Cuando volví a la puerta, me desaté el cinturón de la bata, me giré y la abrí de par en par para mostrarle mi cuerpo completamente desnudo.

No fue necesario nada más.

Beck perdió el control. Sus ojos se abrieron de par en par y una enorme sonrisa se dibujó en su rostro mientras sacudía la cabeza.

Satisfecha de que no siempre fuera él quien llevara las riendas, volví a mi habitación con un poco más de arrogancia.

—Dios mío. Estás despierta…

Louise nos sorprendió a los dos cuando entramos en la UCI una hora más tarde. Tenía un aspecto mil veces mejor que cuando nos habíamos marchado hacía unas horas. El alivio me formó un nudo en la garganta, pero me acerqué a su cama y la abracé. Beck hizo lo mismo.

—¿Creías que me perdería a Harry?

Beck me miró.

—Tenemos entradas para ver a Harry Styles el próximo viernes por la noche. Asientos en tercera fila. Tocará en Nueva York. Así que vamos a volar de vuelta a casa para verlo.

—¿Harry Styles? ¿En serio? ¿No es para adolescentes?

Entrecerré los ojos.

—Harry Styles es para todo el mundo.

Beck se encogió de hombros y miró a Louise.

—¿Cómo te encuentras?

—Tengo ganas de salir de aquí, así me encuentro.

Me miró de nuevo.

—Sí, está mejor.

Unos minutos más tarde, entró un grupo de médicos. Uno de ellos era el neurólogo del día anterior, el doctor Cornelius.

—Buenos días —saludó.

—Buenos días.

Tecleó algo en su iPad, sonrió y se dirigió a Louise.

—¿Cómo se encuentra, señora Aster?

—Estupendamente. Estoy lista para irme.

El doctor Cornelius se volvió hacia nosotros.

—Normalmente me gusta preguntar a la familia si el paciente parece que es él mismo. De hecho, es una parte importante de mi examen neurológico. Pero algo me dice que la respuesta a eso es que sí.

Beck sonrió, satisfecho.

—Sin duda.

—Es una buena señal. He venido a ver cómo se encontraba la señora Aster hace una hora, cuando las enfermeras me han comunicado que estaba despierta. Hemos hablado sobre lo que ocurrió y después un poco sobre su estado. Pero no soy oncólogo, así que he querido hablar con sus médicos de Nueva York y consultar con mis colegas de aquí antes de debatir un plan de tratamiento.

Beck asintió.

—Vale…

—La señora Aster ha expresado que ha tomado la decisión de disfrutar de la fase final de su vida en lugar de pasársela recibiendo quimio y radioterapia, que solo alargarán su vida un tiempo y a costa de la calidad de sus días.

—No estoy de acuerdo con eso, en realidad —respondió Beck—. Pero es su decisión.

El doctor Cornelius asintió.

—Cuando se trata de una enfermedad terminal, en general acepto los deseos del paciente sin hacer preguntas. Sin embargo, en mi opinión, es probable que, si no se trata, el tumor que presiona la arteria carótida provoque otro ictus más pronto que tarde.

—¿Cómo de pronto? —preguntó Louise.

El médico negó con la cabeza.

—No sabría decírselo. Pero no me sorprendería que fuera en cuestión de días. Semanas como mucho. Los anticoagulantes solo son una tirita a muy corto plazo.

—¿Hay algo no invasivo que se pueda hacer? —quise saber.

El doctor Cornelius miró a Louise.

—He hablado con su oncólogo de Nueva York, el doctor Ludlow. Cree que lo mejor sería un tratamiento corto de radioterapia. Teniendo en cuenta sus deseos de no someterse a tratamientos que afecten a su calidad de vida, recomienda solo dos semanas de radiación, más o menos unas diez sesiones. La mayoría de los tumores se reducen durante las primeras semanas, de modo que causan pocos efectos secundarios. No podemos asegurar con certeza que funcione, ni cuánto tiempo puede pasar hasta que el tumor crezca lo suficiente y vuelva a ser un problema, pero el doctor Ludlow cree que debería reducirse lo suficiente en diez sesiones para que no se convierta en un problema hasta al menos dentro de tres o seis meses.

Louise suspiró.

—La radiación me cansó tanto la última vez que no podía salir de la cama.

—Sí —añadió Beck—. Pero recibías quimioterapia al mismo tiempo. Esto solo sería radiación, ¿verdad?

—Así es. —El médico asintió—. Su oncólogo no intentaría curar la enfermedad; solo intentaría que vivir con ella fuera más llevadero, y que tuviera más tiempo para disfrutar de su vida mientras se sienta bien.

—No lo sé… —contestó Louise. Me miró a mí—. ¿Qué te parece?

Sentí los ojos de Beck clavados en mí, pero traté de ignorarlo.

—Creo que es una decisión que deberías considerar con detenimiento.

Louise se encogió de hombros.

—Tengo que pensarlo.

—Por supuesto. —El doctor asintió—. Pero, como he comentado, los anticoagulantes solo son una solución temporal. Así que es mejor no tomarse demasiado tiempo.

Los médicos se quedaron otros diez minutos examinando los ojos y la fuerza de Louise. Era capaz de agarrar los dedos del médico con ambas manos, pero un lado lo tenía bastante más débil que el otro. Cuando terminaron, el doctor Cornelius quiso saber si teníamos alguna pregunta.

—Si no sufre nuevos episodios, ¿cuánto tiempo debería permanecer en el hospital? —preguntó Beck—. Ha dicho que podría ser solo cuestión de días antes de otro derrame cerebral, así que me gustaría llevarla de vuelta a Nueva York para iniciar el tratamiento.

Louise frunció los labios.

—*Si* empiezo el tratamiento.

Beck la ignoró.

—¿Cómo de pronto podríamos meterla en un avión?

—Me gustaría vigilarla hoy e intentar que la señora Aster se levante esta tarde. ¿Qué tal si lo hablamos durante la ronda nocturna?

—De acuerdo. Vale.

Louise se quitó las sábanas y movió las piernas hacia un lado de la cama.

—Espere un momento —dijo el doctor Cornelius—. Necesita a una enfermera y a un fisioterapeuta para levantarse. Puede que al principio también un andador.

Me estremecí al oír la palabra «andador», porque sabía lo que estaba a punto de ocurrir. Y así fue.

—No necesito ningún maldito andador. No puedo evitar envejecer, pero estoy lejos de ser vieja, hijo. Solo me estoy muriendo. Me las apañaré sin ayuda.

El médico trató de ocultar su sonrisa.

—¿Qué tal si llegamos a un acuerdo y permite que la enfermera y el fisioterapeuta la ayuden sin el andador?

—Vale.

Beck negó con la cabeza mientras el equipo médico salía de la habitación de Louise.

—Solo busca lo mejor para ti. No te va a matar seguirle la corriente y usar el andador unos minutos para asegurarte de que te mantienes bien de pie. No siempre tienes que estar al mando.

—Ah, ¿sí? ¿Cuándo fue la última vez que tú dejaste a alguien estar al mando?

Sonreí. Cuanto más tiempo pasaba con ellos, más me daba cuenta de lo mucho que se parecían.

Beck me miró y frunció el ceño.

—¿Por qué sonríes?

Mi sonrisa se ensanchó más.

—¿Quién? ¿Yo? No sonrío.

Refunfuñó algo en voz baja. Después entró una enfermera y Louise pidió café.

—Lo siento. —Se encogió de hombros—. Hoy toca descafeinado.

—Eso es como ducharse con un chubasquero puesto. Sin sentido.

«Sí. Louise está bien». Al menos por el momento.

Pasaron unas horas, y entonces llamó a la puerta un tío con bata azul. Tendría unos veinticinco años y era muy guapo. Sonrió.

—Soy Evan, el fisioterapeuta. ¿Lista para el viaje, señorita Aster?

—Claro que sí. —Louise se quitó de nuevo las sábanas de las piernas.

Evan levantó las manos.

—Espere un minuto. Necesitamos a dos personas, una a cada lado. Voy a por una enfermera.

—No necesito a dos personas.

—Oh, está claro que no. Ya lo veo. Pero es una política tonta del hospital y, si no lo hacemos así, me meteré en problemas. —Nos guiñó un ojo a Beck y a mí al salir. Era joven, pero ya sabía cómo manejar a la gente.

—La ha calado —le susurré a Beck.

—Habrá leído en su historial que es una alborotadora.

—¡Lo he oído! —gritó Louise.

Cuando terminó de andar por los pasillos —con lo que demostró que no solo no necesitaba un andador, sino tampoco a una persona a cada lado— la bajaron para repetir la exploración y asegurarse de que todo seguía igual. Beck y yo fuimos a la cafetería a comer algo, ya que dijeron que tardaría una hora. En nuestra mesa había un clavel de aspecto triste en un jarrón de un bazar. Pero me recordó a las flores de mi bandeja del desayuno.

—Gracias por el servicio de habitaciones de esta mañana.

Beck asintió de manera cortante.

—Por supuesto.

—Oh… así que por supuesto, ¿eh? Ahora lo entiendo. El desayuno de lujo es tu táctica infalible después de pasar la noche con una mujer.

Entrecerró los ojos.

—¿De qué hablas?

—¿Me ha tocado el especial Beck Cross? ¿Siempre pides lo mismo? Huevos a la benedictina, café, zumo, flores elegantes y algunos periódicos… ¿También pides comida cuando no estáis en un hotel? ¿Es un pedido estándar que has configurado en una aplicación y simplemente pulsas «volver a pedir»? Ah, ¿y siempre averiguas su color favorito de antemano para darle ese toque personalizado?

Beck ladeó la cabeza.

—¿Qué me he perdido?

Revolví la ensalada con el tenedor.

—Las flores que has mandado esta mañana eran preciosas. Y de mi color favorito.

—¿Y?

—Solo digo que es una buena táctica. Apuesto a que las mujeres se derriten a la mañana siguiente.

—¿Qué mujeres?

—A las que les llevas el desayuno con flores de su color favorito.

Beck parecía desconcertado.

—¿Te has dado un golpe en la cabeza?

Puse los ojos en blanco.

—Olvídalo. Pero gracias por las flores de todos modos. Eran preciosas.

—De nada. Para que lo sepas, te he mandado flores porque entraste en mi habitación con ganas de olvidarte de la vida durante un rato. Pensé que eso significaba que estabas triste, y antes habías comentado que el rosa fucsia te ayuda con tu estado de ánimo. —Hizo una pausa y me miró a los ojos—. No es mi táctica infalible, como tú lo has llamado. Era solo para ti.

Noté un cosquilleo en el estómago. ¿Quién habría dicho que Beck podía ser tan dulce?

Mientras intentaba que su respuesta no me afectara, se inclinó hacia mí y bajó la voz.

—Habría preferido alimentarte otra vez con mi polla esta mañana para mejorar tu humor, pero he pensado que necesitabas dormir. —Me guiñó un ojo—. Huevos. La segunda mejor opción.

«Ahí está… el verdadero Beck ha vuelto».

169

Como el cosquilleo había bajado más abajo de mi barriga, pensé que era hora de cambiar de tema.

—No creo que debas presionar a Louise para que acepte la radioterapia.

Frunció el ceño.

—¿Por qué no?

—Porque creo que ella sola llegará a esa decisión. Pero, si no lo hace, lo último que necesita es sentirse culpable por robarte más tiempo con ella.

A Beck le cambió la cara. Parecía que hubiera disparado una flecha y le hubiera dado justo en el corazón.

—¿Así es como se siente?

—No lo dice con esas palabras, pero sí. Le costó mucho tomar la decisión de anteponerse a sí misma. Ha pasado cincuenta años de su vida criando a una familia: primero a tu madre, y luego a ti y a tu hermano. Sé que no lo cambiaría por nada, pero esto es lo que quiere, Beck.

Se le llenaron los ojos de lágrimas. Asintió con la cabeza.

—De acuerdo.

Estuvo callado durante el resto de la comida. Y siguió así hasta que el doctor Cornelius volvió a las cuatro de la tarde.

—He oído que está lista para correr la maratón de Nueva York —comentó al entrar.

—Todavía no. —Louise sonrió—. Pero estoy lista para un concierto de Harry Styles.

El doctor Cornelius se sentó en el borde de la cama. Le cogió una mano a Louise.

—¿Ha pensado en el plan de tratamiento que le sugirió su médico de Nueva York?

Miró a Beck.

—Lo probaré, pero, si me siento mal o me noto demasiado exhausta para vivir, lo dejaré. Dejé el tratamiento para vivir el final de mi vida, y eso es lo que pretendo hacer, ya sean tres días o tres meses.

Beck se volvió hacia el doctor Cornelius.

—¿Cómo de pronto puedo meterla en un avión a Nueva York?

—La dejaré en sus manos en cuanto lo organice todo. —Señaló a Louise—. Pero tiene que ir directa al hospital y dejar que la ingresen para que la sigan controlando. No pase por la casilla de salida a recoger doscientos dólares; vaya directa al hospital desde el aeropuerto. Luego será su oncólogo quien decida si puede someterse a la radiación de forma ambulatoria o necesita estar hospitalizada.

—Está bien —respondió Louise.

Beck sacó el teléfono.

—Yo me encargaré de todo, y me aseguraré de que vaya directa al hospital en cuanto aterricemos.

Cuatro horas y media después, embarcamos en un vuelo a Nueva York. Beck había reservado un carrito motorizado para que nos llevara desde el control de seguridad hasta la puerta de embarque. Louise estaba débil y, cuando despegamos, ya había caído en un sueño profundo junto a Beck.

Me senté frente a ellos. Me incliné y susurré:

—Gracias por comprarme el billete de vuelta a casa. No tenías por qué hacerlo. —Sonreí—. Si pagara yo, estaría sentada en los asientos blandos en vez de en esta cómoda primera clase.

—No hay problema. Y gracias por cuidar tan bien de mi abuela mientras estaba enferma.

Asentí.

—Haría cualquier cosa por Louise.

Beck me miró a los ojos.

—Lo sé.

—He pensado que, cuando volvamos, seguro que tienes que trabajar, y tendrás a tu hija ciertos días, de modo que ¿por qué no nos turnamos para vigilar a Louise? Esté o no en el hospital, me gustaría estar a su lado.

Beck sonrió con tristeza.

—Sería estupendo. Muchas gracias. Eres muy buena amiga.

—Es recíproco. Ella da más de lo que recibe.

Volvió a sostenerme la mirada, pero no respondió.

—Ya que parece que este es un momento adecuado para ser amables el uno con el otro y agradecer cosas, que puede que no dure siendo nosotros, quiero darte las gracias por lo de esta mañana. Lo necesitaba más de lo que te imaginas.

—Cuando quieras.

Bajé la mirada hacia su entrepierna y suspiré. Tenía un bulto de lo más *sexy* en esos pantalones de vestir.

—Por muy tentadora que sea la idea de una o dos rondas más, creo que ha sido cosa de una sola vez. Espero que lo entiendas.

Sonrió.

—Ya veremos.

Capítulo 17

Nora

—Ay, lo siento. No te había visto. —Un joven adorable esbozó una sonrisa con hoyuelos y apuntó con el pulgar hacia atrás—. Creo que me he equivocado de habitación. Pero… —Se encogió de hombros y levantó uno de los vasos de Starbucks que llevaba en las manos—. Te he traído café.

Me reí entre dientes.

—¿Me has traído café y dices que estás en la habitación equivocada?

—Lo he traído para mi hermano, pero no lo apreciará tanto como yo disfrutaré tomando café contigo.

No estaba segura de si había sido el comentario sobre el hermano poco apreciativo o la actitud alegre y despreocupada del tío bueno lo que me puso sobre aviso.

—Dios mío. Apuesto a que eres Jake.

Sus hoyuelos se hicieron más profundos.

—¿Tú también me has estado buscando toda la vida?

Me levanté y le tendí una mano.

—Soy amiga de tu abuela. Me llamo Nora Sutton.

—Oh, mierda. —Dejó los dos cafés y me sorprendió envolviéndome en un fuerte abrazo—. La mujer que se tira por los aires y no salta a la orden de mi hermano. Es un placer conocerte, Nora. He oído hablar mucho de ti.

Me reí.

—Si es por Beck, no estoy segura de que sea algo bueno.

Cogió de nuevo su café.

—En serio, tómate el otro si quieres. Solo lo he traído para dorarle la píldora porque he metido la pata en el trabajo.

—Gracias. Creo que lo haré. El café de aquí es espantoso, y sabrá mejor si sé que estoy privando a Beck de uno mucho más rico.

La sonrisa de Jake era contagiosa. Los dos hermanos se parecían, eran guapísimos, pero a la vez muy diferentes. Beck era ancho de hombros, con la mandíbula marcada e iba impecablemente vestido. Reservado e imponente, mientras que Jake era más delgado, sus rasgos, algo más suaves, y tenía pinta de que le vendría bien un corte de pelo y un afeitado. Sin embargo, apostaría mi último dólar a que las mujeres se derretían por su aspecto. *Sobre todo* por esos profundos hoyuelos.

Levantó la barbilla hacia la cama vacía.

—¿Dónde está la abuela? ¿Ya se ha escapado?

—La han bajado para radioterapia hace un rato. Solo dura una media hora, así que debería volver pronto.

—¿Cómo se encuentra hoy?

—No está muy contenta con que el médico le haya dicho que no puede ir al concierto de Harry Styles esta noche.

—¡Me encanta Harry!

Sonreí. «Sí, estos hermanos son *taaan* diferentes».

—De todos modos, es gracioso que menciones lo de escaparse, porque ha intentado que la saque a escondidas unas horas. No dejo de decirle que no puedo. Tal vez deberíamos avisar a las enfermeras cuando nos vayamos.

—Bueno, si necesitas sustituto para el concierto de esta noche… —Jake se balanceó sobre sus talones y metió las manos en los bolsillos—. Puedo cancelar mis planes.

Estuve medio tentada de aceptar su oferta, solo porque pensé que volvería loco a Beck, pero ya le había dado las entradas para que me hiciera el favor de venderlas por internet.

—Lo siento, creo que ya están vendidas.

—Maldita sea. —Sonrió—. La próxima vez.

Jake se quitó los zapatos y se subió a la cama de Louise. Abrió sus largas piernas y se puso cómodo, con las manos detrás de la cabeza y los codos estirados.

—Así que… ¿te han contado la historia de por qué el perro de la abuela odia a Beck?

Sonreí.

—Creo que no. Aunque he visto los mordiscos pequeños que tiene en los dedos. La primera vez que lo vi creo que llevaba cuatro tiritas.

—Sí, la perra lo odia. Le gusta decirle a la gente que es porque la abuela habla con Bitsy y él no, pero esa no es la razón en absoluto.

—¿Y cuál es la verdadera razón?

—Bitsy debe de tener ahora ocho años, pero solo tenía uno cuando Beck la recogió una vez de la peluquería. La abuela estaba fuera el fin de semana y le pidió que cuidara de ella. Mi abuela había dejado a Bitsy en la peluquería y Beck tenía que recogerla.

—¿Se olvidó?

—Oh, no, fue a por ella. Y también se llevó un perrito a casa. Solo que no era Bitsy.

—Dios mío. ¿No se equivocó una vez de portabebés y te dejó en la guardería?

La sonrisa de Jake se ensanchó.

—Así es. Para ser un tío que no pierde el ritmo, a veces es bastante despistado.

—Ya veo. ¿Cuánto tiempo le llevó darse cuenta de que no tenía a Bitsy?

—Tuvo al perro equivocado en su apartamento durante dos días enteros y ni siquiera se dio cuenta. Y, en caso de que pienses: «Oh, todos los pomerania se parecen, por lo que puede ser fácil que te pase», no. Porque el perro que se llevó a casa de la peluquería era un *yorkshire*.

Me reí.

—¿Me tomas el pelo?

—No. No sabía que el perro que tenía nuestra abuela desde hacía un año no era el que él había secuestrado. Yo era adolescente entonces, así que aún vivía con ella. Pero él se pasaba por casa un par de veces al mes.

—¿Y el dueño del perro? ¿No se dio cuenta?

—Resulta que tenía el mismo nombre y debía de pasar ahí el fin de semana, por lo que los dueños no se enteraron hasta que fueron a recoger a su perro. Intentaron ponerse en contacto con Louise cuando vieron lo que había pasado, pero estaba de camino a casa, y nunca contesta mientras conduce, de modo que llamaron a la policía. La abuela y Beck tuvieron que ir a la comisaría, porque querían presentar cargos por secuestro de perro. Fue lo más gracioso que he visto nunca.

No podía parar de reír al imaginarme a Beck acariciando y dando de comer a un perro todo el fin de semana sin darse cuenta de que no se parecía en nada al que se suponía que debía cuidar. Jake se partió de risa conmigo. Lo que, por supuesto, lo convirtió en el momento perfecto para que Beck entrara.

—Oh, mierda. —Beck se detuvo en seco unos pasos más allá del umbral. Sacudió la cabeza—. Esto no puede ser nada bueno.

Jake señaló los dedos de Beck, en tres de los cuales llevaba tiritas. Eso solo nos hizo reír más. Las lágrimas caían por mis mejillas.

—¿Qué pasa, *secuestradog*?

Beck miró al cielo y sacudió la cabeza.

—Eres un idiota, Jake.

—Tienes suerte de haber llegado tan pronto. Estaba a punto de contarle lo de los plátanos de la semana pasada.

—¿Qué pasó con los plátanos? —pregunté.

—Le mandan a casa la compra del súper. A Maddie le gustan los plátanos, así que pidió diez, pero no leyó que se vendían en racimos, de modo que le mandaron setenta plátanos. Los trajo al trabajo y me comí seis en un día. —Jake se frotó la barriga—. No te lo recomiendo.

Beck puso las manos en jarras.

—Solo son las cuatro y media. ¿No deberías estar todavía en el trabajo?

—No. —Sonrió—. Solo trabajo seis horas al día. Trabajar más tiempo causa estrés, lo que hace que salgan arrugas. Soy demasiado guapo para arrugarme tan joven.

Beck negó con la cabeza.

La enfermera ayudó a entrar a Louise. Se le iluminaron los ojos cuando nos vio a todos esperándola.

—¿Los tres a la vez? ¿Hoy es el día en que estiraré la pata y nadie me lo ha dicho?

—Eso ni siquiera tiene gracia, abuela —se quejó Beck.

Le hizo un gesto con una mano.

—Oh, relájate, sácate la escoba del culo.

Tanto Beck como Jake besaron a su abuela, y Beck vigiló a la enfermera mientras ayudaba a Louise a acostarse. El hombre era protector, por no decir otra cosa.

Louise se acomodó y me miró.

—Así que ¿por fin has conocido a mi Jake?

—Eso parece. Me ha entretenido mientras esperaba a que volvieras.

Le brillaron los ojos.

—Está soltero, ya sabes.

En cuanto lo dijo, sus ojos se volvieron hacia Beck. Estaba claro que quería provocarlo. Pero él permaneció callado, sin morder el anzuelo, aunque su mandíbula tensa lo decía todo.

—Bueno, mi pequeño Jakey. —Louise estiró un brazo hacia su nieto—. Sabes que siempre has sido mi nieto favorito, ¿verdad?

—Por supuesto. —Sonrió y se llevó la mano a los labios para besarla—. Y tú eres mi chica favorita.

—Bien —dijo Louise—. ¿Qué tal si me sacas de aquí sobre las nueve esta noche? Hay un hombre con una boa que tengo que ir a ver.

—No vas a ir al concierto de Harry Styles —murmuró Beck. Ya he vendido las entradas.

Louise le sacó la lengua.

—Sé que solo querías ayudar a Nora a venderlas porque temías que cambiara de idea y me llevara.

Beck se encogió de hombros.

—Solo intento mantenerte sana y salva.

Durante las dos horas siguientes, me entretuve con una historia tras otra sobre Jake y Beck cuando eran niños. Una vez le había contado a Beck que nunca me sentí privada de nada a pesar de haber crecido con un solo padre. Al ver a esos tres interactuar, me di cuenta de que no era la única que se sentía así.

Se oyó el anuncio de que las horas de visita en la unidad terminarían dentro de quince minutos. Miré el reloj, sorprendida de que ya fueran casi las siete.

—Bueno... —Jake se dio una palmada en los muslos—. Mejor me voy. Esta noche tengo un doble juego.

—Odias el béisbol —dijo Beck.

Jake sonrió.

—¿Quién ha hablado de béisbol? Tengo dos citas. Con una he quedado para tomar unas copas a las ocho y con la otra en una discoteca a medianoche.

—¿Y pensabas renunciar a todo eso para ir conmigo a ver a Harry? —me burlé.

Jake cogió mi mano y la acercó a su mejilla.

—Daría mi huevo derecho por llevarte a cualquier parte, preciosa.

—Quizá deberías salir con él —refunfuñó Beck—. Si tiene un huevo menos, podría no ser capaz de procrear.

Cuando Jake se fue, Beck y yo nos despedimos de Louise.

—Volveré por la mañana —le aseguré.

—O... podrías aparcar frente a mi ventana, y yo bajaré a eso de las nueve. Solo estoy en el segundo piso. Creo que sobreviviré al salto. Podemos comprar entradas de reventa.

Besé la mejilla de Louise.

—Descansa un poco. Lo estás haciendo muy bien. Ya estoy planeando nuestras próximas aventuras.

Beck y yo nos dirigimos a los ascensores.

—Hasta ahora ha tolerado muy bien la radiación —comenté.

Asintió con la cabeza.

—Su ánimo también es mejor de lo que esperaba, pero creo que mucho de eso se debe a ti. Haces que vuelva a sentirse joven.

Sonreí.

—Eso es muy dulce. Pero estoy segura de que tú y tu hermano sois los que mantenéis vivo su espíritu.

Las puertas del ascensor se abrieron y Beck y yo entramos.

—¿Ya has cenado? —quiso saber.

—No. Compraré algo de camino a casa.

—¿Por qué no comemos juntos? Mi restaurante italiano favorito está a solo una manzana de aquí. Preparan los mejores ñoquis al pesto que he probado.

Me mordí el labio inferior. Eso sonaba mucho mejor que cenar comida china medio fría directamente del cartón delante de la tele, pero…

—No creo que sea buena idea.

Frunció el ceño.

—¿Por qué no?

—No quiero darte una impresión equivocada.

Beck hizo una mueca.

—Buscaba compañía para cenar, no echar un polvo.

El ascensor se abrió en la planta baja. Me hizo un gesto para que saliera primero al vestíbulo. Luego abrió la puerta de la calle.

—¿Entonces? ¿Vienes o ceno solo?

—Supongo que no pasa nada si dos amigos cenan juntos, ¿no?

—Claro que no. —Colocó una mano en mi espalda y me guio hacia la derecha—. Además, una vez es suficiente para mí.

Me detuve en seco.

—¿Qué has dicho?

Sonrió.

—Oh, así que ¿solo tú puedes decidir que una vez es suficiente y que no debería sentirme insultado?

—No dije que una vez fuera suficiente; dije que no era buena idea repetir. Son cosas diferentes.

—Oh, de modo que ¿una vez no ha sido suficiente?

Puse los ojos en blanco.

—Cállate y dame de comer.

—Oh, ya verás qué bien te doy de comer…

Unos minutos más tarde, entramos en Gustoso. El metre, un hombre mayor con una espesa cabellera plateada, sonrió al ver a Beck y se apresuró a estrecharle la mano.

—Ah…, Beckham. ¿Cómo estás, amigo mío? Ha pasado demasiado tiempo.

—Estoy bien, Enzo. ¿Tú qué tal?

El hombre se acarició la barriga, que le colgaba por encima de los pantalones.

—Sigo gordo, así que sigo feliz. La gente solo está delgada cuando está triste, ¿verdad?

Beck sonrió.

—Tienes buen aspecto. ¿Cómo está Alessia?

—Bien. Esta noche libra. Es la noche de su club de lectura. Aunque creo que «lectura» significa en secreto «vino», porque vuelve a casa un poco contenta. —Enzo me miró—. Pero basta de hablar de mi vieja esposa. Dime quién es esta hermosa criatura.

—Esta es Nora. Nora, este es Enzo Aurucci. Es el dueño.

Enzo levantó un dedo.

—Ahora solo copropietario, ¿eh?

Beck sonrió.

—Así es.

—Dame un minuto. Prepararé la mejor mesa de la casa.

—Gracias, Enzo.

Eché un vistazo al restaurante. Las paredes de ladrillo y las vigas de madera daban una sensación de calidez al pequeño local. Una gran chimenea ocupaba la mitad de una pared y la tenue iluminación proyectaba un romántico brillo sobre el acogedor entorno.

—Ya veo por qué este es tu restaurante favorito. Es muy romántico. ¿Es tu lugar habitual para conquistar a tus amantes? Debes de venir mucho aquí si recuerdan tu nombre.

—Enzo y su mujer son clientes —explicó—. Tenían unos cuantos restaurantes aquí en la ciudad y querían jubilarse parcialmente, de modo que los ayudé a venderlos a un gran conglomerado. Ahora pasan en Italia dos meses en invierno y solo trabajan tres días a la semana. Solo he traído aquí a Jake y a la abuela. Es su restaurante favorito.

—Oh…

—Te gusta pensar lo peor de mí, ¿verdad? Si te invito a cenar es porque quiero echar un polvo. Te llevo a un sitio donde creo que la comida es buena y crees que me conocen porque salgo con mujeres cinco noches a la semana. Quizá tenías razón, una vez fue suficiente.

Ahora me sentía mal. Solo bromeaba, pero no había pensado en cómo sonaban mis comentarios.

—Lo siento, he sido muy tonta.

Enzo volvió y nos acompañó a una mesa. Era un asiento de banco curvo con respaldo alto que daba al restaurante, por lo que nos sentamos hombro con hombro y no uno enfrente del otro. Enzo insistió en que le permitiéramos traernos sus platos favoritos. Luego volvió con una deliciosa botella de vino y una cesta de pan caliente.

Miré a Beck.

—Cada vez que veo a parejas sentadas así, una al lado de la otra y no frente a frente, me parece raro. Supongo que en general es porque hay otros dos asientos y la pareja elige sentarse junta en uno. Pero, aun así, me parece extraño.

Beck señaló la chimenea a la derecha.

—Probablemente sea para que ambas personas disfruten del ambiente.

—Sí, supongo que sí.

Cogió la cesta de pan y me la tendió antes de coger un trozo para él.

—He hablado con el oncólogo por teléfono esta mañana. Me ha dicho que ya se observa una ligera reducción, incluso después de solo cuatro sesiones.

—Lo sé. Ha venido a hablar con Louise justo antes de que llegarais Jake y tú.

—Mencionó la posibilidad de extender…

Puse una mano en el brazo de Beck.

—¿Crees que podríamos cenar sin hablar de enfermedades y tratamientos? Después de haber pasado toda la semana en la sala de oncología del hospital, de haber visto a niños enfermos y esas cosas, necesito algo más animado.

—Sí —asintió—. Lo entiendo. Es una buena idea.

Arranqué un trozo de pan y lo mojé en el cuenco de aceite sazonado y vinagre.

—Gracias. Solo temas alegres. Entonces, ¿de qué deberíamos hablar?

Beck se encogió de hombros.

—¿Podemos hablar de lo bueno que soy en la cama?

Me reí entre dientes. Antes lo había insultado, por lo que tal vez era hora de ofrecerle un cumplido, uno que fuera fácil, porque era cierto.

—Que no se te suba a la cabeza, pero *eres* muy bueno en la cama.

Los labios de Beck se curvaron y formaron una sonrisa de regodeo.

—Lo sé.

Puse los ojos en blanco.

—Al menos, podrías ser agradecido…

—No, no es mi estilo. —Se rio entre dientes—. Pero tengo una pregunta seria. Si te lo pasaste bien y no hay nadie más, ¿por qué insistes tanto en que fue cosa de una sola vez?

Suspiré.

—Me mudo a la otra punta del país en unos meses. Además, no estoy en ese punto en mi vida ahora mismo. No quiero sentirme atada.

Beck bajó la voz y se inclinó hacia mí con un ronroneo.

—¿Y qué te parece estar atada?

Y así, sin más, mi día pasó de la melancolía inducida por el hospital a tener todos los pelos de los brazos erizados.

—Pórtate bien… —le advertí.

Le brillaron los ojos.

—Eso es lo contrario de lo que me apetece hacer cuando estoy tan cerca de ti. Por cierto, tu vestido es de mi color favorito. Azul claro. ¿Te lo has puesto para mí?

—Beck…

—Tu boca dice que lo nuestro fue cosa de una sola vez, pero tu cuerpo dice algo muy distinto. —Me miró los pezones, que en ese momento sobresalían de la tela del vestido, y luego los labios entreabiertos de nuevo—. ¿Puedo tocarte?

—¿Tocarme dónde?

Deslizó una mano por debajo de la mesa y la posó sobre mi muslo. Di un respingo, aunque su contacto también hizo que un soplo de lujuria me llenara el vientre. Los dedos de Beck bajaron hasta el interior de mi muslo.

—Dime que pare y lo haré.

El más mínimo contacto con ese hombre me volvía loca. Pero ¿de verdad dejaría que me tocara en un lugar público? Beck me susurró al oído.

—¿Dónde está tu sentido de la aventura? Cierra los ojos. Nadie nos ve. El mantel cuelga lo bastante bajo para cubrirte.

Sus dedos se deslizaron por debajo de mi vestido y subieron un poco más por mi muslo. Su mano estaba aún a quince centímetros de mi centro, pero sentía como si ya lo rozara. Lo sentía por todas partes. Mi respiración se volvió tan errática como los latidos de mi corazón.

—Te gusta, ¿verdad? —La voz de Beck sonaba tan baja como lo estaba mi fuerza de voluntad.

Tragué saliva y asentí.

Sin previo aviso, movió la mano hacia arriba. Recorrió mis bragas con los dedos en un movimiento suave.

—Ya estás mojada para mí.

No podía creer que estuviera haciendo eso en un restaurante. Nunca antes había tenido sexo cerca de una ventana.

—Abre un poco las piernas —me susurró en el cuello. Su aliento caliente me puso la piel de gallina. Como no accedí de inmediato, me presionó el clítoris con el pulgar por encima de las bragas—. Déjame hacerte sentir bien, hacerte olvidar.

Me quedé sin aliento.

—Preferiría cualquier lugar menos este.

—Entonces deberías haber contestado a mis mensajes esta semana. Créeme, habría elegido algún sitio donde pudiera oírte gritar mi nombre cuando te corrieras, pero esto es lo que me has dado. Así que abre las piernas, nena.

Sabía que me odiaría por la mañana, pero lo deseaba demasiado. Dejé que mis rodillas se abrieran con descaro bajo la mesa. Seguía mirando al frente, pero por el rabillo del ojo vi la boca de Beck curvarse en una sonrisa.

El aire crepitó entre nosotros cuando me tocó el borde de las bragas y se deslizó por debajo. Trazó una línea en mi centro, se sumergió dentro e hizo que mi cuerpo se estremeciera.

No había dejado de mirar hacia el restaurante, pero, cuando los dedos de Beck se detuvieron, me di cuenta de que algo iba mal.

—Enzo viene con un plato —anunció.

—Dios mío, aparta la mano.

—Quédate quieta.

Enzo sonrió al llegar a nuestra mesa.

—Mi berenjena a la parmesana favorita. En rodajas finas, como debe ser. Con mi famosa *ricotta* casera entre las diferentes capas.

—Tiene un aspecto increíble —comentó Beck—. Gracias, Enzo.

Para mi horror, Beck decidió que era el momento de introducir uno de sus dedos dentro de mí. Giré la cabeza de golpe para mirarlo, y sonrió, con una expresión tranquila, fría y totalmente bajo control.

—¿No te parece genial, Nora?

En cuanto lo dijo, introdujo un segundo dedo. Y comenzó a moverlo dentro y fuera.

Tragué saliva y asentí, incapaz de hablar.

—*Bon appétit* —nos deseó Enzo. Si tenía alguna idea de lo que pasaba debajo de la mesa, no se notó en absoluto—. Volveré con más en un rato.

—Gracias, Enzo —respondió Beck.

Apenas había dejado de escuchar al dueño del restaurante cuando me eché encima del hombre que estaba a mi lado.

—No puedo creer lo que acabas de hacer.

Su respuesta fue hundir más los dedos. Por muy loco que fuera, creo que me excitaba el hecho de que pudieran pillarnos. Era como el subidón de adrenalina de saltar de un avión, pero mejor. Y Beck aún no había tirado de las cuerdas del paracaídas. Sus ojos se oscurecieron mientras seguía moviendo los dedos. No tardé en sentir mi inminente orgasmo.

—Beck...

Me gruñó al oído.

—Bésame. Nadie nos interrumpirá y ahogará el sonido cuando te corras.

Los dedos de ese hombre estaban dentro de mí en mitad de un restaurante, ¿y dudaba si besarlo o no?

Beck leyó la vacilación en mi rostro.

—Oh, por el amor de Dios. Pon tu boca sobre la mía.

Me incliné unos centímetros hacia delante y Beck estampó sus labios contra los míos. Tan pronto como estuvimos conectados, torció los dedos dentro de mí y su pulgar buscó mi clítoris, que presionó en pequeños círculos. El orgasmo me sacudió. Temerosa del ruido que pudiera hacer, incluso ahogada por nuestras bocas, clavé los dientes en el labio inferior de Beck.

Gimió, y ese sonido me recorrió como una descarga eléctrica.

Unos minutos después, aún jadeaba. Beck me acarició la nuca y me mantuvo cerca de él.

—¿Estás bien?

Asentí con la cabeza.

Se pasó la lengua por el labio inferior y la metió de nuevo en la boca.

—Me has hecho sangre.

—Lo siento.

—No, no lo sientes.

Eso me hizo sonreír.

—Tal vez tengas razón.

Nos reímos. Y luego, tras la locura de los últimos diez minutos, simplemente empezamos a comer. De repente, me moría de hambre.

Señalé la berenjena a la parmesana de mi plato.

—Quizá sea el subidón postorgásmico, pero esto es lo mejor que he comido en… quizá nunca.

—Está delicioso. Pero se me ocurre otra cosa que he comido hace poco que sabía todavía mejor. —Guiñó un ojo.

Enzo trajo tres platos más, cada uno mejor que el anterior. Al final, por mucho que lo deseaba, no pude comer ni un bocado más de la pasta que tenía en el plato. Me recosté en el respaldo con una mano en la barriga.

—Estoy llenísima. Me alegro de llevar este vestido y no vaqueros.

—Yo también me alegro de que lleves ese vestido, pero no tiene nada que ver con estar lleno.

Me reí entre dientes.

—Todavía no me creo que hayas hecho eso. Es una lástima que no hayamos venido en coche. Ahora me siento aventurera. Nunca he hecho una mamada en un coche.

—Así que ¿no tener coche es el único impedimento, no tu regla de una sola vez?

Me mordí el labio inferior.

—Creo que ya hemos roto esa regla.

Unos minutos después, Enzo trajo un carrito lleno de postres. Le dije que estaba demasiado llena, pero insistió en que probara el tiramisú. Beck tomó un trozo de tarta de queso y un *cannolo*. Negué con la cabeza al ver cómo se acababa lo que quedaba.

—No sé dónde lo metes.

Movió las cejas.

—Pero sé dónde me gustaría meterla.

Me reí.

—Me refería a todo lo que te has comido. Tus raciones eran el doble de grandes que las mías, y aún te quedaba sitio para dos postres. ¿Siempre comes así?

—Solo si la comida es buena. Si no lo es, como lo justo para saciarme. —Sonrió—. Supongo que puede decirse lo mismo de otras cosas. Si me gusta lo suficiente, quiero devorarlo. —Beck alargó una mano y enredó un mechón de mi pelo alrededor de un dedo—. ¿Estás lista para que nos vayamos? Tengo que hacer una cosa a las diez, pero te dejaré en casa de camino.

—Oh, vale. —Los pequeños cuernos de los celos querían asomar. ¿Tenía una cita? No quería mandar señales contradictorias, de modo que me aguanté las ganas de acribillarlo a preguntas—. Claro. Y no hace falta que me dejes en casa. Puedo coger un Uber o el metro.

Beck sacó un puñado de billetes de cien de su cartera y los metió en la carpeta del restaurante.

—Oh, no, por supuesto que te dejaré en casa.

Me pareció notar algo raro en su tono, pero se levantó y me tendió una mano para ayudarme a salir de la mesa, y se me olvidó enseguida. Al menos hasta que salimos.

Una limusina de gran tamaño estaba aparcada en la acera, y un conductor uniformado se apoyaba en ella. Se enderezó cuando Beck se acercó.

—¿Señor Cross?

—Sí.

El hombre fue a abrir la puerta trasera, pero Beck negó con la cabeza.

—Yo me encargo, gracias.

Miré a Beck.

—¿Esto es para ti?

—Es para nosotros.

—Es un poco excesivo, ¿no? Un Uber habría bastado.

Le brillaron los ojos.

—Quizá. Pero un Uber no tiene panel de privacidad. Dijiste que te sentías aventurera, y esto, técnicamente, es un coche.

Abrí los ojos de par en par y me quedé boquiabierta.

—¿Estás diciendo que has pedido esto para que yo pueda…?

Beck me dio un golpecito en la barbilla.

—Justo así. Bien abierta. —Abrió la puerta trasera y me hizo un gesto para que entrara.

—¿De verdad estás tan loco?

Me guiñó un ojo.

—Prefiero que me llamen aventurero. Ahora, entra.

Capítulo 18

Beck

—¡Yaya! —Maddie corrió hacia la cama de hospital de la abuela y se subió a ella. Llevaba su atuendo habitual de los sábados: pantalones cortos, camiseta y su banda verde de exploradora cruzada, en la que exhibía sus diecisiete insignias.

—Tranquila, cariño. La yaya se siente mejor, pero debes ir con cuidado.

La abuela también tenía mucho mejor aspecto. Ayudaba el hecho de que estuviera sentada en la cama, vestida con ropa de calle y maquillada.

Ella frunció el ceño.

—No hagas caso al capitán Aburrido. ¿Qué tal, peque?

Maddie señaló los ojos de su bisabuela.

—Me gusta tu sombra de ojos. Es brillante.

—Todo es mejor cuando brilla. Si pudiera desayunar purpurina y brillar todo el día, lo haría.

Mi hija esbozó una sonrisa.

—Yo también quiero brillar.

—¿Sí? Bueno, tráeme esa bolsa de maquillaje de la mesita y lo solucionamos ahora mismo.

Ver a mi abuela con mi hija me recordó mucho a mi madre y a mí: no es que ella hubiera llenado mi cara de purpurina, pero había tenido una manera de transmitir experiencias sin hacerme sentir como un niño pequeño.

—Papi ha dicho que te quedas con nosotros —soltó Maddie.

Esa había sido la manzana de la discordia durante los últimos días, desde que la abuela y los médicos empezaron a hablar del alta. Llevaba dos semanas en el hospital, por lo que no era de extrañar que quisiera irse a su casa. Pero los médicos habían dicho que no debía estar sola justo después del alta, ya que podría sentirse débil y mareada. Esperé a que la discusión se repitiera en ese momento. Para mi sorpresa, no fue así.

—Así es, mi amor. —Dio un golpecito con un dedo en la nariz de Maddie—. Estoy deseando que llegue el momento.

La sonrisa de la abuela parecía brillar tanto como su sombra de ojos. Y el hecho de que hubiera aceptado la idea de quedarse conmigo sin pelear más me hizo pensar que debería preocuparme. Pero quizá empezaba a sentir la debilidad que habían mencionado los médicos. En cualquier caso, pensé que a caballo regalado no había que mirarle el diente. Así que tomé asiento a los pies de la cama y observé cómo la abuela pintaba los párpados de mi hija de seis años con una mierda púrpura brillante.

Una enfermera entró cuando ya terminaban.

—Hola, señorita Aster. —Miró a Maddie y sonrió—. Oh, hola. ¿A quién tenemos aquí? Me encanta tu sombra de ojos.

Mi hija sonrió.

—Me llamo Maddie. Tengo seis años y esta es mi yaya.

—Madre mía, ¡cuántas insignias! ¿Son todas tuyas?

Asintió.

—Me las ganaré todas.

La enfermera sonrió.

—Bueno, si eres tan decidida como tu bisabuela, no dudo que lo conseguirás. —La enfermera se dirigió a la abuela—. Estoy terminando con el papeleo del alta. Deme unos quince minutos y vendré a quitarle el catéter. Entonces podremos repasar su medicación y las instrucciones del alta para que pueda marcharse de aquí.

—Gracias, Lena.

Al salir, entró Nora.

No la había visto desde nuestro infame viaje a casa en limusina, aunque lo había revivido en mi cabeza un millón de veces desde entonces. También la había llamado dos veces, pero ambas había saltado el buzón de voz. No dejé ningún mensaje, ya que los suyos habían sido claros desde el principio.

—Hola. —Sonrió—. ¿Cómo estás, Beck?

Llevaba otro vestido de verano, y mi mente no tardó en recordar lo que le había hecho bajo la mesa, cómo había tenido que besarla para ahogar los gemidos cuando se corrió sobre mi mano. Ese sonido era mejor que el porno.

Nora se acercó a Maddie y a la abuela con una sonrisa.

—Tú debes de ser Maddie.

Maddie asintió y señaló sus ojos.

—La yaya me ha maquillado.

—Ya lo veo. Es muy bonito.

—¿Trabajas para mi padre?

Negó con la cabeza.

—No, no. En realidad, soy amiga de tu bisabuela.

—¿Por qué has preguntado eso, Maddie? —quise saber.

Se encogió de hombros.

—Porque solo te veo con chicas en el trabajo.

Es divertido tener la perspectiva de un niño. Maddie tenía razón en que nunca conocía a las mujeres con las que salía. No quería presentarle a nadie a menos que esa persona se quedara por un tiempo. Y no había habido ninguna desde mi divorcio.

Maddie miró a Nora.

—¿Tienes novio?

—Maddie —la regañé—. No está bien preguntarle ese tipo de cosas a la gente.

—¿Por?

—¿Recuerdas que te dije que algunas preguntas son privadas?

—¿Como la señora a la que le pregunté si iba a tener un bebé?

—Ay, madre. —Nora se rio entre dientes.

Asentí con la cabeza.

—Sí, tendría unos sesenta y estaba claro que no estaba embarazada. —Me dirigí a mi hija—. Sí, ese tipo de preguntas, ya lo hemos hablado. A los desconocidos no se les pregunta por la edad, ni por el novio, ni por la novia, ni por el dinero, ni por Dios.

Nora sonrió a Maddie.

—Deberías escuchar a tu padre. Pero no, no tengo novio.

—Mi amiga Lizzie dice que las chicas guapas siempre tienen novio.

Nora y yo nos miramos.

—¿Puedo responder a eso? —preguntó.

Extendí las manos.

—Por favor, hazlo.

—Bueno, las chicas guapas no siempre tienen novio. Y, si a un chico le gusta una chica solo porque es guapa, seguro que esa persona no debe ser su novio.

Maddie asintió.

—Eres guapa.

—Gracias. Tú también lo eres.

—¿Qué es eso?

Mi hija señaló el tarro que Nora tenía en una mano.

Lo dejó en el carrito de la comida.

—Es un tarro de la gratitud. Este es de tu bisabuela, pero yo también tengo uno.

—¿Qué hay dentro?

—Buenos recuerdos. Cuando pasan cosas buenas, las escribimos y las metemos en el tarro. Así, cuando tenemos un mal día, podemos leerlas, y eso nos recuerda las muchas cosas buenas que tenemos en nuestra vida.

—¡Papi, quiero hacer un tarro de la gratitud!

—Creo que el tuyo estaría a rebosar —respondí—. Porque una que yo me sé está bastante mimada y no tiene demasiados días malos.

La enfermera volvió para revisar las constantes de la abuela y quitarle la vía. Pensé que debíamos darle algo de privacidad.

—Maddie, hay una máquina expendedora al final del pasillo. ¿Quieres echarle un vistazo?

Abrió los ojos de par en par y saltó de la cama.

—¡Chocolate!

Miré a Nora.

—¿Quieres algo?

Sacudió la cabeza.

—De todas formas, voy con vosotros.

La sala de visitas estaba vacía. Maddie corrió hacia la máquina y se lamió los labios mientras examinaba las opciones.

—Su madre no le permite tomar mucho azúcar.

Carrie está obsesionada con su peso desde que nació Maddie y cuenta cada carbohidrato, incluso los de su hija.

—Oh, eso no es bueno.

—No me malinterpretes, el azúcar no es bueno para la salud. Pero no quiero que mi hija se obsesione con su peso y al final sufra un trastorno alimentario. Soy más bien de la creencia de que la moderación es la clave de la dieta.

—Yo también. Como te demuestran los dos kilos de pasta que me comí la semana pasada.

La miré de arriba abajo.

—Lo que sea que estés haciendo, funciona.

—Por cierto, gracias de nuevo por la cena.

—De nada. —Le guiñé un ojo—. Gracias por la vuelta a casa.

Se sonrojó.

No estaba seguro de si añadir algo más, pero quién sabía cuándo la vería de nuevo después del alta de la abuela. Así que tuve que hacerlo.

—Te llamé un par de veces la semana pasada…

Sonrió, resignada.

—Lo sé.

—¿Lo sabes porque viste mi nombre aparecer en tus llamadas perdidas o porque lo viste parpadear en la pantalla hasta que saltó el buzón de voz?

Su expresión respondió a mi pregunta. Asentí con la cabeza.

—Entendido.

Negó con la cabeza.

—Lo siento. Es que… es difícil decirte que no, de modo que es más fácil evitar la pregunta.

—Tal vez eso significa que no deberías decir que no.

Maddie se acercó corriendo y saltando.

—Papi, ¿puedo comer Skittles?

—Los compraré, pero solo puedes comer unos pocos ahora. Guarda el resto para después de comer.

—Vale, papi.

Me volví hacia Nora.

—¿Quieres algo?

Su mirada bajó hasta mis labios durante un milisegundo.

—No, estoy bien.

Me gasté dos cincuenta por una bolsa de caramelos de setenta y cinco céntimos, y entonces sonó mi móvil. Se lo pasé a mi hija.

—Te llama mamá.

Maddie respondió a la llamada diaria de mi ex, y Nora y yo salimos de la sala de espera.

—Mi abuela me ha contado que has venido todos los días esta semana y que la has animado. Se hace la valiente, pero me he fijado en que ha estado deprimida. Gracias por visitarla a menudo y levantarle el ánimo.

Se encogió de hombros.

—No he tenido que hacer nada especial. Solo hablábamos de nuestras aventuras y acabábamos riéndonos durante una o dos horas cada día.

—Bueno, gracias de todos modos.

Sonrió.

—De nada.

Nuestras miradas se cruzaron. Podría perderme en ese precioso tono verde. Antes la deseaba cuando discutíamos, pero ahora también cuando era dulce y vulnerable. Para ser sincero, esas últimas semanas la deseaba casi todo el tiempo. Por suerte, Maddie salió de la sala de espera y evitó que dijera algo de lo que probablemente me arrepentiría. Los tres volvimos a la habitación de la abuela. Terminó de firmar todos los papeles del alta y Nora y yo repasamos su nueva lista de medicamentos, aunque la abuela dijo que no hacía falta.

Recogí la mochila de Maddie.

—Muy bien, ¿estás lista para salir de aquí y llevar a la abuela a nuestra casa?

Nora frunció el ceño.

—¿A vuestra casa? Creía que Louise se iba a la suya. Me pidió que le hiciera compañía para no estar sola.

Miré a mi abuela, que lucía una sonrisa socarrona.

—Oh. Me habré olvidado de mencionar que he decidido quedarme en casa de Beck durante unos días. ¿Me harías compañía allí, querida?

Eso olía a mentirijilla.

—Un olvido, ¿eh?

La abuela ni siquiera intentó disimular su sonrisa indulgente.

—Deben de ser todas las medicinas. —Agitó una mano alrededor de su cabeza—. Confusión mental.

«Y una mierda, confusión mental».

Nora sonrió con amabilidad.

—Iré a visitarte un día de esta semana. ¿Quizá cuando Beck esté en el trabajo?

—Eso me encantaría. Pero ¿podrías venir también hoy? Me vendría bien que me acompañasen.

Eso me ofendió.

—¿Qué soy, un cero a la izquierda?

La abuela sacudió la cabeza. ¿Por qué me enfadaba? Ni siquiera respondía a mis llamadas. Y la abuela la estaba metiendo en mi casa.

Pero Nora parecía indecisa.

—No lo sé…

—Deberías venir. He comprado comida para asar en el almuerzo, pero tenía tanta hambre cuando he ido a la tienda esta mañana que podría alimentar a doce en vez de a tres.

La enfermera ayudó a la abuela a sentarse en una silla de ruedas.

—Insisto —continuó—. Además, quiero hablar de algunas ideas nuevas que tengo para nuestro viaje. ¿Qué te parecen las autopistas alemanas?

Dios mío. Ni siquiera habíamos salido del hospital y ya pensaba en más cosas temerarias que hacer.

A Nora le brillaron los ojos.

—Siempre he querido ir al Oktoberfest en Baviera.

Mi abuela dio una palmada.

—Haremos las dos cosas.

—Espero que el viaje por carretera vaya antes que la maratón de cerveza —refunfuñé.

—Entonces, ¿qué? —preguntó—. ¿Pasas la tarde conmigo?

Nora miró a la abuela y luego a mí. Era evidente que no estaba entusiasmada, pero sonrió.

—Vale.

—Esto es absolutamente increíble. —Nora salió a la terraza y miró a su alrededor—. ¿Es legal hacer barbacoas aquí, en Nueva York?

Sonreí.

—En la mayoría de los sitios no. Tienes que estar a tres metros del edificio, así como de cualquier saliente. Era mi único requisito cuando buscaba una casa para comprar.

—¿Amante de las barbacoas?

—Me gusta cocinar a la parrilla. Cuando era niño, mis padres me llevaban a Montauk todos los veranos. El lugar donde nos alojábamos tenía parrillas de carbón, y mi padre se sentaba fuera durante horas mientras miraba el océano y cocinaba costillas. No sé si era por el aire salado o el humo, pero era lo más bueno que comía en todo el año. Cuando mis padres fallecieron, le conté a la abuela lo mucho que me gustaba hacer barbacoas. Un año, en Navidad, creo que tenía unos trece años, me regaló una parrilla eléctrica que no soltaba humo.

No era lo mismo, pero me aficioné a la parrilla. La enchufaba junto a la ventana de la cocina para que entrara la brisa, incluso en invierno, y preparaba todo tipo de cenas para los tres. —Me encogí de hombros—. Me relaja, y la comida está muy buena cocinada en una parrilla de carbón.

—Es un recuerdo muy bonito.

Ese día tenía salchichas, costillas y pollo a la parrilla. Señalé la salchicha más grande.

—Esta la he reservado para ti. Sé lo mucho que te gusta una salchicha grande y caliente.

Nora puso los ojos en blanco y soltó una risita.

—¿Sabes? Te tengo calado. Muestras un atisbo de chico dulce y tardas un segundo en ocultarlo con algo sucio, para que no piense que eres un blandengue.

Levanté una ceja.

—Pensé que ya te había demostrado que no hay nada de dulce en mí.

—¿Ves? Ya estás otra vez. —Me señaló con un dedo—. Pero te veo, Beck Cross. No eres el tipo que quieres que todos piensen que eres.

—Ah, ¿no? Entonces, ¿quién soy?

—Alguien que va al concierto de Harry Styles y lo retransmite en directo para su abuela porque está demasiado enferma para ir. Aún no me creo que hicieras eso después de nuestro viaje en limusina a casa.

Dejé caer los hombros.

—¿Te habló de eso?

—¿Por qué no me lo contaste tú? Habría ido contigo.

—Solo tenía una entrada. Se las vendí a una mujer de mi oficina. Eran para su hija de diecisiete años y una amiga, pero la amiga se puso enferma, de modo que su hija fue sola a reunirse con sus otras amigas y se coló para sentarse en su sección. Además, no estaba seguro de aguantar más de cinco minutos en ese concierto, o de que la abuela estuviera despierta cuando la llamara. Es noctámbula, pero en el hospital no ha dormido bien. Así que llamé a una enfermera para ver si seguía despierta. Cuando me dijo que sí, pensé en pasarme por el concierto y retransmitir en directo el final para ella.

—Fuiste a ver a Harry Styles tú solo…

Asentí con la cabeza.

—Y creo que será mi último concierto de Harry. Estaba entre un montón de adolescentes gritonas con boas y demasiado perfume.

Nora sonrió.

—Debió de ser un espectáculo. Ahora me lo imagino. Tú, con los brazos cruzados sobre el pecho como si fueras de seguridad, en medio de un mar de adolescentes. Debías de parecer tan fuera de lugar como una mosca en una tarta de boda.

Entrecerré los ojos.

—¿Una mosca en una tarta de boda?

—Sí. ¿Quién no se quedaría mirando a una mosca gorda sentada en un pastel blanco inmaculado?

Me reí entre dientes y le di la vuelta al costillar.

—Si tú lo dices…

—Louise no paraba de hablar de tu retransmisión en directo al día siguiente, cuando fui a verla. Al parecer, algunas de las enfermeras lo vieron con ella. También eran jóvenes y guapas. Si tu abuela no estuviera tan ocupada tratando de juntarnos, podría haberte emparejado con una de ellas. Estaban encantadas con el dulce nieto que había hecho algo tan considerado.

Mis ojos se encontraron con los de Nora.

—No he tenido nada que ver, pero me alegro de que la abuela te haya pedido que vinieras.

El rostro de Nora se suavizó, pero enseguida se recompuso y frunció el ceño.

—Deja de decir cosas bonitas. Me va a salir un sarpullido.

Maddie se marchó saltando de la casa.

—Nora, ¿quieres ver la insignia en la que estoy trabajando? Se llama liderazgo digital. He creado una página web para ganármela.

—Ah, ¿sí? Yo también tengo una página web. Bueno, es un videoblog.

—¿Qué es un videoblog?

—Es una página con vídeos. ¿Y sabes quién es la estrella?

—¿Quién?

Nora se agachó y apoyó las manos en las rodillas.

—Tu bisabuela.

Maddie soltó una risita.

—La yaya no sabe crear una página. Aunque me dijo que las únicas que no hay que ver son las que enseñan chichis. —Mi hija me miró—. Casi se me olvida. Papi, ¿qué es un chichi? Se lo pregunté a la yaya, pero me dijo que te preguntara a ti porque tendrías muchas ganas de contármelo.

Gruñí, aunque Nora parecía muy entretenida, pero se levantó y me echó un cable.

—¿Qué tal si te enseño mi página web y luego tú me enseñas la tuya?

Maddie sonrió.

—¡Vale!

Las vi entrar en casa cogidas de la mano. Debía de tener otra indigestión, porque me encontré frotándome un dolor justo debajo del esternón.

«Ni se te ocurra, Cross».

«Ella quiere una relación incluso menos que tú».

Además, era como un grano en el culo. Discutíamos todo el tiempo. Aunque hacerla callar metiéndole algo en la boca se había convertido en uno de mis pasatiempos favoritos.

Eché un último vistazo a Nora y Maddie, que ahora estaban sentadas juntas en el sofá, y me obligué a apartar la mirada. Media hora más tarde, estábamos todos sentados a la mesa comiendo. Había preparado demasiada comida, pero al menos todas parecían hambrientas.

—¡Papi, la yaya es amiga de una mujer llamada Perra Loca! —Sus ojos se llenaron de alegría.

—Lo sé.

—Escribió en su muro.

Miré a Nora en busca de una traducción.

—Mi blog —explica—. Hay una zona junto a cada vídeo donde la gente puede escribir y dejar comentarios. Louise se ha convertido en una especie de celebridad.

—¿De qué hablas?

—Bueno, cuando abrí la página, justo antes de nuestro viaje, tenía un visitante y comentarista habitual: mi padre, William. Pero el vídeo que grabé en el hospital el otro día recibió casi dos mil comentarios.

—¿Es broma?

Negó con la cabeza.

—No. Sé que lo que hemos hecho nunca te ha gustado, pero Louise ha conmovido a mucha gente.

—¿De dónde han salido todos los que comentan?

Se encogió de hombros.

—Hemos conocido a mucha gente durante nuestros viajes. En cuanto les contamos la historia de Louise y que la documentamos para inspirar a otras personas que viven con enfermedades terminales, la gente empieza a seguir el videoblog y a contárselo a sus amigos. Por ejemplo, cuando estábamos en el rancho de Montana, conocimos a un herrero. Lo vimos poner herraduras a algunos de los caballos más viejos. Resulta que su mujer trabaja en una residencia de ancianos. Cuando le contamos lo del viaje que íbamos a hacer, se lo mencionó a su mujer, y al día siguiente la llevó al rancho. Les había enseñado algunos de nuestros vídeos a los residentes de donde trabajaba, y algunos que habían empezado a pasar demasiado tiempo encerrados en casa se pusieron en contacto con sus familias para salir más o hicieron planes para realizar actividades que habían pospuesto hasta entonces. Creo que solo ese día nos siguieron cien personas nuevas. La gente escucha hablar de Louise, o, mejor aún, la conoce, y no puede evitar sentirse inspirada.

—Vaya.

—Deberías echar un vistazo a mis últimas publicaciones y leer algunos de los comentarios. Gente de todas partes la apoya en cada actividad. Louise y yo incluso hemos hablado de crear una fundación porque mucha gente se ha ofrecido a patrocinar nuestro viaje o simplemente a enviar dinero a través de PayPal.

Inspeccioné el rostro de Nora.

—¿Qué tal si me enseñas los comentarios después de cenar?

Su sonrisa genuina era preciosa. Me froté de nuevo el esternón. Debería haberme tomado algo para el ardor de estómago.

Cuando terminamos de comer, Nora y Maddie insistieron en limpiar, ya que yo lo había cocinado todo. Nora me dejó con su portátil en el salón y me enseñó en un momento su página web antes de dejarme en la pestaña con todos los vídeos. Por supuesto, fingí que no había visto ninguno, sobre todo los suyos en bikini. Pero la verdad es que hacía varias semanas que no la visitaba. No me había dado cuenta de que había seguido publicando después de que ingresaran a la abuela en el hospital.

Me desplacé hasta el final y vi el primer vídeo grabado tras ingresarla. La cara de la abuela apareció en la pantalla. Reconocí el fondo como la sala de la UCI de Gatlinburg. Debió de grabarlo cuando salí para hacer una llamada de Zoom un par de veces, porque el resto del tiempo Nora y yo habíamos estado juntos.

Mi abuela tenía un aspecto frágil y débil, muy distinto del que tenía hoy. Habló de lo que le había ocurrido, y dio detalles del lugar del tumor y del derrame cerebral que había sufrido. La última parte me dejó helado.

—Escuchad, me he divertido. He vivido una buena vida. He amado mucho. He ayudado a criar a dos niños de los que no podría estar más orgullosa. Así que, si este es mi último vídeo, no os preocupéis, nunca estaré muerta, ni siquiera cuando mi corazón deje de bombear. Porque nunca mueres de verdad cuando vives en el alma de la gente que dejas atrás.

Me tragué el nudo en la garganta y leí los miles de comentarios: gente de su noche en la cárcel, del rancho que había visitado en Montana, su instructor de salto en paracaídas, gente que estaba enferma. Había bastantes comentarios de fuera del país.

Puede que por primera vez comprendiera de verdad lo que hacían, por qué Nora estaba tan enamorada de la abuela y había aparcado su vida para viajar con una mujer cuarenta y nueve años mayor que ella. Mi abuela era la definición de vivir. Y, para muchos que vivían su día a día olvidándose de hacerlo —quizá yo mismo incluido—, era una inspiración.

Nora se acercó y se secó las manos en un paño.

—Louise va a acostarse. Hoy ha sido un día ajetreado para ella, con el alta y todo eso.

Empecé a levantarme.

—De acuerdo, la ayudaré.

Nora negó con la cabeza.

—Yo me encargo. Disfruta de los vídeos.

Asentí. Pero el último vídeo me había afectado mucho, de modo que cerré el portátil. Ni siquiera me apetecía retroceder para levantarme el ánimo mirando un vídeo de Nora en bikini. En lugar de eso, pensé en tomarme otra cerveza. De camino a la cocina, alguien llamó a la puerta.

Cuando abrí, encontré a una mujer que vivía en el edificio con su hija. Maddie y ella tenían la misma edad y se habían hecho buenas amigas. A menudo se reunían los días en que estaba conmigo.

—Hola —saludó la mujer.

—Hola.

Miró a mi alrededor.

—¿Maddie está lista?

Fruncí las cejas.

—¿Lista para...?

—Oh, lo siento. He supuesto que lo sabías. Maddie ha llamado a Arianna y le ha preguntado si podía venir a jugar. Ha usado tu teléfono, así que he pensado que te parecía bien.

Ha dicho que su bisabuela acababa de llegar del hospital y que el apartamento necesitaba estar tranquilo.

Mi hija corrió por el pasillo con la mochila puesta.

—Maddie, ¿has llamado a la mamá de Arianna y le has preguntado si podías ir a su casa sin decírmelo?

—La yaya me ha pedido que lo hiciera. Ha dicho que necesitaba descansar.

Teniendo en cuenta que mi hija jugaba sola tranquilamente durante horas y que mi abuela lo sabía, algo no encajaba.

La madre de Arianna interrumpió mis cavilaciones.

—Estamos encantadas de que venga con nosotras. Arianna y yo vamos a la biblioteca a la hora del cuento y luego al parque un ratito.

Maddie juntó las manos en posición de oración.

—Por favor, papi, ¿puedo ir? Me encanta la *libroteca.*

Le revolví el pelo.

—Es biblioteca, ¿y cómo te diré que no cuando estás más emocionada por la biblioteca que por el parque?

Maddie dio un respingo.

—¡Gracias, papi!

—La traeré de vuelta digamos… —La madre de Arianna miró su reloj—. ¿A las seis está bien? Así tenemos tiempo de parar también a por un helado.

Sonreí.

—Estupendo. Muchas gracias.

En cuanto cerré la puerta, Nora se acercó caminando por el pasillo. Miró a izquierda y derecha.

—¿Dónde está Maddie?

—Acaba de ir a jugar con una amiga, algo que, al parecer, ha organizado mi abuela.

Nora negó con la cabeza.

—Supongo que por eso me ha echado de su habitación, aunque me ha pedido que me quedara hasta que se despertara, por si necesitaba ayuda para ir al baño.

Entrecerré los ojos.

—¿Tú crees que necesita ayuda para ir al baño?

Nora se rio.

—Desde luego que no. Ya está otra vez con sus juegos.

—Me siento como si todos fuéramos títeres que viven en el teatro de marionetas de Louise.

—Y siempre caigo en la trampa. —Suspiró—. Debería irme.

—No. Quédate, por favor.

—Acabas de decir que no necesita mi ayuda.

Me quedé callado durante un minuto mientras reflexionaba sobre si debía ser sincero. Nora era cautelosa conmigo, casi como un perro maltratado adoptado por una nueva familia. Me dejaba acercarme a ella cuando le apetecía, pero tenía casi prohibido dar yo el primer paso. Sin embargo, seguí adelante con la verdad.

—No necesita ayuda. Pero quiero que te quedes.

—Beck...

—¿No podemos ser amigos?

—La última vez que pasamos unas inocentes horas juntos, tú acabaste tocándome en público y yo devolviéndote el favor en el viaje de vuelta a casa.

Sonreí.

—Es una amistad de puta madre, ¿no?

Nora se rio entre dientes.

—Creía que ya habíamos decidido que no éramos amigos. Creo que tus palabras exactas fueron «no nos gustamos lo suficiente».

—He cambiado de opinión.

Puso cara de escepticismo.

—Creo que mientes.

Empecé a sentir un poco de pánico, y es que parecía que no se quedaría dijera lo que dijese. Así que me vi obligado a sacar la artillería pesada.

—Una copa. Ver los vídeos y leer todos los comentarios de los desconocidos en tu muro me ha afectado. No me apetece estar solo. Además, quiero hablar contigo sobre algo.

Nora me miró a los ojos, como si midiera mi sinceridad. Luego asintió.

—Vale. Pero prohibido quitarnos una sola prenda.

Se me ocurrían mil maneras de complacer a esa mujer sin quitarme ninguna prenda de ropa. Pero me lo guardé para mí. En lugar de eso, la traté como a cualquier otra amiga que hubiera venido a casa.

—¿Qué tal si nos fumamos unos puros y tomamos *whisky* en el balcón?

A Nora se le iluminó la cara.

—Nunca he probado un puro.

No era lo que más me apetecía ver envuelto por sus labios, pero tendría que servir… por el momento.

Capítulo 19

Nora

Expulsé seis anillos de humo seguidos.

—¿Has visto eso?

Los ojos de Beck estaban fijos en mis labios. Gimió.

—Joder, mujer, terminarás por matarme.

—Quizá si pensaras en otra cosa que no fuera sexo, verías que tengo un verdadero talento para fumar puros.

—Tienes talento, eso seguro…

Me reí y miré a mi alrededor.

—Tu apartamento es increíble. Este balcón es más grande que toda mi casa.

—¿Tu apartamento tiene una distribución diferente al de la abuela? Su casa no es tan pequeña.

—Oh. Sí, el suyo tiene dos dormitorios, y el mío es un estudio.

Asintió con la cabeza.

—Apuesto a que la puesta de sol es increíble desde aquí arriba.

—Lo es. Deberías quedarte a verla.

El *whisky* había hecho que se me relajaran los hombros y disfrutaba de la brisa. No me sentía tan tranquila desde hacía días.

Le di otra calada al puro y expulsé más anillos de humo.

—Tal vez lo haga.

—El amanecer es aún mejor. Deberías quedarte para los dos.

Me reí entre dientes.

—Buen intento, Cross. Muy bueno.

—Hago lo que puedo.

Le dio una calada a su puro y mis ojos se clavaron en la forma en que sus labios envolvían la punta. Me obligué a apartar la mirada antes de que se diera cuenta.

—¿Por eso te marchas de Nueva York? —preguntó—. ¿Porque cuesta una pequeña fortuna alquilar un apartamento de treinta metros cuadrados?

—No. En realidad, que sea pequeño no me molesta. Solo quiero estar más cerca de mi padre.

—Has dicho que te irás cuando termine tu contrato. ¿Cuándo es eso?

—A finales de verano.

Disfrutamos de unos minutos de tranquilidad. Era raro que me sintiera a gusto en silencio. Era agradable.

—Entonces, ¿de qué querías hablarme? —pregunté al fin.

—¿Mmm?

—Cuando me has pedido que me quedara, has dicho que querías hablar de algo conmigo.

—Oh. —Miró mi vaso de *whisky* casi vacío—. ¿Quieres otro?

—Oh, oh. Intentas emborracharme antes de empezar una conversación. Eso no suena bien.

—No intento emborracharte. Solo trato de ser un buen anfitrión.

No me lo creía, pero sentía curiosidad.

—¿Qué tienes en mente? —Eché la cabeza hacia atrás y le di una larga calada al puro, y de nuevo expulsé anillos de humo.

—Esperaba una mejor introducción a esta conversación. Pero, como no parece que sea posible, lo soltaré de golpe.

Eso me intrigó.

—Vale…

—La verdad es que necesito follarte otra vez.

Estaba formando mi cuarto anillo de humo y aspiré en lugar de soplar. Me ahogué de inmediato. El humo del puro no estaba hecho para ser inhalado.

Beck se inclinó y me puso una mano en la espalda.

—¿Te encuentras bien? ¿Quieres agua?

Sacudí la cabeza. Al cabo de un minuto, aún me ardía la garganta y tenía los ojos llenos de lágrimas, pero fui capaz de pronunciar algunas palabras.

—¿Por qué has dicho eso?

Parecía confundido.

—¿Porque es verdad?

Sacudí la cabeza.

—En primer lugar, hay formas más bonitas de pedirle a una chica que se acueste contigo, y, en segundo lugar, ¿qué tal si avisas con un poco de antelación cuando vayas a soltar semejante bomba?

—Ya te he dicho que esperaba hacer una mejor introducción. Tú me has obligado a decírtelo de esa manera.

—Oh, de modo que ¿ahora es culpa mía que seas un cerdo y digas cosas inapropiadas?

Los ojos de Beck se centraron en mi boca y se inclinó para estar más cerca de mí.

—Joder. Sí, discutamos.

Le di un codazo para que se sentara en su silla y dejara un poco de espacio entre nosotros.

—Ya hemos tenido esta conversación. Y ya te lo he dicho, no es el momento adecuado para tener una relación.

—Tampoco lo es para mí.

—Es decir, no quieres salir conmigo, solo quieres… ¿qué, follarme?

Se encogió de hombros.

—Efectivamente.

—Beck…

—Escúchame. He escrito una lista de puntos clave para esta conversación. Sabía que no sería fácil.

—¿Tienes una lista de puntos clave?

—Sí. Es lo que haces a las dos de la mañana cuando no puedes dormir porque no dejas de pensar en el sonido que hace una mujer cuando se corre sobre tu mano en un restaurante. —Beck cogió su teléfono de la mesa y deslizó un dedo—. Vale, número uno: ninguno de los dos quiere una relación. Número dos: te mudas al otro lado del país al final del verano. El acuerdo que te propongo tiene una vida bastante definida. Número tres: me atraes. Mucho. Y creo que tú sientes lo mismo. Número cuatro: hemos probado el coche, de modo que ya sabemos que se nos da bien. Sin decepciones. Número cinco… —Beck hizo una pausa y me sostuvo la mirada—. Te deseo de verdad. No he dormido bien desde lo del restaurante, he estado demasiado ocupado pensando en ese pequeño gemido que haces cuando te corres.

Dejó el teléfono otra vez sobre la mesa. Me incliné hacia delante y comprobé la pantalla. Era cierto que había una lista numerada. Aunque parecía que había más de cinco cosas anotadas.

—¿Qué más hay en esa lista?

—Nada.

Extendí una mano.

—¿Me dejas ver, entonces?

Beck me sostuvo la mirada durante unos segundos. Entonces, con un movimiento rápido, lo cogí.

—Número seis: la mejor mamada de la historia. —Levanté los ojos hacia los suyos—. Parece que has olvidado algunos puntos.

—Me has dicho que soy un cerdo, así que intentaba complacer tu petición de ser educado.

Me reí entre dientes y seguí leyendo.

—Número siete: tetas espectaculares. Necesito que me monte para verlas botar arriba y abajo.

Moví el teléfono hacia abajo.

—Realmente eres un niño de trece años.

Después de los dos últimos, tendría que haber dejado de leer. Pero no lo hice. Y fue el último punto el que me impactó.

Número ocho: me hace olvidar.

Suspiré y me mordí el labio inferior mientras le daba vueltas. Tampoco había dejado de pensar en él desde la noche del restaurante. Joder, tal vez desde el primer beso que compartimos en medio de una discusión.

—No puedo encariñarme de ti…

—Nos limitaremos al sexo. Nada de paseos románticos por la playa.

¿Por qué me lo planteaba? En resumidas cuentas, cada día se me hacía más difícil. Y, cuando estaba con Beck, ya fuera teniendo sexo o simplemente pasando el rato, no había lugar para acordarme del resto de mi vida: él sabía cómo hacerme olvidar.

—Necesito pensarlo.

—Vale…

—Pero, si decidimos hacerlo, creo que no quiero que Louise lo sepa. No quiero que se ilusione.

—Por lo general, no suelo hablar de sexo con mi abuela.

Sacudí la cabeza con una sonrisa.

—No me creo que esté considerándolo.

Beck se inclinó hacia delante y me puso una mano en la rodilla. Su pulgar acarició el interior de mi muslo y un cosquilleo me recorrió el cuerpo.

—¿Qué tal si repetimos lo del restaurante? —Subió un poco más la mano—. Ya sabes, para ayudarte a decidir.

Puse una mano sobre la suya para detener su ascenso.

—Creo que me gustaría decidirlo yo sola.

Hizo pucheros.

—Qué pena.

—De hecho, debería irme. Le he dicho a Louise que planearía el siguiente viaje. No estoy segura si ya te lo ha mencionado, pero tiene pensado volver a la aventura el quince, el día siguiente de su cita con el médico, siempre y cuando él le dé luz verde.

Beck frunció el ceño.

—Sé que le va bien, pero no creo que esté lo bastante fuerte todavía. Falta poco más de una semana.

—Estoy de acuerdo. De modo que le sugerí que podríamos empezar despacio y que tal vez podríamos hacer algo de su lista que no fuera tan aventurero.

—¿El qué? ¿Escalar la Torre Sears?

—No. Visitar a Charles Tote.

—¿Quién es Charles Tote?

—Su primer amor.

—Se casó con mi abuelo a los veintidós años.

—¿Y?

—¿Estás diciendo que estaba enamorada de otro antes de eso?

—Sí.

—¿Y después de sesenta años, cuarenta de los cuales estuvo casada con mi abuelo, aún piensa en ese tío como para que visitarlo sea parte de su lista de cosas que hacer antes de morir?

Me encogí de hombros.

—Creo que se siente muy culpable por él.

—¿Por qué?

—Bueno, se conocieron cuando tenían trece años y, al parecer, se enamoraron desde el principio. Pero eran los años cincuenta y las cosas eran muy diferentes entonces. Había que cortejar a la chica, y él tenía que obtener el permiso de sus padres. Los dos planearon empezar a salir a los dieciséis años, pero, una semana antes del cumpleaños de Charles, este contrajo la polio. La vacuna era nueva y aún no estaba muy extendida.

—Joder.

—Sí. Al parecer, lo dejó en una silla de ruedas, paralizado de cintura para abajo. A Louise no le importó, pero su padre le prohibió salir con un hombre que no creía que pudiera mantenerla. Se escabulló para ir a verlo, pero, al igual que el padre de Louise, Charles no creía que fuera buena idea que siguieran juntos. Louise se quedó destrozada y le dijo que esperaría a que cambiara de opinión. Siguieron siendo buenos amigos, pero, un año después, él le dijo que había conocido a otra persona en fisioterapia y que se había enamorado. Eso le rompió el corazón.

—¿Y quiere ir a ver a este tío?

—Años más tarde, después de conocer a tu abuelo, descubrió que Charles no había conocido a nadie en el fisio. Él sabía que ella nunca lo dejaría a menos que él hiciera algo, por lo que se inventó que salía con alguien. Al mirar atrás, Louise admitió que en cierto modo sospechaba que podía ser así, aunque se permitió aceptarlo y echarle a él la culpa de la ruptura. Y una parte de ella se sintió aliviada cuando su relación se terminó, pues se dio cuenta del trabajo que habría supuesto cuidar de él.

—Joder. Qué fuerte.

—Sí. Tu abuelo era el amor de su vida, así que al final todo salió bien. Pero ella y Charles se reencontraron por Facebook hace unos diez años. Al cabo del tiempo él se casó y tuvo una buena vida, pero les gustaría verse de nuevo. Su mujer murió hace casi tanto tiempo como tu abuelo. Está en una residencia de ancianos y ahora le cuesta mucho moverse, y a ella le gustaría ir a visitarlo.

Beck sacudió la cabeza.

—No me creo que nunca nos haya contado esta historia.

—Dudo que sea algo en lo que piense a diario. Pero, cuando empiezas a reflexionar sobre tu propia mortalidad, salen a la luz muchas cosas del pasado.

Me miró fijamente durante un largo instante.

—Me alegro de que te tenga. Y yo también me alegro de tenerte, no solo porque la chupas muy bien. —Me guiñó un ojo—. Necesitaba un recordatorio del poco tiempo que probablemente le queda. Sé que suena ridículo, pero creo que no lo acepté hasta no hace mucho.

—No suena ridículo. Todos aceptamos las cosas a nuestro ritmo.

—¿Dónde vive Charles?

—En Utah. También habíamos comentado que podríamos ir al Cañón Bryce. Era algo de mi lista. Pero ya veremos cómo se encuentra.

Beck asintió.

Apagué el puro en el cenicero.

—Me voy. Siento haber desperdiciado esto.

—Yo no. Lo encenderé más tarde, cuando esté pensando en ti, y pondré mi boca justo donde estaba la tuya.

Sonreí.

—Cerdo.

—Piensa un poco en lo que te he dicho. Preferiría tener mi boca en la tuya.

Capítulo 20

Beck

—Por favor, dime que estás leyendo un chiste ahora mismo. —Mi hermano Jake entró en mi oficina y me encontró con la mirada fija en el móvil—. Porque sonríes como una colegiala enamorada.

—¿Qué quieres, Jake? Tengo mucho trabajo que hacer.

Como de costumbre, me ignoró y se plantó en una de las sillas de invitados. Señaló mi teléfono con la barbilla.

—¿A quién le envías mensajes?

—No es asunto tuyo.

Sonrió.

—A esa mujer, Nora, ¿verdad? Está buena, tío. Bonito cuerpo.

Apreté los dientes. Me molestaba que mi hermano la hubiera mirado.

Me señaló la mandíbula.

—Ah, sí. Estás fatal. Por supuesto que le mandas mensajes a ella. De todos modos, ¿está soltera?

—Sí. —Acerqué la silla al escritorio y dejé el teléfono—. Ahora, dime, ¿para qué has venido?

—Te he enviado el nuevo folleto para que lo revises. El antiguo estaba anticuado y no incluía a algunos de nuestros inversores clave. Además, era aburrido y había demasiadas palabras en cada página.

—Es un documento que informa a la gente sobre la empresa. Por supuesto que tiene muchas palabras. Es informativo.

—Sí, pero necesitas menos palabras en cada página y más información en viñetas. La gente de mi generación tiene la capacidad de atención de un mosquito. Nos gusta que nos den datos en dosis pequeñas. Nuestros cerebros están conectados a TikTok y Snapchat. Toda la información aburrida estará ahí. Pero será más fácil de digerir. Y también necesitamos más fotos bonitas. —Sonrió—. Ahora que lo pienso, debería haberme puesto a mí en una de las páginas.

Sacudí la cabeza.

—Lo que sea. Lo miraré esta tarde.

Jake subió los pies a mi escritorio y juntó las manos detrás de la cabeza.

—Así que, volviendo a la pichoncita de Nora, ¿por qué no has movido ficha todavía si está soltera?

Fruncí el ceño.

Los ojos de Jake se abrieron de par en par, igual que su sonrisa.

—Hostia puta. Te ha rechazado, ¿no?

—No me ha rechazado, si es lo que quieres saber. Hemos… pasado algún tiempo juntos.

—¿Quieres decir que os habéis enrollado?

Puse los ojos en blanco.

—Sí, Jake.

—Pero te gusta. Me he dado cuenta de ello. Vi cómo la mirabas en el hospital, y cada vez que hablas de ella, pones esa sonrisa bobalicona.

—Está bien que te guste la gente con la que te enrollas…

Jake negó con la cabeza.

—No. Es más que eso. *Te gusta,* en plan, de verdad. Entonces, ¿por qué es solo un polvo? ¿Por qué no la invitas a salir y veis adónde va?

Lo único que a Jake le gustaba más que mirarse al espejo eran los cotilleos. No dejaría pasar esa oportunidad. Suspiré.

—No quiere una relación, lo cual me parece bien. Estoy demasiado ocupado para una, por lo que no nos vamos a com-

215

plicar. —No añadí que Nora aún no se había comprometido a mantener una relación física. Habían pasado tres días desde nuestra conversación en mi casa. Nos habíamos enviado mensajes sobre Louise, pero ninguno de los dos había sacado el tema. No quería parecer desesperado, aunque así era como me sentía mientras esperaba a que ella tomara una decisión.

—Oh, mierda. De modo que estás haciendo lo que odias que las mujeres te hagan a ti.

Entrecerré los ojos.

—¿De qué hablas?

—Les dices a las mujeres que no quieres una relación. Ellas aceptan un acuerdo casual y, después de salir un par de veces, quieren más. Cambian las reglas del juego.

No hacía eso, ¿no? ¿Querría más si Nora me lo ofreciera? Sí. Pero eso no significaba que no fuera capaz de tener solo sexo. Diablos, yo inventé ser un picaflor.

—Eso no es lo que hago.

Jake negó con la cabeza.

—Las relaciones sin ataduras no funcionan cuando uno de los dos siente algo por el otro.

—Me gusta, pero también me vuelve loco a veces. Y no *siento* nada.

—Claro, don Pongo Ojitos Cuando Le Mando Un Mensaje. Pero da igual. Es tu problema.

—¿Hay algo más que debamos discutir, o se ha acabado la hora de *Dear Abby?** Tengo cosas que hacer.

—¿Quién es Abby?

—Dios —refunfuñé, y señalé la puerta—. Lárgate de mi despacho.

Jake se fue, pero sus palabras me irritaron toda la mañana. Era cierto que me había quejado con él más de una vez acerca de alguna mujer con la que había empezado algo casual y que de repente no estaba contenta con nuestro acuer-

* Es el título de una columna en la que Jeanne Phillips, alias Abigail Van Buren, escribe consejos sobre familia y relaciones. *(N. de la T.)*

do. Recordaba haber tenido esa conversación hacía solo unos meses sobre una mujer llamada Piper con la que salí. Cuando le dije que no estaba interesado en nada más y le recordé que ella había dicho lo mismo, se enfadó y me respondió que esperaba que cambiara de opinión. ¿Era eso lo que hacía yo con Nora?

Reconozcámoslo, me gustaba. Y, por primera vez en mucho más tiempo del que recordaba, me habría gustado tener más: conocerla, cenar juntos, despertarme a su lado, tal vez ver cómo iban las cosas. Había algo que me hacía sentir bien cuando estaba con ella.

Mi teléfono vibró en mi escritorio y agradecí la interrupción. Nunca lo admitiría, pero Jake tenía razón. Actuaba como una colegiala enamorada. Tenía que subirme las bragas y volver al trabajo. Quizá era mejor que Nora pareciera haberse olvidado del acuerdo que le había propuesto.

No necesitaba ese dolor de cabeza.

Pero entonces le di la vuelta al teléfono y leí el mensaje que me había llegado.

Nora: He pensado en tu… propuesta.

Mi corazón empezó a latir fuerte. Me cabreó. Sin embargo, ya le estaba respondiendo.

Beck: ¿Y…?

Nora: Como tú dijiste con tanta elocuencia, a mí también me gustaría follarte. Así que me apunto.

Salivé como un perro hambriento al que le sirven un filete ardiente.

Beck: ¿Cuándo puedo verte?

Nora: ¿Verte es el código para desnudarnos?

Beck: Es el código para: ¿cuánto puedes abrir las piernas? Estoy deseando comerte el coño.

Los puntos se movieron y luego se detuvieron. Pasaron treinta segundos antes de que se movieran de nuevo.

Nora: Hablar con delicadeza no es lo tuyo, ¿eh?

Le estaba contestando que la trataría de manera delicada si era lo que quería cuando llegó un segundo mensaje.

Nora: Pero, sí, yo también tengo muchas ganas de que hagas eso...

Borré lo que había escrito, demasiado impaciente para perder el tiempo.

Beck: ¿Qué haces ahora? Puedo ir a verte.

Nora: Ja, ja, ja. Más despacio, vaquero. Ahora mismo estoy en el salón de manicura con Louise. Pensaba más bien en mañana por la noche.

Ni siquiera la mención de mi abuela me quitó el hambre.

Beck: ¿Qué tal esta noche?

Nora: ¿Tantas ganas tienes?

Beck: NI. TE. LO. IMAGINAS.

Nora: He soltado una carcajada y he asustado a la mujer que se hace la manicura a mi lado.

Me la imaginé: su gran sonrisa y lo guapa que estaba con un pequeño brillo en los ojos, riéndose frente a la pantalla.

Beck: Así que ¿esta noche?

Nora: Bien, don Impaciente. Pero tengo algunas cosas que hacer. Tendrá que ser más tarde.

Beck: Lo que quieras. Dime dónde y cuándo, y allí estaré.

Nora: En realidad, preferiría ir a tu casa.

Maddie estaría con su madre los siguientes tres días. Mi abuela se encontraba bien y había vuelto a su casa con Bitsy esa mañana. De modo que ni siquiera tendría unos ladridos que me interrumpieran a la hora de prestarle a Nora toda mi atención.

Beck: Me vale. ¿A qué hora?

Nora: Creo que llegaré sobre las diez.

Beck: Qué ganas. Nos vemos luego.

Nora: Oh, y, Beck, tenemos que hablar primero. Creo que debemos establecer algunas reglas básicas para esto.

Beck: Vale. Pero será difícil hablar con mi polla en tu boca. Mejor la charla segundo.

Nora: Cerdo.

Beck: Veremos quién es el que chilla cuando te ponga las manos encima.

Ella respondió con un emoji de un cerdo, y ahí acabó todo.

Supuse que pararía en la farmacia de camino a casa esa noche para comprar un bote de aspirinas. Porque, tanto si resultaba ser un dolor de cabeza gigante como si no, no habría nada que me impidiera disfrutarlo.

El portero llamó para avisarme de que tenía una visita y, de repente, empezaron a sudarme las manos de los nervios. Hacía mucho tiempo que una mujer no me hacía sentir así. Y no estaba seguro de que me gustara. Como era tarde y era probable que Nora ya hubiera cenado, le pedí a mi ayudante una tabla de embutidos. Me había preguntado si era para una cita o para una noche de chicos, ya que de vez en cuando jugaba a las cartas con mis amigos, y ella solía pedir una tabla para esas noches. En general, me encantaba que mi ayudante tomara la iniciativa. Cuando había planificado nuestra última noche de cartas, llegó a casa una entrega no solo de comida, sino también un maridaje de una selección de puros y *whiskies,* así como media docena de posavasos de madera diseñados también para el vicio, en los que los chicos podían dejar sus bebidas y sus puros mientras sostenían sus cartas. Pero en ese momento, al mirar la mesa del comedor, pensé que quizá era demasiado. Gwen había enviado no solo la tabla de embutidos, sino también vino frío, un arreglo floral y algunas velas.

Mi corazón se aceleró cuando oí que el ascensor se abría en el vestíbulo. Pero, al abrir la puerta y verla, casi me quedé sin aliento.

«Es un polvo, Cross. No una cita».

Por suerte, era un experto en no dejar entrever mis nervios.

Nora estaba increíble, mucho más arreglada de lo que me esperaba. Llevaba un vestido verde Kelly, de aspecto sedoso, y unos tacones altos que le envolvían los tobillos. Su abundante pelo rubio, que solía llevar liso, estaba peinado en rizos suaves y llevaba más maquillaje del que jamás le había visto. No podía dejar de mirar sus labios rojo escarlata. Quizá fuera una cita, después de todo…

—Relájate, muchacho —soltó ella—. No me he vestido así para venir aquí. He tenido una cita antes.

Mi euforia se detuvo en seco. «¿Ha tenido una puta cita antes de venir?».

Nora me miró a la cara y se rio. Se puso a mi altura y me dio unas palmaditas en el pecho.

—La cita era con mi padre, el señor Guay.

—Creía que tu padre vivía en California.

—Y así es. Pero ha venido de visita unos días. Hemos ido a ver una ópera al Met a las siete. Por eso voy tan arreglada y no he podido venir hasta tarde.

Se me relajaron los hombros.

—Oh.

Sonrió con satisfacción.

—Deberías haberte visto la cara. Parecía que querías patearle el culo a alguien.

—¿Y te parece divertido?

Me golpeó el pecho con las uñas.

—Sí, la verdad.

Le rodeé la nuca con una mano, le di un suave apretón y tiré de ella hacia mí.

—Pagarás por esto, Sutton. Ahora dame esa boca que tanto me saca de quicio.

Posé mis labios sobre los suyos y ella se abrió con ansias para mí. El estrés del día se disolvió casi al instante. Apoyó sus tetas contra mi pecho y emitió ese gemido que me volvía loco. Dicen que las cosas que quitan la ansiedad y el estrés suelen crear adicción, como el Trankimazin y el alcohol. En ese momento lo entendí.

Nora separó su boca de la mía.

—¿Me devorarás en la puerta o me invitarás a entrar?

Tomé su labio inferior entre los dientes y tiré de él con firmeza.

—A mí me vale la puerta.

Soltó una risita y me empujó el pecho.

—Vamos dentro, cavernícola.

Abrí la puerta a regañadientes y la dejé entrar, aunque mi caballeroso comportamiento se vio recompensado por una fenomenal vista de su culo con ese vestido.

«Me pregunto si me dejaría darle por detrás».

Me aclaré la garganta y aparté ese pensamiento de mi mente, al menos por el momento. Nora dejó su bolso sobre la mesa del comedor, que destilaba romanticismo, con el vino enfriándose en un cubo, las flores y las velas.

—¿Qué es todo esto? —preguntó.

—No estaba seguro de si habrías cenado, así que he pedido algo para que pudieras picar si tenías hambre.

—Qué considerado. —Se volvió un momento hacia la mesa—. ¿Y las flores y el vino?

Me metí las manos en los bolsillos.

—Ha sido mi asistente.

Nora sonrió.

—¿Eso es una mirada tímida? Es mona, aunque no creía que tuvieras una en tu arsenal de expresiones.

—Listilla. Después de montarlo todo, me he dado cuenta de que era demasiado para… ya sabes, para nuestros propósitos.

—¿Quieres decir para una noche de sexo?

—Sí.

—Bueno, al menos tienes una buena ayudante.

—Sí. ¿Quieres una copa de vino de mi romántica mesa?

Nora sonrió.

—Vale.

Cogí la botella de la cubitera y fui a la cocina a descorcharla.

Tomó asiento en una silla en el lado opuesto de la isla.

—Creo que deberíamos hablar de las reglas básicas antes de seguir adelante.

Le acerqué una copa de vino y me serví una para mí.

—Dispara. Me gustan las reglas.

—¿En serio?

—Por supuesto. No es divertido romperlas si no las conoces.

—Beck...

—Relájate. Estoy de broma. —Le di un sorbo al vino y me encogí de hombros—. Estoy listo. Dime lo que hayas pensado.

—Vale, bueno, creo que este tipo de acuerdos suelen estropearse porque la gente amplía los límites cada vez más, y una de las dos personas mira hacia atrás y se da cuenta de que su ligue se ha adentrado en el terreno de las relaciones. De modo que el objetivo de establecer unas reglas básicas es mantenernos con firmeza en la zona del rollo.

—De acuerdo. Entonces, ¿cuáles son esas reglas?

—Primero, creo que, a menos que estemos con Louise, deberíamos limitar nuestro tiempo juntos al sexo.

—Así que ¿entras, te desnudo y te largas de aquí cuando acabemos?

Se rio.

—Quizá no tan dramático, pero no deberíamos ver pelis ni pasar la noche juntos después del sexo.

No me encantaba, pero también entendía por qué ponía esa regla. Puede que me hubiera equivocado en mis anteriores relaciones, supuestamente sin compromiso.

—De acuerdo. ¿Qué más?

—Nada de citas. Nada de restaurantes ni películas ni nada parecido.

—Vale.

—Nada de charlar por teléfono ni mandarnos mensajes de texto, a menos que estén relacionados con Louise o que sean para fijar una hora para vernos.

Eso era una mierda. Sus mensajes se habían convertido en lo más relevante de mi día.

—Bien.

—Creo que también deberíamos intentar limitar el afecto. Nada de cogernos de la mano ni enviar flores. Nada de gestos dulces.

—Espera, ¿dejar que relajes tu cabeza lo suficiente para que puedas respirar mientras te follo la boca se considera dulce? En mi opinión, hay una delgada línea entre considerado y dulce.

—¿Ahora quién es el listillo?

—¿Hemos terminado?

—Una última cosa. Creo que este tipo de relaciones no suelen ser monógamas. Son más en plan «no preguntes, no cuentes». Pero ya hemos tenido sexo sin condón, así que, a menos que quieras usarlo a partir de ahora, creo que deberíamos renunciar a tener sexo con otras personas. Salir con otros está bien, por supuesto.

La idea de que se follara a alguien, o incluso de que saliera con otro hombre, me ponía furioso, de modo que esa era la regla más fácil de aceptar.

Asentí con la cabeza.

—Trato hecho.

Bebió un sorbo de vino, lo dejó en la encimera y pasó los dedos por el borde de la copa. Levantó los ojos bajo sus espesas pestañas.

—Eso es todo. De modo que… podemos empezar cuando quieras.

Le sostuve la mirada mientras me acababa el vino y me encaminé hacia la isla. La levanté de la silla, me la eché al hombro y me dirigí a mi dormitorio. Había pensado en follármela sobre la encimera, pero la idea de verla abierta de piernas en mi cama era demasiado buena para rechazarla. Soltó una risita y el sonido me llegó al corazón.

En mi dormitorio, la puse de pie cerca del borde de la cama, luego caminé hasta una silla situada a tres metros y me senté.

—¿Qué haces? —Se rio.

—Desvístete para mí.

La sonrisa de su cara se transformó en algo muy diferente. Le *gustaba* que yo tomara el control en el dormitorio.

Nora echó una mano hacia atrás y se desabrochó el vestido con un movimiento lento. El sonido de los dientes de la cremallera al separarse me hizo querer destrozar la tela. Tuve que agarrarme a los brazos de la silla para no moverme mientras ella se quitaba los finos tirantes de los hombros y dejaba que el sedoso material cayera al suelo. Con solo unos tacones que le envolvían los tobillos, un sujetador negro de encaje sin tirantes y unas bragas a juego, no podía estar más *sexy*. Pero entonces levantó la barbilla para desafiar la incomodidad que probablemente sentía al estar tan expuesta, y mi polla, a media asta, se endureció y saludó.

—Eres preciosa. —Mi voz sonó tensa, y tembló ligeramente—. Date la vuelta. Quiero ver la parte de atrás.

Se giró lentamente. Joder, quería ser ese trozo de cuerda metido en su increíble culo. Me humedecí los labios, que se me habían secado.

—Siéntate en el borde de la cama.

Podría correrme solo viendo a esa mujer acatar mis órdenes. Era un regalo que me ofrecía.

Nora se acomodó en el borde del colchón, con las piernas juntas.

Me froté el labio inferior con el pulgar.

—Me gustaría añadir una regla a tu lista.

—¿Cuál?

—No te toques a menos que estemos juntos. No quiero que satisfagas tus propios deseos. Quiero que me llames. A menudo.

Tragó saliva y asintió.

—Gracias. Ahora abre las piernas.

Sus ojos se encendieron y se oscurecieron, pero hizo lo que le había pedido.

—Más.

Utilizó las manos para empujar sus rodillas hasta que no pudo abrirlas más.

—Ahora tócate. Acaríciate el clítoris. Por encima de las bragas.

Su mirada se encontró con la mía. Parecía que fuera a echarse atrás, pero, en lugar de eso, me sostuvo la mirada mientras se pasaba una mano por encima de las bragas y empezaba a masajearse el clítoris con pequeños círculos. Al cabo de unos segundos, cerró los ojos. Separó los labios y vi que su pecho se elevaba cada vez más rápido.

«Hostia».

«Puta».

¿Cómo demonios no iba a enamorarme de esa mujer? Lo tenía todo, y encima estaba envuelta en un gran lazo sexual de regalo.

Me froté la polla por encima de los pantalones mientras observaba. Arqueó la espalda y dejó caer la cabeza hacia atrás. Cuando sus movimientos circulares se hicieron más rápidos y empezó a gemir, supe que no tardaría mucho. Así que me acerqué. Me arrodillé entre sus muslos, le bajé las bragas de un tirón y me zambullí en ella con la boca abierta, como si fuera mi primera comida en meses. Lamí y chupé, introduje la lengua en su dulce agujero y bebí hasta la última gota de sus jugos.

Nora enredó sus dedos en mi pelo y me clavó las uñas en el cuero cabelludo.

—Beck...

Levanté una mano y la sujeté, y enterré toda mi cara en ella. Podría haberme ahogado ahí y morir feliz. La devoré mientras alcanzaba su orgasmo, cuando se retorcía y temblaba, hasta mucho después de que se echara hacia atrás y se desplomara sobre la cama. No dejaría que una gota de su dulzura se desperdiciara en las sábanas.

Cuando terminé, me limpié la boca con el dorso de una mano y solté mi polla tensa. Sabía lo caliente y húmeda que estaba, y no podía esperar a sumergirme dentro y encontrar mi nirvana.

Mientras me ponía encima de ella, se le abrieron los ojos de par en par. Una sonrisa saciada y tonta se dibujó en su precioso rostro.

—Hola —saludó.

Me tembló el labio.

—Hola.

—Se te da *muy* bien esto.

—Bueno, gracias.

—No estoy segura de cuánto participaré ahora. —Movió la cabeza para mirarse el brazo derecho, que estaba extendido sobre la cama—. Mis brazos y piernas parecen de gelatina.

—No pasa nada, yo me encargo.

Ella sonrió.

—Gracias. Te debo una.

—Que cobraré con mucho gusto en un futuro cercano.

Bajé una mano y me agarré la polla, la alineé con su abertura y empujé. Incluso solo con la punta dentro, me alegré de que ya se hubiera corrido, porque esto iba a ser vergonzosamente rápido. Había olvidado lo apretada que estaba.

Cerré los ojos mientras empujaba más adentro y sus suaves paredes se apretaban alrededor de mi polla. Lo que sentía me hizo pensar que esa noche podría ascender al primer lugar de mi lista de mejores experiencias sexuales, y eso que ni siquiera la había metido entera y todavía no me había corrido. Lo que decía mucho.

Empujé más adentro, la metí centímetro a centímetro, hasta que mis pelotas se apoyaron en su culo. Nora me miró, con los ojos vidriosos, los labios entreabiertos en un jadeo, y decidí quedarme ahí. Sin moverme. Quizá para siempre.

Pero entonces Nora se arqueó y acercó sus labios a los míos, y me perdí en su beso. A riesgo de parecer un enorme nenaza, todo lo demás se desvaneció. Y recuperé mi fuerza. Mi cadera comenzó a trabajar, se deslizaba hacia dentro y hacia fuera. Estaba tan mojada… Tan resbaladiza… Jodidamente increíble. Pero primero necesitaba que se corriera otra vez. No importaba que hubiera tenido un orgasmo hacía cinco minutos, y que mi carga estuviera lista para salir disparada como un cañón. Necesitaba satisfacerla, necesitaba complacerla.

De modo que agarré una de sus rodillas y la levanté para golpear dentro de ella en un nuevo ángulo. La expresión de su cara pasó de felizmente saciada a «oh, mierda, ya estamos otra vez». Para acelerar el final, introduje una mano entre nosotros y masajeé su clítoris mientras me deslizaba dentro y fuera. Los músculos de Nora empezaron a palpitar; se apretaba tanto a mi alrededor que sentía cómo se retorcía y ordeñaba mi polla.

Gimió cuando llegó al orgasmo, y pronunció mi nombre una y otra vez.

Y…

Ahí estaba.

El nirvana.

El cielo.

Tendría que configurar la grabación de sonido en mi teléfono para poder reproducirlo a lo largo del día. Sobre todo si no se me permitía hablar con ella.

Curiosamente, nunca me había excitado que una mujer gritara mi nombre durante el sexo. Pero algo en la manera en la que Nora lo hacía era casi mejor que mi propio orgasmo. Hacía que me sintiera cálido y suave por dentro y, al mismo tiempo, como el rey de la selva.

En cuanto se relajó, aumenté la velocidad y alcancé el clímax, y la llené con lo que parecía un chorro interminable de semen. Después, mi cuerpo se sacudió y sufrió espasmos en su interior. Volví a la realidad y levanté la vista para asegurarme de que Nora estaba bien. De nuevo la encontré con una enorme sonrisa bobalicona.

Le devolví la sonrisa.

—Hola.

Su sonrisa se amplió.

—Hola a ti también.

Me reí entre dientes y la saqué, aunque no tenía ganas de moverme.

—Un momento, te traeré una toalla.

Volví con un paño húmedo y otro seco. Nora no había movido ni un músculo. Ya que había sido ella la que me había dejado ensuciarlo todo, pensé que lo menos que podía hacer era limpiarlo. Pero, cuando miré entre sus piernas, vi que mi semen chorreaba.

—Joder —gemí—. Eso es lo más *sexy* que he visto en mi vida.

Nora se apoyó en los codos, pero la detuve.

—No, no te muevas. Quiero ver cómo sale solo.

Se sonrojó.

—Dios mío. Esto es muy raro, y seguro que debería sentirme cohibida. Pero la forma en la que me miras es tan *sexy* que ni siquiera me importa.

Mi polla aún no se había ablandado del todo y se endureció mientras la miraba. No podía apartar los ojos de ese espectáculo: mi semen goteaba de su coño y se filtraba por el pliegue que llevaba a su culo. Cuando se acercó a su agujero, extendí un dedo y lo esparcí alrededor. Nora abrió los ojos de par en par mientras masajeaba mi semen y exploraba su estrecho orificio.

—¿Esto está fuera de los límites? —pregunté.

Se mordió el labio inferior.

—Nunca lo he hecho. Al menos, no del todo. Mi ex y yo, nosotros… Él lo intentó una vez, pero me dolió demasiado.

—Eso no suena como un no… —Metí mi dedo húmedo, solo la punta. Nora jadeó, pero se relajó cuando empecé a meterlo y sacarlo con suavidad—. ¿Te duele?

Sacudió la cabeza.

—Esta noche no. No hay prisa. Nos tomaremos nuestro tiempo. Tal vez solo un pequeño masaje de vez en cuando, para prepararte. —Empujé un poco más, ni siquiera hasta los nudillos. Ella se contrajo a mi alrededor…, pero se relajó de nuevo al cabo de un minuto—. Tienes que aprender a confiar en mí. Saber que iré con calma y que cuidaré de ti.

Asintió.

—De acuerdo.

Le di otro minuto mientras deslizaba mi dedo dentro y fuera con lentitud. Su cuerpo se relajó lo suficiente para que pudiera meterlo más, pero no quería ir demasiado rápido. Así que lo saqué y la limpié bien. Cuando terminé, entré en el baño. Al salir, Nora ya estaba medio vestida.

—¿Qué haces?

—Vestirme...

—Solo has estado aquí media hora.

Esbozó una media sonrisa.

—Lo sé. Pero solo es sexo, de modo que...

—¿En serio? ¿Saldrás corriendo por la puerta así? ¿Debería tirarte algo de dinero también?

Nora entrecerró los ojos.

—No seas idiota, Beck. Este era nuestro acuerdo.

Sí, habíamos acordado solo sexo, pero, aun así, me sentía mal. Sin embargo, evité quejarme por miedo a ahuyentarla el primer día.

—Bien —gruñí—. Déjame al menos llevarte a casa.

Se subió la cremallera del vestido.

—Cogeré un Uber.

Me pasé una mano por el pelo. Era la primera vez en mi vida que me sentía utilizado. No me gustó demasiado. Respiré hondo.

—¿Cuándo puedo volver a verte?

—Pronto.

—¿Qué tal una respuesta más concreta?

—Mi padre solo estará en la ciudad unos días, de modo que aprovecharé para estar con él. —Se pasó los dedos por el pelo para peinarse—. Tenemos muchos planes: museos, una obra de teatro, un restaurante francés con un menú degustación de siete platos... Incluso comeremos con Louise un día. Estoy deseando que se conozcan.

«Estupendo». Mi abuela podía compartir una comida con Nora, pero yo no.

Se acercó y se puso de puntillas para besarme los labios.

—Estás haciendo pucheros.

—No, no es verdad. —«Por supuesto que sí».

—Te llamaré, ¿vale?

Un minuto después ya había salido por la puerta. Apoyé la frente en ella y escuché el sonido del ascensor al subir y bajar.

«Esta mierda sin ataduras no va a ser tan fácil como yo pensaba».

Capítulo 21

Beck

—¿Ene?

Nora me miró con los ojos entrecerrados.

—¿Por qué creo que finges no saber la respuesta solo para que no deje de hacerlo?

«Porque eres una mujer inteligente».

Trazar una palabra en mi espalda se había convertido en nuestro nuevo juego. Bueno, era *su* versión de un juego que yo había empezado hacía una semana, cuando la había sujetado y escrito «DELICIOSO» con mi lengua en su coño. Ella intentó devolverme el favor lamiendo una palabra en mi polla, pero no era capaz de pasar de la primera letra sin metérsela hasta la garganta. Así que había empezado a escribirme palabras en la espalda con una uña. Me gustaba mucho, pero ese no era el motivo por el que fingía que era incapaz de identificar las letras. Era porque sabía que, cuando termináramos, saldría corriendo por la maldita puerta. Tenía que aprovechar todo el tiempo que pudiera con Nora.

—Soy demasiado competitivo para dejarte ganar. Hazlo otra vez.

No parecía creerme, pero trazó la letra eme en la espalda por tercera vez.

—¿O? —pregunté.

Me dio una palmada en la espalda y se rio.

—Ahora sé que lo haces adrede. Es imposible que confundas una eme con una o.

Le pasé un brazo por la cintura y di la vuelta para que quedara encima de mí. Ella chilló, pero sonrió. Le aparté un mechón de pelo de una mejilla.

—Quiero verte mañana.

—Estaré en Utah.

—Ya sabes lo que quiero decir. —Era más de medianoche, por lo que técnicamente ella y la abuela se iban al día siguiente. Pero quería verla otra vez antes de que se fuera—. Entonces esta noche.

—Tengo que hacer la maleta. El vuelo sale temprano y tenemos que estar en el aeropuerto a las cinco de la mañana.

—Tardarás una hora o menos en hacer la maleta. Quiero llevarte a cenar.

Nora intentó zafarse de mí.

—Tengo mucho que hacer.

—Enviaré a Gwen a que te haga las maletas.

—¿Gwen? ¿Tu asistente?

Asentí con la cabeza.

—También puede hacer los recados que necesites. Podemos ir a ese restaurante francés al que fuiste con tu padre y que te gustó tanto.

—Beck…

Conocía ese tono. También conocía la expresión de su rostro. Era lo que obtenía cada vez que intentaba forzar las reglas un milímetro: que pasara la noche en mi casa en lugar de salir corriendo antes de que mi polla estuviera del todo flácida, que quedara conmigo para comer y no solo para un polvo rápido, que nos mandáramos mensajes sin motivo.

—Una cena. Mañana te vas dos semanas. Cuando vuelvas, no faltará mucho para que te mudes a California.

Joder, otra vez el ardor de estómago. Necesitaba ir al médico para una revisión. Lo había notado con bastante frecuencia en las últimas semanas.

Nora se mordisqueó el labio inferior. Por primera vez, parecía que consideraba romper sus estúpidas reglas.

—Me encantó ese restaurante. Aunque no conseguirás una reserva. Yo la hice con casi tres meses de antelación.

—Si nos consigo una mesa, ¿vendrás?

—¿El dueño es un cliente o algo así y ya sabes que nos conseguirá una mesa?

—No. Ni idea de quién es el dueño.

—Vale, pero solo acepto porque de ningún modo podrás conseguir una reserva.

Compraría el puto restaurante si tuviera que hacerlo. Sonreí.

—Te recojo a las ocho.

—Ni siquiera has intentado reservar todavía.

—No será un problema.

Puso los ojos en blanco.

—Qué engreído.

—Confiado, no engreído.

—Lo que tú digas. Te comerás esas palabras cuando no consigas mesa. Te digo que es imposible. Y nuestro trato es solo para ese restaurante. Sin Chez Coucou, no hay cena.

Sonreí.

—Lo único que me comeré luego es un menú de siete platos. Y a ti de postre.

—Acabo de hablar con John Morlin. —Gwen sacudió la cabeza—. No ha habido suerte. Tampoco tiene contactos en Chez Coucou para conseguirte una mesa.

—Joder. Prueba con Alan Fortunato. Es dueño de un montón de clubes. Seguro que tiene contactos.

—En realidad, ya lo he hecho. Y también he probado con Trey Peterson. Él puede conseguirte una mesa en La Mer. Es un restaurante con estrellas Michelin. Uno de los dueños es socio silencioso en uno de sus clubes.

Me pasé una mano por el pelo y miré la hora en la esquina de mi ordenador. Ya eran casi las cuatro.

—La Mer no me vale. Revisa todos nuestros antiguos clientes. Mira si hay alguien en quien no haya pensado que tenga contactos.

Gwen se encogió de hombros.

—Vale. ¿Quieres que haga la reserva en La Mer, por si acaso?

Fruncí el ceño.

—No, tiene que ser en Chez Coucou.

—¿Quién va a Chez Coucou? —Mi hermano Jake entró en mi despacho cuando mi ayudante salía.

Sacudí la cabeza.

—Nadie. Estoy ocupado. ¿Qué pasa?

Como de costumbre, mi hermano plantó el culo en una de mis sillas de invitados. Se echó hacia atrás y levantó las dos patas delanteras de la silla del suelo.

—¿Sabes que me dices que estás ocupado cada vez que entro en tu despacho?

—Eso es porque siempre estoy ocupado.

—Te dará un infarto si no aprendes a relajarte. Me he apuntado a una nueva clase de meditación. Deberías venir conmigo.

Eso me recordó que tenía que pedir cita con el médico por mi ardor de estómago.

—No necesito meditación. Lo que necesito es que me digas por qué has entrado aquí para que pueda volver al trabajo. Me relajo cuando hago cosas, no cuando cierro los ojos mientras un *hippie* golpea un gong.

—¿Sabías que la abuela iba a ver a un antiguo novio suyo?

Suspiré. No saldría de mi despacho.

—Sí.

—Nora me ha explicado que vive cerca del Cañón Bryce. Esquié en Utah y lo vi desde el avión una vez. Parecía precioso.

Entrecerré los ojos.

—¿Cuándo has hablado con Nora?

—En el almuerzo.

—¿Has comido con Nora? ¿Con la abuela y Nora, quieres decir?

Jake sonrió y señaló con un dedo.

—Me encantaría decir que solo he ido con Nora. Pero creo que serías capaz de saltar sobre el escritorio y darme una paliza, de modo que no te tomaré el pelo. Sí, hoy he comido con la abuela y Nora.

«¿Soy la única persona de esta maldita familia con la que Nora no quiere comer?».

—Te gusta de verdad, ¿eh? —preguntó Jake.

—Yo no he dicho eso.

—Ni falta que hace. Lo veo en tu cara.

Mi teléfono vibró sobre la mesa. Era un cliente al que había llamado por la mañana para saber si podía conseguirme una reserva en Chez Coucou, pero su asistente me había dicho que estaba en el extranjero. Deslicé un dedo para contestar.

—Hola, Robert. Gracias por devolverme la llamada.

—No hay problema. Estoy a punto de embarcar en un vuelo, así que no tengo mucho tiempo.

—No es muy importante. Pero, ya que te tengo al teléfono, ¿hay alguna posibilidad de que conozcas a alguien en Chez Coucou? Estoy intentando conseguir una reserva, pero el lugar es tan inexpugnable como el maldito Fort Knox.

—Qué va. Pero ¿has probado con Alan Fortunato?

—Sí, tampoco he tenido suerte.

—Lo siento, tío.

—De acuerdo. Gracias por llamarme desde el extranjero.

—Si al final consigues una mesa, hazme saber si vale la pena todo el bombo.

—Lo haré.

Dejé el teléfono sobre la mesa y suspiré.

Jake todavía no se había ido.

—¿Por qué necesitas una mesa en Chez Coucou esta noche?

—No es asunto tuyo.

Se encogió de hombros.

—De acuerdo. Pero es probable que pueda conseguirte una reserva.

Entrecerré los ojos.

—¿Cómo?

—Fui a la universidad con el gerente, Brett Sumner. —Se golpeó el pecho con un puño—. Hermanos Phi Sigma Kappa. Haría cualquier cosa por mí.

—¿Por qué demonios no lo has dicho antes? ¿No me has oído hablar de ello con Gwen al entrar? —Señalé el móvil, que Jake siempre llevaba en una mano—. Llama y pregunta si tienen mesa para las ocho y media.

—¿Para cuántas personas?

—Dos.

—¿Cómo se llama la otra persona con la que cenarás?

—Pon la reserva a mi nombre.

Sonrió.

—Necesito saber el nombre de la otra persona si quieres que haga la llamada.

—¿Para qué cojones lo necesitas?

—Porque pareces bastante desesperado por conseguir esta reserva. Últimamente rechazas clientes, de modo que sé que no es para impresionar a uno. Supongo que es una mujer. Y tengo curiosidad por saber en quién no puedes dejar de pensar.

Señalé su móvil con un dedo.

—Solo haz la puta llamada.

Su sonrisa se ensanchó.

—Solo lo haré si me dices a quién intentas impresionar.

—No trato de impresionar a nadie. Solo… necesito la reserva. ¿Puedes hacer eso por mí?

—Es Nora, ¿verdad?

No tenía tiempo para el tocacojones de mi hermano.

—Sí, es Nora. Ahora haz la puta llamada.

—Me ha dicho en el almuerzo que quizá cenaría ahí con un amigo.

—Entonces, ¿por qué demonios me has hecho decirte quién era?

Esbozó una sonrisa de oreja a oreja.

—Solo quería escucharte admitirlo.

—Haz la maldita llamada.

Jake cogió el teléfono y deslizó un dedo por la pantalla durante unos segundos antes de llevárselo a la oreja.

—Hola, Brett. ¿Qué pasa, tío?

Escuché parte de una conversación tonta durante algunos minutos antes de que por fin le preguntara por mi reserva.

—Escucha, mi hermano mayor trata de impresionar a una mujer. Necesita una mesa en tu restaurante esta noche a las ocho y media. ¿Crees que puedes hacerlo por mí?

Estaba muy ansioso mientras esperaba la respuesta.

Jake sonrió.

—Eres el mejor, tío. Te debo una. —Escuchó y luego soltó una risita—. De acuerdo. Lo haré pronto.

Mi hermano colgó la llamada y esbozó una sonrisa arrogante.

—Dicho y hecho.

—Gracias.

—Así que ¿supongo que mantenéis en secreto lo que sea que pasa entre vosotros? Dado que Nora no ha mencionado que su «amigo» eras tú, y tú intentabas mantener en secreto el nombre de tu cita, supongo que ya no es tan casual, ¿no?

No contesté, al menos no con palabras.

Jake leyó mi cara.

—Oh. Lo siento. Vaya mierda.

Mi hermano era la última persona con la que solía hablar de mujeres. Pero, en un momento de debilidad, bajé la guardia.

—Sí, la verdad.

—Se muda al final del verano, ¿no?

—Sí.

—Hay parejas que consiguen que una relación a larga distancia funcione.

—Es algo más que eso.

Asintió. Por fin posó las cuatro patas de la silla en el suelo.

—Te dejo volver al trabajo.

Lo detuve cuando estaba en la puerta.

—Oye, ¿Jake? —Se volvió.

—Gracias por conseguir la reserva.

—De nada. Pásalo bien.

Asentí con la cabeza.

—Oye, ¿para qué habías venido a mi despacho?

Mostró su sonrisa infantil.

—Para restregarte el hecho de que he almorzado con Nora. Sé lo mucho que te gusta, lo sabía incluso antes que tú.

Capítulo 22

Nora

—Aún no me creo que hayas conseguido una mesa.

Beck me guiñó un ojo y parte de la escarcha que protegía mi corazón se derritió. Menos mal que me iba por la mañana, porque era todo un caballero: me abría la puerta, me acercaba la silla y me decía que estaba preciosa. A ver, también me gustaba el otro lado de Beck, el que no era un caballero: el que me desabrochaba la cremallera en lugar de abrirme la puerta, el que me tiraba del pelo en lugar de acercarme la silla, el que me decía que me tocara en lugar de lo guapa que estaba. Pero hacía mucho tiempo que no tenía una cita, y era agradable que me trataran de forma especial fuera del dormitorio.

—Siento que hemos pasado mucho tiempo juntos las últimas semanas. —Bebí un sorbo de vino y miré a Beck por encima de la copa. Siempre estaba atento, pero esa noche había algo diferente en cómo me miraba, algo aún más intenso que de costumbre, si eso era posible—. ¿Qué harás para mantenerte ocupado mientras no esté?

—En primer lugar, tampoco hemos pasado tanto tiempo juntos.

—Nos hemos visto cinco de cada siete noches en las últimas dos semanas.

—Sí, pero solo una hora cada vez. Suma ese tiempo y es menos que un día de trabajo en la oficina.

—Oh. Bueno, piensa en todas las citas normales que puedes tener cuando yo no esté. —Mientras lo decía, se me revolvió el estómago.

Beck tenía la copa de vino a medio camino de sus labios, y entonces dejó de mover la mano.

—No pensaba salir con nadie. —Arrugó la frente—. ¿Y tú?

La verdad era que no quería salir con nadie. Durante los últimos años, las citas habían sido un medio para un fin. Me gustaba el sexo de vez en cuando, así que charlaba durante las copas o escuchaba a algún corredor de bolsa contarme cuánto dinero ganaba durante una cena demasiado cara. Pero no echaba de menos las citas. Por otra parte, ninguno de los hombres con los que había salido se parecía en nada a Beck.

Me encogí de hombros para intentar parecer despreocupada.

—No, pero… ya sabes, lo que tenga que pasar, pasará. No quiero que sientas que esta noche, el hecho de que salgamos juntos, cambia algo.

Frunció los labios.

—¿Cómo podría hacerlo, cuando me has recordado quinientas veces que no soy más que un polvo para ti?

—Eso es lo que acordamos.

—Sí, lo sé. Pero no soy un perro que monta a cualquier cosa con patas. Creo que podré aguantar las dos semanas que estés fuera.

—No tienes por qué ponerte así. Solo quería que supieras que no me molestaría si tú…, ya sabes.

Beck recorrió mi cara con la mirada, como si buscara algo. Luego entornó los ojos.

—No te molestaría si yo… ¿qué, Nora? Si no te molesta, dilo.

Puse los ojos en blanco.

—Creo que los dos sabemos de qué hablo. No necesito ser grosera y decirlo.

Beck se inclinó hacia delante.

—Pero quiero que lo hagas. No te molestaría si yo, ¿qué, me follara a otra mujer? ¿Si enterrara la cara entre sus piernas, como hago contigo? Eso no te molestaría, ¿verdad?

Se me tensó la mandíbula.

—No me importa.

—¿En serio? Tal vez pueda tener una cita aquí. Llevarla a casa. Dejar que me coma la polla de postre.

Agarré mi copa de vino.

—Haz lo que quieras.

—*Vaaale.* —Asintió—. Claro. Porque no te importa lo que hago. Todo es, ya sabes, casual.

Me encogí de hombros y aparté la mirada. El ambiente entre nosotros se había caldeado. Sentía los ojos furiosos de Beck clavados en mí, pero no era capaz de volver la cabeza. Al menos, todavía no.

Al final, rompió el silencio tenso.

—Nora, mírame.

Desvié la mirada y me encontré con la suya. Pasaron largos segundos mientras me miraba a los ojos. Al cabo de un minuto, sacudió la cabeza.

—A la mierda. Soy muchas cosas, pero no soy un mentiroso, de modo que voy a correr el riesgo y ser sincero, quizá por primera vez desde que me besaste aquella noche en el bar. —Se inclinó más hacia mí—. No quiero que te folles a nadie más. Ni que se la chupes a nadie. Y la idea de que otro hombre te toque… —Apartó la mirada unos segundos y luego me miró de nuevo a los ojos—. Me hace sentir violento, Nora. Y yo no soy un hombre violento. Así que siéntate ahí y finge que te importa una mierda lo que haga mientras no estés. Pero seré realista porque, aunque vaya en contra de tus reglas que lo nuestro me importe, prefiero que te enfades conmigo por ser sincero a que te alegres cuando te miento.

Abrí la boca y la cerré, sin saber qué responder. Beck tiró la servilleta sobre la mesa y se levantó.

—Voy al baño. Termina tu vino y, cuando vuelva, podemos seguir con esta farsa.

Antes de que dijera nada, se alejó de la mesa. Estuvo en el baño casi diez minutos. Empecé a pensar que tal vez me había dejado plantada. Pero entonces volvió. Su cara de enfado se había suavizado y me sentí tonta.

Beck se removió en la silla mientras hablaba.

—Lo siento, no debería haberme excedido.

Levanté una mano.

—No, soy yo quien lo siente. Tienes razón. Me molestaría que estuvieras con otra mujer.

—Lo curioso es que, en estas situaciones, suelo estar en tu lugar: siento que me han engañado con el trato que hicimos.

Sacudí la cabeza.

—No estaré con nadie mientras esté fuera. Y tampoco quiero que tú estés con nadie.

—Gracias. —Se le iluminó la cara—. Deberíamos formalizar este nuevo acuerdo de alguna manera. ¿Qué tal si te hago un dedo debajo de la mesa?

Cuando me guiñó de nuevo un ojo, lo sentí en la boca del estómago. Después de eso, volvimos a la normalidad. Comimos siete platos del tamaño de un bocado sin una pausa en nuestra conversación. Le hablé a Beck de mi próximo viaje a Utah con Louise, la comida con su alegre hermano y cómo esa misma tarde había aprobado los últimos retoques de mi último libro ilustrado. Él me contó historias sobre algunos negocios en los que estaba trabajando. Después de pagar la cuenta, se levantó y me tendió una mano para ayudarme a levantarme. Una vez de pie, me acercó hacia él, junto a la mesa.

—¿Tan mala ha sido esta noche? ¿Te has muerto al compartir una cena conmigo?

—No. —Sonreí—. En realidad, me lo he pasado muy bien.

—Bien. —Aplastó sus labios contra los míos de la misma manera posesiva que cuando estábamos solos. Hizo que me flaquearan un poco las rodillas.

Al salir, Beck levantó un brazo para llamar a un taxi.

—¿Qué tal si vamos a tu casa para que no vuelvas tarde, ya que tu vuelo es muy temprano?

—Mmm… Está hecha un desastre.

Me acarició una mejilla.

—Cuando estés debajo de mí, la casa podría incendiarse y probablemente ni me daría ni cuenta.

—¿En otra ocasión, tal vez?

Beck me miró.

—Cuando me ofrezco para ir a buscarte, tampoco me dejas hacerlo. Empiezo a pensar que escondes algo. ¿Seguro que no estás casada?

«Mierda». Forcé una sonrisa y le rodeé el cuello con los brazos.

—Por supuesto que no estoy casada. Es solo que… a mi casa esta noche no, ¿vale?

Parecía escéptico, pero asintió.

—¿Qué tal cuando vuelvas?

Como no quería arruinar la velada diciendo que no en ese momento, decidí enfrentarme a eso más adelante.

—Claro, me parece un buen plan.

Capítulo 23

Beck

Cinco días después, había visto por cuarta vez el mismo vídeo del Cañón Bryce en el blog de Nora y había comprobado mi teléfono por décima vez ese día.

Seguía sin responder. Nos habíamos enviado mensajes todos los días desde que se había ido, pero el día anterior por la mañana dejó de contestar. Al principio, mis mensajes aparecían como entregados, aunque no leídos, pero ahora ya ni siquiera eso. Quizá se le había estropeado el teléfono. De todos modos, pensé que debería hablar directamente con la abuela, así que, después de meter a Maddie en la cama, me serví un vaso de *whisky* y me tumbé en el sofá.

La abuela contestó al tercer tono.

—Hola. ¿Cómo está mi chica favorita?

—Oh, solo ocupada, muy muy ocupada. —No estaba del todo seguro, pero algo en su voz sonaba raro.

—Ocupada, ¿eh? ¿Qué has estado haciendo estos dos últimos días?

—Un poco de esto y un poco de aquello.

Mi abuela no era tímida. Tampoco hablaba por teléfono más de cinco segundos sin soltar un comentario sarcástico o una pulla.

—¿Te encuentras bien?

—Oh, sí. Muy bien. Mejor que nunca.

Silencio de nuevo.

—¿Qué tal Nora? ¿Todo bien con ella? Le he enviado algunos mensajes, pero no ha respondido.

—Ella solo… se siente un poco indispuesta.

Me levanté de un salto.

—¿Está enferma?

—Creo que anoche bebió demasiado vino.

Mis hombros se desplomaron. «Qué bien. Ahora me la imagino en el bar esperando a algún capullo de Tinder».

La abuela se quedó callada de nuevo. Aunque eso me permitió captar el ruido de fondo del lugar donde estaba. Se oía algún tipo de anuncio, como si estuviera en el aeropuerto.

—¿Dónde estás?

—En mi habitación de hotel.

—¿En tu habitación? ¿Qué era ese anuncio?

—Oh, habrá sido la televisión.

¿Por qué tenía la sensación de que me estaba mintiendo?

—Tengo que dejarte, cariño —zanjó la abuela.

—¿Qué prisa hay si estás en la habitación?

—Necesito mi sueño reparador.

No podía quitarme de encima la sensación de que ocurría algo. Pero conocía a mi abuela. Si la presionaba, me colgaría.

—¿Me harías un favor?

—Dime.

—Mándame un mensaje mañana por la mañana para confirmarme que Nora y tú os encontráis bien.

—No te preocupes por nosotras. Estamos bien, cariño.

—¿Lo harás por mí, por favor?

Suspiró.

—Por supuesto. Buenas noches, Beck.

Después de colgar, terminé el *whisky* de mi vaso y me serví otro. Me sentía inquieto y esperaba que me ayudara a relajarme, pero no fue así.

Di vueltas en la cama toda la noche, y al día siguiente miré el móvil una docena de veces. La abuela no me envió ningún mensaje, como había dicho que haría. A la hora de cenar, perdí la paciencia, por lo que primero le mandé un mensaje a Nora.

Beck: Hola. La abuela me ha dicho que ayer no te encontrabas bien. Solo quería saber si todo va mejor hoy.

Me quedé mirando la pantalla, esperando a que el mensaje cambiara de «Enviado» a «Entregado», pero no lo hizo. «¿Qué cojones?». ¿Cómo de mal tiene que estar alguien por haber bebido tanto vino para que ni siquiera pueda cargar su teléfono durante dos días? En lugar de seguir intentando adivinarlo, me desplacé hasta el contacto de la abuela y pulsé el botón de llamada. Sonó dos veces y saltó el buzón de voz, lo que significaba que mi abuela había hecho que saltara, porque, si no hubiera estado cerca del teléfono, habría sonado unas cuantas veces más. Y, si su teléfono estuviera apagado, la llamada habría ido directamente al buzón de voz.

Gruñí al teléfono antes de tirarlo al suelo. Por desgracia, no me había dado cuenta de que mi hija se acercaba por el pasillo.

—¿Qué pasa, papi?

—Nada, cariño.

Puso una cara idéntica a la que ponía su madre cuando decía tonterías. Me hizo sonreír. Levanté a Maddie del suelo y la puse boca abajo.

Ella soltó una risita.

—Papi, ¿qué haces?

—Intentar convertir tu ceño fruncido en una sonrisa. —La sacudí un par de veces, como si la gravedad pudiera hacer que las comisuras de sus labios se curvaran en sentido contrario. Y funcionó, porque mi hija sonreía cuando la puse en pie.

—¿Qué quieres cenar? —pregunté. Los sábados por la noche siempre pedíamos comida a domicilio.

Dio un respingo.

—*Sushi* y un bol de *açaí*.

Me reí entre dientes. De pequeño, ir al McDonald's era un placer especial. Estos niños de ahora eran otra cosa.

—¿Quieres lo mismo que pediste la última vez?

—Sí, por favor.

Le di unos golpecitos en la punta de la nariz con el dedo índice.

—Perfecto.

—Papi, ¿puedes cargar las fotos que he hecho hoy a tu portátil? Quiero elegir algunas para enviárselas a Nora.

Mi hija estaba trabajando en su insignia de fotografía. Ese día habíamos paseado por toda la ciudad para que hiciera fotos de grafitis, como el proyecto de Nora.

—Claro, pero te enseñaré cómo hacerlo. Yo ya conseguí mi insignia de fotografía de exploradora.

Maddie soltó una risita.

—Papi, tú nunca has sido una exploradora.

—¿Cómo lo sabes?

—¡Porque eres un chico!

Sonreí.

—Ve a por tu cámara, chiqui. Te enseñaré a subirlas y luego podrás repasar las fotos después de cenar, antes de que te recoja tu madre.

—¡Vale, papi! —Saltó por el pasillo.

Después de pedir la cena, llamé otra vez a la abuela. Ocurrió lo mismo: dos tonos y el buzón de voz. Así que le envié un mensaje de texto.

Beck: ¿Cómo estáis hoy Nora y tú?

Pasaron casi dos horas hasta que mi teléfono recibió un mensaje de texto. Maddie y yo ya habíamos terminado de cenar y ella estaba en su habitación recogiendo sus cosas para ir a casa de su madre.

Abuela: Estamos bien.

Fruncí el ceño de nuevo mientras miraba el móvil.

Beck: Entonces, ¿por qué mandas mis llamadas al buzón de voz? ¿Y por qué está apagado el teléfono de Nora?

Vi que los puntos se movían y luego se detenían durante unos minutos. Al fin, se movieron de nuevo.

Abuela: No deberías venir. Pero sé que nunca me haces caso.

«¿Qué cojones?».

Beck: ¿Me estás diciendo que vuele hasta allí? ¿Qué pasa?

Abuela: No te he dicho nada. Pero sé cómo eres.

Algo iba mal.

Beck: ¿Dónde está Nora ahora mismo?

Hubo otra larga pausa antes de una respuesta.

Abuela: Está descansando.

¿Todavía descansando de la resaca? ¿Dos días para recuperarse?

Al diablo con todo. La llamé en vez de responderle con un mensaje. Dio tono una vez y saltó el buzón de voz. Estaba claro que hacía dos segundos que tenía el teléfono en la mano. Empecé a escribir un mensaje para preguntar qué cojones pasaba, y entonces recibí otro de la abuela.

Abuela: No puedo hablar ahora.

Beck: ¿POR QUÉ NO? ¿QUÉ OCURRE?

Abuela: Te veré mañana, si vienes.

No tenía ni idea de qué demonios pasaba, pero estaba a punto de averiguarlo, ya que lo siguiente que hice fue reservar el primer vuelo a Utah que pude conseguir.

—¿Tienen algún coche disponible? —Estaba de pie en el mostrador de alquiler de coches del aeropuerto regional de Cedar City, en Utah.

—¿No tiene reserva? —preguntó el hombre del otro lado.

—No.

—Déjeme comprobarlo. —Tecleó algo durante un minuto y luego levantó la vista—. Solo tengo todoterrenos disponibles.

—Perfecto.

—De acuerdo. ¿Y cuándo lo devolverá?

No tenía ni puñetera idea.

—¿Puedo reservarlo hasta mañana y llamar y ampliar si es necesario?

—Claro.

Tenía el itinerario de mi abuela apuntado, de modo que sabía dónde se alojaba. Pero en el avión recordé que también me había dado acceso a su ubicación con la aplicación Encontrar. Así pues, una vez en el coche de alquiler, puse el GPS en su ubicación exacta en lugar de buscar la dirección del hotel. Me separaban de ella ciento treinta y dos kilómetros, pero las carreteras estaban vacías, de modo que al cabo de poco más de una hora el GPS me indicó que saliera de la autopista. Unos kilómetros más abajo, en una carretera muy transitada, me hizo girar a la izquierda… hacia el aparcamiento del Hospital Cannon Memorial.

«¿Qué cojones?».

El corazón se me aceleró. ¿Mi abuela estaba en el hospital? ¿Por qué demonios no me lo había dicho? El GPS me indicaba que había llegado a mi destino, pero no tenía ni idea de adónde diablos ir entonces. Así que aparqué cerca de la entrada principal y me dirigí al mostrador de información.

—Hola. Vengo a visitar a una paciente, pero no estoy seguro de su número de habitación.

Una mujer mayor que llevaba una americana rosa con la palabra «Voluntaria» en la parte delantera sonrió.

—¿Cómo se llama?

—Louise Aster.

Tecleó en el ordenador.

—No hay nadie con el apellido Aster. Aunque son más de las once. ¿Quizá la han dado de alta ya hoy?

Abrí la aplicación «Encontrar» en mi teléfono y la actualicé. Mi abuela estaba ahí, en alguna parte. Quizá en ese mismo momento la estuvieran bajando en silla de ruedas de la planta en la que se encontraba. Me encogí de hombros y señalé la puerta por la que acababa de entrar.

—Tal vez. Si le hubieran dado el alta ahora mismo, ¿saldría por aquí?

La mujer asintió.

—Por lo general, sí.

Eché un vistazo al vestíbulo. No había ni rastro de mi abuela.

—De acuerdo. Gracias. —Empecé a alejarme, pero entonces...—. Por cierto, ¿podría comprobar el nombre de Nora Sutton, Eleanor Sutton?

La mujer tecleó de nuevo en su ordenador.

—La señora Sutton está en la cama cuatro de la UCI.

Fue como un puñetazo en el estómago.

—¿Puede decirme cómo llegar?

Señaló hacia una zona de ascensores.

—Tome los ascensores de la derecha hasta el tercer piso y gire a la derecha. No tiene pérdida.

251

—Gracias.

Sentía que el corazón me latía en la garganta mientras subía en el ascensor. Fueron menos de treinta segundos, pero, cuando salí, se me había formado un nudo en el estómago. Giré a la derecha y me dirigí a paso ligero hacia unas puertas dobles en las que se leía UNIDAD DE CUIDADOS INTENSIVOS.

La unidad era una sala grande y abierta, con un puesto de enfermería en el centro y habitaciones con mamparas de cristal a lo largo del perímetro. Me acerqué a la primera persona con bata que vi. Estaba al teléfono, pero eso no me detuvo.

—Nora Sutton. ¿Cama cuatro?

El tipo señaló y volvió a su conversación. Miré dos veces mientras caminaba en la dirección que había indicado. Madre mía. ¿Esa era Nora? Di unos pasos más para estar seguro. Esa Nora no se parecía en nada a Nora. Estaba pálida y parecía diminuta, y había un millón de cables y monitores conectados a su cuerpo. Una enfermera ajustaba uno cuando entré.

Me dedicó una sonrisa amable.

—Hola.

No pude apartar los ojos de Nora para darle a la enfermera la cortesía de mirarla mientras hablaba.

—¿Está bien?

—La señora Sutton está tan bien como cabe esperar en su estado.

—¿Su estado? ¿Cuál es su estado?

La enfermera me miró de arriba abajo y su amable sonrisa se tornó cautelosa.

—Perdone. ¿Quién es usted? ¿Qué relación tiene con la señora Sutton?

Un cartel rojo en la pared sobre la cabeza de Nora llamó mi atención. «NR. ¿No resucitar? ¿Por qué coño estaría eso ahí?».

Levanté la voz.

—¿Qué le ha pasado a Nora?

—Señor, tendré que pedirle que se marche.

Escuché una voz familiar detrás de mí.

—Bea, este es mi nieto. Está conmigo.

Me volví y vi a mi abuela con una taza de café en una mano. Su rostro era solemne y unas ojeras ahuecaban la piel bajo sus ojos. Parecía que llevaba días sin dormir.

—Abuela, ¿qué demonios ocurre? ¿Qué le ha pasado a Nora?

Mi abuela y la enfermera intercambiaron miradas antes de que la abuela señalara por encima del hombro.

—¿Por qué no nos sentamos en la sala de espera y hablamos un rato?

Me quedé mirando el cuerpo inmóvil de Nora durante un buen rato antes de seguir por fin a mi abuela fuera de la UCI, hasta una sala vacía al final del pasillo.

La abuela se sentó en una silla de plástico naranja y palmeó el asiento de al lado, pero estaba demasiado nervioso para sentarme. Me pasé una mano por el pelo.

—¿Qué cojones pasa, abuela? ¿Nora está bien? ¿Tú estás bien?

Ella sonrió con tristeza.

—Estoy bien, cariño.

—¿Habéis tenido un accidente o algo?

Negó con la cabeza.

—No, no ha sido un accidente. Nora no está bien, Beck. No me corresponde a mí decírtelo. Ella no quería que nadie supiera nada de su estado. Pero, ya que estás aquí…, supongo que te enterarás de todos modos.

—¿Estado? ¿Qué estado?

—Nora tiene rabdomiosarcoma cardíaco: tumores recurrentes malignos que se infiltran en su corazón.

—¿Tiene? Me dijo que *había tenido* un tumor, pero que se lo extirparon y se curó. He visto la cicatriz en su pecho.

—Ha pasado por bastantes operaciones. Es recurrente, como el de su madre. Pero los tumores actuales son inoperables. —La abuela frunció el ceño—. Ha estado muy bien, pero hace dos días sufrió un ataque al corazón.

Mis ojos se salieron de las órbitas.

—¿Un ataque al corazón?

Asintió.

—Está aguantando, pero ahora está en coma inducido. Lo más probable es que la mantengan así unos días más. —Me tendió una mano. Como la cabeza me daba vueltas, la cogí y me senté.

—¿Por qué no me lo contó?

—Probablemente porque quería privacidad. Sé que crees que lo estás ocultando, pero me he dado cuenta de que hay algo entre vosotros dos. Estos últimos días se le iluminaba la cara cuando enviaba mensajes de texto, y hay un brillo en sus ojos que no estaba ahí antes. Pero sé que no era algo que ella hubiera planeado. Nora no quería acercarse a alguien nuevo solo para hacerle sufrir cuando…

Tragué saliva.

—¿Cuando qué? ¿Estás diciendo que se está muriendo?

Mi abuela me apretó la mano.

—Nora no vive en mi edificio, cariño. Nos conocimos en una reunión del grupo Vivir Al Final De Tu Vida.

No podía respirar. Sentía que las sosas paredes marrones se cerraban sobre mí. Tiré del cuello de mi camisa, aunque no me apretaba.

—Necesito aire.

A mi abuela se le fue el color de la cara.

—Iré a buscar a una enfermera.

—No. Solo necesito tomar el aire. —Me levanté—. Ahora vuelvo.

Se puso en pie.

—Iré contigo.

—No. —Negué con la cabeza—. Necesito unos minutos.

Dudó, pero asintió.

—Te espero aquí.

No recuerdo haber entrado en el ascensor ni haber recorrido los pasillos, pero de repente me encontré fuera. Agachado, con las manos sobre las rodillas, tragué aire a grandes bocanadas, como si hubiera estado privado de él durante horas.

La cabeza me daba tantas vueltas que pensé que el yogur que había comido en el avión saldría por donde había entrado. Debía de tener tan mal aspecto como me sentía, porque una mujer con bata se acercó.

—Señor, ¿se encuentra bien? ¿Necesita atención médica?

Conseguí sacudir la cabeza.

—Estoy bien. Solo necesitaba un poco de aire.

—¿Está seguro?

No lo estaba, y no parecía que fuera a marcharse con facilidad, de modo que me obligué a ponerme en pie. Asentí de nuevo.

—Estoy bien. Solo me han dado malas noticias.

—Lo siento. Hay una capilla al final del pasillo en el primer piso, si eso le ayuda.

—Gracias.

Cuando volvió a entrar, decidí dar un paseo. No quería que nadie más se detuviera a preguntarme si estaba bien. Por suerte, un camino rodeaba el edificio, porque no me sentía en condiciones de averiguar adónde iría por mi cuenta.

Mientras caminaba, muchas cosas empezaron a encajar.

Nora nunca me dejaba ir a su apartamento. Tenía sentido, ya que en realidad no había conocido a mi abuela porque vivieran en el mismo edificio.

No quería una relación. Ella era de las que daba, no de las que recibía. Nunca se involucraría con alguien nuevo porque no querría hacerle daño cuando…

Tragué saliva.

La cicatriz en su pecho.

Su deseo de conocer a su padre biológico por primera vez en su vida.

Su amistad con mi abuela, que nunca llegué a entender. Nora había dicho que algunas de las cosas que hacían también eran ideas suyas. No solo era la lista de cosas por hacer de mi abuela. También era la suya.

Había tantas señales que no me creía que no hubiera sumado dos más dos. ¿Cómo demonios no me había dado cuenta de que había algo más en el vínculo que tenían que una simple amistad?

Una vez que todas las respuestas encajaron, una nueva serie de preguntas empezaron a llenarme la cabeza.

«¿Cuánto tiempo le queda?».

«¿No hay ningún tratamiento disponible?».

«¿Ha visitado a todos los expertos posibles?».

«¿Ha estado en el Mass General? ¿Y en Londres, y en Berlín?». Hacía poco había leído un artículo que decía que su atención cardíaca lideraba el futuro.

«¿Puedo conseguir un helicóptero médico que nos lleve de vuelta a Nueva York? ¿O necesito un avión?».

El ritmo de mi paseo por el hospital aumentó a medida que recuperaba la energía. Sin conocer detalles, me di cuenta de que el tiempo que me estaba tomando ahora podría ser el tiempo que Nora necesitaba, así que volví a paso rápido hacia la entrada. Al cabo de unos segundos, el paso rápido se convirtió en un esprint. Corrí por la puerta principal, e ignoré al guardia de seguridad, que me pedía que redujera la velocidad, para llegar al ascensor. Pulsar el botón tres veces no sirvió de nada, por lo que busqué las escaleras más cercanas y subí de dos en dos, a toda prisa.

Mi abuela me esperaba fuera de la salita en la que habíamos hablado. Me detuve y señalé las puertas de la UCI.

—¿A cuántos expertos ha acudido? ¿Quién es su médico de cabecera en casa? Tenemos que trasladarla a Nueva York lo antes posible. Este pequeño hospital de mala muerte no puede darle lo que necesita y…

Mi abuela puso un dedo en mis labios para callarme.

—Lo que *necesita* es tranquilidad. No importa dónde esté. Los médicos de aquí han sido muy serviciales y están haciendo que se sienta cómoda.

—¿Cómoda? No. Necesita expertos.

—Beck…

—No me sermonees. Ni siquiera tiene treinta años. Es joven y está sana. Tiene que haber algo que puedan hacer por ella.

La abuela frunció el ceño.

—Ha pasado por tres operaciones a corazón abierto en diez años, y por otras tantas rondas de quimio. Los tumores volvieron con fuerza, y están en un lugar en el que no se pueden extirpar.

—¿Quién lo ha dicho? Alguien tiene que poder arreglarlo.

—No todo en la vida tiene arreglo, cariño. Y Nora ha dejado muy claros sus deseos. No quiere más tratamientos. Quiere morir como ella desee.

Sentí que alguien me abría las costillas y me arrancaba *a mí* el corazón. Sacudí la cabeza y saqué el teléfono del bolsillo.

—Necesito hacer algunas llamadas. Encontrar a alguien a quien no haya visto antes, alguien que pueda ayudarla.

—Lo único que tienes que hacer es *estar* a su lado. Apoyar sus decisiones.

—No. —Ya estaba buscando en Google al jefe de cirugía cardíaca del Mass General—. ¡No puedo quedarme sentado y dejar que dos personas que amo mueran porque piensan que es hora de renunciar!

La expresión en el rostro de mi abuela se suavizó. Por un momento, no entendí el motivo.

Levantó una mano y se cubrió el corazón.

—Se suponía que no tenías que enamorarte de ella, Beck.

Me quedé helado. ¿Me había enamorado de ella?

«Joder».

Capítulo 24

Beck

Horas más tarde, quería tirarme de los pelos. Había encontrado a dos médicos que habían accedido a mirar el historial de Nora, pero ninguno podía ayudarme ahí, en Utah.

Ni la enfermera.

Ni el médico.

Ni el gerente imbécil que amenazó con echarme del hospital si no dejaba de acosar al personal.

Lo peor de todo fue que mi abuela ni siquiera quiso ayudarme.

Me sentía incapaz. Inútil. Impotente.

Hacía media hora que había entrado en la capilla. Estaba sentado en la última fila, mirando una estatua de Jesús en la cruz que colgaba sobre el altar, cuando un hombre interrumpió mis pensamientos.

—¿Está ocupado el asiento de al lado? —preguntó.

Yo era el único en la maldita capilla. Había seis u ocho bancos vacíos y más al otro lado del pasillo. Me giré, molesto.

—Siéntate en otro puto sit... —Me interrumpí al ver el alzacuellos—. Mierda. Lo siento, padre. —Sacudí la cabeza—. Y perdón por decir «mierda».

Sonrió.

—Está bien. Pero ¿puedo sentarme a su lado?

No estaba de humor para hablar, y mucho menos con alguien con quien tenía que pensar antes de hablar. Aun así, me aparté para que no tuviera que pasar por encima de mí.

Se sentó con un suspiro y extendió una mano.

—Padre Kelly. Kelly es mi nombre, no mi apellido.

Le estreché la mano.

—¿Cómo está, padre?

—Me duelen las rodillas, necesito una prótesis de cadera y mi secretaria aún utiliza una máquina de escribir a pesar de que tiene un ordenador en perfecto estado sobre su mesa. —Sonrió—. Pero, por lo que veo, creo que ahora mismo estoy mejor que usted.

Esbocé una media sonrisa, pero no dije nada, pues esperaba que captara la indirecta.

No lo hizo.

—¿Ha perdido a alguien? —me preguntó.

Negué con la cabeza.

—¿Alguien enfermo?

Asentí.

Los dos estuvimos callados durante mucho tiempo. Me había criado como católico, pero ya no era practicante. La última vez que había ido a la iglesia, aparte de para una boda, había sido en el funeral de mi madre. Estaba seguro de que también había sido la última vez de la abuela. La pequeña capilla del hospital era tranquila, pero, sentado junto al sacerdote, me sentía cada vez más molesto. Me moví para mirarlo.

—¿Cómo se concilia la obra de Dios y la muerte de los jóvenes?

—Yo no lo hago. La fe no puede explicarlo ni justificarlo todo. Pero puede proporcionar consuelo, si se lo permitimos.

—¿Cómo?

—Bueno, su fe le da la seguridad de que sus seres queridos estarán bien. Felices incluso, después de que se hayan ido.

—¿Cómo serán felices si no estarán con las personas que les importan?

Sonrió.

—Todos nos reuniremos algún día. Si puede aceptarlo, confiar de verdad en su fe, puede ayudarle a sanar tras la pérdida de un ser querido.

—Siempre he pensado que la gente que confía demasiado en el más allá lo hace porque no es muy buena afrontando su vida actual.

En lugar de sentirse insultado, la sonrisa del sacerdote se ensanchó.

—Y yo siempre he sospechado que muchos de los que no creen en el más allá tienen miedo de hacerlo porque les preocupa que puedan ir por otro camino. —Señaló con los dos pulgares hacia abajo.

Me reí entre dientes.

—Tiene razón.

—Hábleme del ser querido que tiene ingresado en el hospital.

Miré al altar.

—Es preciosa y cabezona. Inteligente. Creativa. Un poco temeraria. No juzga a nadie y se hace amiga de gente bastante rara. Es una buena persona, muy protectora con quienes le importan.

—Suena maravillosa.

Suspiré y me pasé una mano por el pelo.

—Lo es. Fui un estúpido y no me di cuenta de lo genial que era hasta que fue demasiado tarde.

—Pero ¿sigue con nosotros?

Asentí.

—Entonces no es demasiado tarde. Tal vez está aquí ahora para proporcionar consuelo en su momento de necesidad. Caminar solos en sus últimos días de la vida puede ser aterrador para las personas. Tal vez pueda ayudarla durante este tiempo, lo que, a su vez, le traerá consuelo algún día, cuando piense en ello.

—No estoy seguro de cómo hacerlo.

—Céntrese en sus necesidades. Ya sea cogerla de la mano cuando tenga miedo o ir a ver su película favorita, aunque a usted no le guste nada. Intente no cargarla con sus miedos. Y, sobre todo, asegúrese de que sabe lo que siente por ella.

Tragué saliva. Esas eran todas las cosas que Nora había hecho por mi abuela: centrarse en sus necesidades, demostrarle que no tenía miedo. Joder, y lo único que yo había hecho había sido tratarla mal por ello. Había metido la pata hasta el fondo. Había dejado que mi egoísmo se interpusiera en mi camino antes que apoyar las decisiones de mi abuela. No la había puesto a ella en primer lugar, como sí había hecho Nora.

Se me humedecieron los ojos. El padre Kelly me puso una mano en el hombro.

—Nunca es demasiado tarde para ser el hombre que necesita ser.

—Es casi medianoche —le dije a mi abuela. Esa tarde, desde que había vuelto de la capilla, nos habíamos sentado en sillas a ambos lados de la cama de Nora—. ¿Por qué no duermes un poco?

Se incorporó, como si fuera a discutir, así que la corté de raíz.

—Ahora es ella quien te necesita. Y no le servirás de nada si estás en la cama de al lado porque estás agotada y no te has cuidado.

La abuela frunció el ceño, pero asintió.

—Te dejaré en el hotel y volveré. Han dicho que no la extubarían ni intentarían despertarla hasta después de las rondas matinales, por lo que no es probable que cambie mucho hasta entonces.

—¿Y tú?

—Puedo dormir en cualquier sitio. Y no soy yo el que está enfermo.

—De acuerdo. —La abuela cogió una mano de Nora y cerró los ojos un momento. Estaba bastante seguro de que la mujer que no había ido a la iglesia en veinte años acababa de rezar una pequeña oración. Parecía que los dos éramos más religiosos hoy de lo que habíamos sido en mucho tiempo. Se colgó el bolso al hombro, pero se detuvo—. Espera un segundo.

Dejó el bolso a los pies de la cama, rebuscó, sacó algo envuelto en papel de periódico y me lo dio.

—Este es su tarro de la gratitud. Por si se despierta antes de que vuelva y necesita un recordatorio.

Esas dos increíbles mujeres llevaban consigo recipientes de cristal llenos de recuerdos a los que aferrarse cuando ya no quedara nada a lo que agarrarse. Me costó contener las lágrimas.

Al volver de dejar a la abuela en el hotel, era casi la una de la madrugada. La enfermera de noche toqueteaba las máquinas cuando entré.

—¿Algún cambio? —quise saber.

Sonrió con amabilidad.

—No, pero no tener noticias es bueno en este tipo de situaciones. Mañana será un gran día para ella, cuando le quiten la medicación y permitan que se despierte.

Asentí con la cabeza.

Después de tomar sus constantes vitales, la enfermera trasladó el escritorio móvil para el ordenador y la silla al cubículo del siguiente paciente. Retomé lo que había hecho la mayor parte del día —cuando no hablaba con mi abuela o miraba a Nora—: investigar sobre el rabdomiosarcoma cardíaco. Había aprendido mucho sobre ese raro cáncer, incluso que a veces era hereditario. La madre de Nora había muerto de esa enfermedad a los treinta y pocos años. También había leído que la tasa de supervivencia a cinco años era solo del once por ciento, y a Nora le habían diagnosticado la enfermedad hacía más de diez. Ya había superado las estadísticas. Pero las tres operaciones a corazón abierto habían debilitado su corazón, y los tumores que habían aparecido esa vez eran inoperables.

Pasaron unas horas más, y se me nublaron los ojos de tanto leer en el móvil, así que lo dejé en la bandeja de la comida. El tarro de la gratitud que tenía cerca me llamó la atención y me hizo sonreír. Lo cogí y lo sostuve.

La enfermera de antes volvió a entrar y cambió la bolsa de suero de Nora. Señaló el tarro que tenía en las manos.

—¿Qué es eso?

Sonreí con tristeza.

—Algunas cosas que Nora quiere recordar.

La enfermera asintió, como si lo entendiera. Quizá sí que lo hacía, porque trabajaba ahí y estaba rodeada de enfermos graves todos los días. Terminó de colgar las bolsas en el gotero y me miró.

—No puede responder, pero creo que te oye.

Fruncí el ceño.

Señaló con los ojos el tarro una vez más.

—Podría reconfortarla.

Cuando se marchó, recordé lo que había dicho el padre Kelly: «Tal vez está aquí ahora para proporcionar consuelo en su momento de necesidad».

Quitar la tapa me pareció una intromisión, como si espiara los pensamientos privados de Nora. Pero, tras sacar el primer trozo de papel doblado, enseguida se me pasó esa sensación.

«1 de junio: Doy gracias por haber conseguido hoy dos entradas para el concierto de Harry Styles».

Me reí entre dientes y le cogí una mano a Nora. Se lo leí en voz alta antes de lanzarme a por otro.

«20 de junio: Amanecer en las Montañas Humeantes».

«9 de junio: Olor a gardenias frescas».

«17 de junio: La capacidad de buscar en Google las respuestas a cualquier cosa. Por cierto, Google tenía razón, los mejores tacos de Virginia son los de Tequila Tuesdays».

Sonreí.

«9 de junio: Doy gracias por William Sutton, el mejor padre que una chica puede desear».

Se me formó un nudo en la garganta cuando me di cuenta de que había escrito sobre su padre en la fecha en que habíamos ido a conocer a su padre biológico a las Bahamas.

Saqué notas de agradecimiento y las leí durante casi media hora. Algunas me dieron un puñetazo en las tripas, como la que decía «Charcos y botas de lluvia». Otras me hicieron reír, como la que escribió el año anterior en Acción de Gracias, en la que decía que se alegraba de no ser un pavo. Pero una hizo que me detuviera en seco.

«22 de mayo: Doy gracias por la oportunidad de conocer a un hombre que me ha recordado lo que es el amor».

El 22 de mayo fue el día en que nos conocimos.

Capítulo 25

Beck

—¿Cuántas horas han pasado ya?

La abuela me dio una palmadita en una mano.

—No llevemos la cuenta. El médico ha dicho que algunas personas pueden tardar hasta un día entero en despertarse después de que les quiten la medicación.

Miré a Nora. No se había movido desde que le habían sacado el tubo de respiración y le habían retirado los sedantes. Eso había ocurrido sobre las ocho de la mañana, y ya había oscurecido. La abuela intentaba ser positiva, pero veía la preocupación en sus ojos a medida que pasaban las horas. Además, no había comido nada desde que había vuelto, hacia las diez.

—Tienes que comer algo —le dije.

—No tengo apetito.

Yo tampoco, pero, si obligaba a la abuela a cuidar de sí misma, tenía que hacer lo mismo.

—¿Qué tal un poco de sopa? He visto un Panera Bread cerca de aquí.

Asintió.

—De acuerdo.

—¿De pollo con fideos?

—Claro.

—Volveré en cuanto pueda.

Lo que debería haber sido un recado de quince minutos acabó llevándome casi una hora, porque el motor del garaje del hospital se había estropeado y se había formado una cola de coches detrás de la barrera de madera, que solo se levantaba cuando se pagaba un *ticket*. Además, el interior del restaurante estaba cerrado por reformas, y tuve que esperar en una larga cola de autoservicio. Para colmo, al volver al hospital, no había aparcamiento en ningún sitio, ya que habían cerrado el garaje debido a la avería del parquímetro.

Todavía refunfuñaba cuando entré en la habitación de Nora, pero mis quejas se detuvieron en cuanto vi unos preciosos ojos verdes.

—Estás despierta.

La abuela sonrió.

—Se ha despertado unos minutos después de que te fueras.

La voz de Nora sonaba aún atontada.

—¿Por qué estás aquí?

Me incliné y le besé la frente.

—Porque tú estás aquí.

Suspiró.

—Beck…

La abuela la miró a ella y luego a mí y se levantó.

—Necesito ir al baño.

Dejé la bolsa con la sopa en el suelo y me senté junto a Nora.

—¿Cómo te encuentras?

—Cansada.

Sonreí con satisfacción.

—Bueno, no deberías estarlo. Has dormido durante tres malditos días.

—Supongo que no tengo que preocuparme de que me trates de un modo diferente solo porque esté enferma…

Le guiñé un ojo.

—Nunca.

Nora me estudió un momento.

—¿Cuánto sabes?

—Lo suficiente para que ahora pueda deletrear rabdomiosarcoma después de haberlo tecleado tantas veces en Google.

—Le aparté un mechón de pelo de la cara—. ¿Por qué no me lo contaste?

—Al principio, porque quería sentirme normal, tener una aventura de una noche que me mirara como a una mujer y no como a una enferma.

—¿Y después? ¿Una vez que nos convertimos en algo más que un rollo de una noche?

Tragó saliva.

—No quería hacerte daño. Pensé que terminaríamos antes de que te dieras cuenta. Se suponía que te cansarías de mí, como te había ocurrido con todas las demás desde tu divorcio.

Fruncí el ceño.

—Pero tú no eres como las demás, así que tu plan tenía defectos desde el principio.

A Nora se le llenaron los ojos de lágrimas.

—Lo siento.

—¿Por qué lo sientes?

—No debería haber empezado una relación contigo. Entonces habría sido más fácil cuando… —Apartó la mirada.

Tragué saliva.

—¿Nora?

Sus ojos volvieron a los míos. Acaricié sus mejillas con las manos para asegurarme de que me oía alto y claro.

—Prefiero enamorarme de ti y salir herido antes que no haber empezado algo contigo nunca.

Las lágrimas contra las que había luchado le caían por la cara. Se las enjugué con los pulgares y me acerqué hasta que estuvimos casi nariz con nariz.

—Y, para que quede claro —añadí—, me he enamorado de ti.

Más lágrimas rodaron por sus mejillas, pero, en lugar de perder el tiempo limpiándolas, decidí cambiar su estado de ánimo. Apreté mis labios contra los suyos hasta que sentí que la tensión abandonaba su cuerpo.

Cuando me aparté, sonrió.

—Has dicho que he estado dormida tres días, lo que significa que no me he lavado los dientes en todo ese tiempo.

—Me importa una mierda, cariño. No te cepilles los dientes. No te depiles. No te duches. Aun así te desearé. —Le cogí una mano, la saqué fuera de la cama y la llevé a mi creciente erección. Abrió los ojos de par en par. Pero esa chispa que siempre tenía había vuelto—. ¿Lo ves, nena?

—Tu abuela podría entrar en cualquier momento.

—Mi abuela no volverá durante un buen rato. No tenía que ir al baño. La conozco. Nos está dando tiempo a solas. —Enarqué las cejas—. Podría meterme debajo de las sábanas contigo para uno rapidito.

—Ni se te ocurra —dijo con una sonrisa.

El padre Kelly había dicho que tal vez mi propósito era proporcionar consuelo a Nora, pero en ese momento supe que no era así. Mi trabajo consistía en hacer que su rostro luciera como ahora hasta el final, sin importar cuándo llegara ese momento.

Por desgracia, nos interrumpió una enfermera que quería tomarle las constantes vitales. Luego volvió la abuela y, unos minutos más tarde, también vino el cardiólogo.

—Bienvenida. —Sonrió y le tendió una mano a Nora—. Soy el doctor Wallace. Te he visitado un par de veces al día, pero no has sido muy buena anfitriona, no hablabas demasiado.

Nora sonrió.

—Encantada de conocerlo, doctor Wallace.

Hizo un examen rápido y tecleó en su iPad.

—Tus constantes vitales son fuertes. A juzgar por los resultados, quién diría que tuviste un infarto agudo hace unos días. Por otra parte, la mayoría de la gente que sufre ese tipo de incidente cardíaco tiene treinta años más que tú.

Nora se sentó en la cama.

—¿Cuándo podré irme?

—Vaya, acabo de conocerte y ya quieres irte. —Sonrió—. Me gustaría tenerte en observación al menos un par de días más. Si estás preparada, te pondremos en pie en las próximas doce ho-

268

ras, y luego veremos cuánto tarda en volver tu fuerza. Mientras lo evaluamos, podemos hablar de tus opciones de tratamiento.

—Oh… —Negó con la cabeza—. No quiero tratamiento.

El doctor Wallace asintió.

—La señora Aster nos dio tu directiva anticipada cuando llegaste, y hablé con tus médicos de Nueva York para conocer mejor tu historial. Pero debes saber que tu infarto y el hecho de estar hospitalizada hacen que hayas subido en la lista de trasplantes.

—¿Es candidata para un trasplante? —inquirí.

El médico miró a Nora y luego a mí.

—Lo siento. Esta es una conversación que deberíamos tener en privado. Solo quería sugerir que hablemos cuando te sientas capaz.

Nora forzó una sonrisa.

—Me siento algo cansada.

El instinto me decía que era una mentirosa y que solo quería poner fin a la conversación, pero funcionó.

El doctor Wallace asintió de nuevo.

—Por supuesto. Pediré un ecocardiograma y un electrocardiograma, así como nuevos análisis de sangre. Nos dará una mejor idea de dónde estamos. Volveré por la mañana para ver si te apetece hablar.

Tras un murmullo de agradecimientos y despedidas en la sala, de nuevo estábamos los tres solos. El silencio se volvió ensordecedor. No lo soportaba.

Levanté las manos.

—¿Alguien puede explicarme por qué dejasteis de luchar cuando aún quedaban opciones? Porque, al parecer, soy el único en esta sala que no pertenece al club.

La abuela me miró con los ojos entrecerrados.

—No levantes la voz. No me importa que tengas más de treinta años y que yo me esté muriendo. Te daré una paliza de todos modos.

Respiré hondo un par de veces y sacudí la cabeza.

—Necesito un minuto. Voy a dar un paseo.

—Hola.

Cuando abrí los ojos, vi que Nora me miraba fijamente. Debía de haberme quedado dormido mientras ella descansaba. Me incorporé y me limpié una mejilla.

Sonrió.

—En la otra.

Mierda. Me froté la otra mejilla, pero la sonrisa en su cara me dijo que perdía el tiempo.

—No hay ninguna baba, ¿verdad?

—No.

Me reí entre dientes.

—¿Qué hora es?

Nora levantó la mirada hacia el reloj que había en la pared opuesta a su cama. No estaba seguro de si lo había visto ahí antes.

—Casi las tres de la mañana.

Miré a mi alrededor. Las habitaciones de la UCI eran todas de cristal, pero en ese momento la cortina de Nora estaba parcialmente corrida. Era la primera vez que no sentía que estábamos en una pecera.

—Mucho más acogedor —comenté.

—La enfermera me ha dicho que mi novio era guapo y luego ha corrido los paneles de privacidad.

—Ah, ¿sí? —Me estiré y me puse de pie—. Tendré que enviarle flores. Muévete. Estás acaparando la cama.

Sonrió y se hizo a un lado. Lo más probable era que la cama de mierda del hospital fuera de ochenta o noventa, por lo que mi hombro derecho colgaba del borde. Pero era el mejor sitio en el que me había sentado en días. Le di un codazo para que se incorporara un poco y la rodeé con un brazo y la acerqué a mí.

—Ven aquí.

Apoyó la cabeza en mi pecho y me miró.

—Gracias por venir —susurró.

—Por supuesto.

Sonrió con tristeza.

—Creo que adelantaré mi fecha de mudanza a California.

—¿Cuándo?

—En cuanto me sienta con fuerzas.

Me invadió una sensación de pánico.

—¿Por qué te vas? Todos tus médicos están en Nueva York.

—Creo que es lo mejor.

—¿Lo mejor para quién? ¿Para mí o para ti?

Ella apartó la mirada.

—Para mí.

No estaba seguro de creerla, pero no era el momento de discutir. Suspiré.

—¿Puedo hacerte algunas preguntas sobre tu salud? Quiero decir, me siento casi capacitado para operar por mí mismo después de todo lo que he leído en los últimos días. Pero me gustaría entenderlo desde tu punto de vista.

Asintió.

—Te conté que mi madre murió cuando yo era pequeña. Tenía un rabdomiosarcoma cardíaco. A algunas personas solo les sale un tumor una vez, pero a otras, como a nosotras, les salen muchos y vuelven a aparecer. En realidad, la mayoría de los casos no son hereditarios, pero algunas personas tienen factores genéticos, como nosotras.

—¿Cuándo te diagnosticaron?

—Unos días después de mi baile de graduación. Me costaba mucho respirar. Sentía que alguien se había sentado sobre mi pecho, pero había bebido la noche del baile, de modo que no dije nada durante unos días. Pensé que era la peor resaca del mundo. Al cabo de unos días, me sentía tan agotada que no podía ni caminar. Mi padre, William, me llevó a urgencias y me ingresaron. Me diagnosticaron a la mañana siguiente. Recibí quimioterapia y radioterapia, y entré en remisión unos meses después. La mayoría de los pacientes con rabdomiosarcoma localizado se curan. Pero el mío reapareció dos años después. Y el tumor venía con amigos. Fue la primera vez que entré en un quirófano: una operación a corazón abierto a los veinte. Había que extirpar los tumores. Después de eso, estuve bien durante tres años, creo. Luego, otra operación. Y, un año después, ahí estaba otra vez. Me he sometido a tres operaciones a corazón abierto en la última década, y a tres rondas de quimio y radiación.

—Madre mía.

—La última vez que reapareció fue solo seis meses después de la última operación, y los tumores ya no se pueden extirpar. Mis cirujanos los describieron como una hiedra que envolvía un enrejado, excepto que el enrejado es mi corazón. Se han infiltrado de una forma que los hace inoperables.

—El doctor Wallace ha mencionado un trasplante. ¿Ha dicho que has subido puestos en la lista?

Suspiró.

—Mi sangre es de tipo O, que es la que más tiempo tarda en encontrar un donante. El tipo AB tiene una media de menos de un mes. El tipo O supera con creces el año. Incluso con un puesto más alto en la lista, no es probable que ocurra nunca. Además, la media de supervivencia en personas con mi condición es de solo dieciséis meses después de un trasplante.

—Hablas de promedio, pero ¿hay gente que vive una vida plena? ¿Hay quienes gozan de buena salud hasta los setenta u ochenta años?

Nora me acarició una mejilla.

—He aceptado mi destino. Quiero disfrutar del tiempo que me queda. Siento que esto sea duro para ti, pero no lamento haberte conocido, Beck.

Se me quebró la voz al mirarla a los ojos.

—Nora, estoy enamorado de ti. No puedo perderte.

—Oh, Beck. Se suponía que no debías enamorarte.

Sacudí la cabeza.

—No pude evitarlo. No era una opción. Enamorarme de ti era una necesidad.

Capítulo 26

Nora

—Estoy bien, yo me encargo. —Aparté la mano de Beck de un manotazo mientras me levantaba de la silla de ruedas cuatro días después, fuera de las puertas delanteras del vestíbulo. Me sentía débil, pero nunca había estado tan lista para salir del hospital. Había pasado demasiado tiempo ingresada durante la última década. Cerré los ojos y respiré hondo. «Aire fresco». Algo que había dado por sentado durante la mayor parte de mi vida.

Beck, obediente, permaneció a mi lado mientras me dirigía al coche que me esperaba. Abrió la puerta y me observó como un halcón mientras me acomodaba en el asiento del copiloto. Una vez sentada, tiró de la correa del cinturón de seguridad y fue a abrochármelo.

—¿Hay alguna manera de que finjas que no he sufrido un ataque al corazón? Me tratas como a una niña de cinco años. Puedo hacerlo yo sola.

Beck sonrió, satisfecho.

—Sabes que no te quitan el carné de mujer independiente por permitir que un hombre te ayude, sobre todo cuando ese hombre *quiere* cuidarte porque está enamorado de ti, ¿verdad?

Y ahí estaba otra vez: «enamorado de mí». Era como si el corcho se hubiera salido de la botella y ya no cupiese. No le había dicho a Beck que lo amaba, pero él lo había dicho al menos media docena de veces en los últimos días.

Le saqué la lengua. Beck la miró y gimió.

—Echo de menos esa boca. Serán cuatro o seis semanas muy largas.

Me abrochó el cinturón de seguridad y le agarré la camisa cuando se ponía de pie.

—El médico ha dicho que nada de sexo durante cuatro o seis semanas, pero hay otras cosas además del sexo…

—Buen intento. Hablé con el médico y le pedí que definiera «sexo». Incluye cualquier actividad que eleve demasiado el ritmo cardíaco. Con nosotros, eso seguro que también significa no discutir, ya que tiende a ser parte de nuestros preliminares.

Hice un mohín.

Beck se rio entre dientes, pero cerró la puerta y corrió hacia el lado del conductor. El hotel estaba a solo veinte minutos en coche. Hacía unos días le había pedido a Louise que dejara mi habitación libre y guardara mi maleta en la suya. No tenía sentido pagar por ella cuando estaba en el hospital. Le pedí a Beck que preguntara si había una habitación disponible para mí antes de recogerme. Me respondió que sí. Pero, al llegar al hotel, se dirigió al ascensor, a pesar de que yo tenía que ir a la recepción.

—Tengo que dar mis datos y recoger la maleta de la habitación de Louise.

—No, no tienes que hacerlo. Tu maleta ya está en mi habitación. He reservado una *suite* para los dos. Y vamos a almorzar con la abuela.

Dejé de caminar.

—No creo que sea una buena idea, Beck.

—Bueno, será mejor que te hagas a la idea rápido, porque no aceptaré un no por respuesta.

—Beck…

Apoyó sus manos en mis hombros.

—Ya no seguiré con tus reglas. Entiendo que intentabas protegerme. No querías que me acercara demasiado para no hacerme daño. Pero eso se acabó. No importa si estamos en habitaciones separadas o si estás en mi cama. Estoy contigo, y no me iré a ninguna parte.

—Pero…

Beck me interrumpió al presionar sus labios contra los míos. En menos de dos segundos me dejé llevar por completo. Nos quedamos así en medio del vestíbulo durante mucho tiempo. Cuando por fin rompimos nuestro beso, eché de menos la silla de ruedas del hospital porque me sentía mareada. Como si lo intuyera, Beck me agarró con fuerza.

—Una habitación —dijo con firmeza—. Te quiero a mi lado. Y, si piensas que es porque quiero cuidarte y asegurarme de que estás bien, entonces piensas demasiado bien de mí. Te quiero desnuda a mi lado, tu cuerpo apretado contra el mío, aunque aún no pueda tenerte.

Con una declaración así, ¿cómo podía negarme? Así que respiré hondo y asentí.

—Bien. Entonces vamos arriba. Mi abuela nos espera para comer, y antes te quiero un rato solo para mí.

Dijo que había reservado a una *suite,* pero no mencionó que era la *suite* presidencial. Nuestra habitación ocupaba toda la planta superior del hotel. Tenía vistas de la cordillera desde el suelo hasta el techo, un piano de cola, una mesa de comedor para al menos una decena de comensales y un ascensor interior que te llevaba al dormitorio principal del segundo piso.

—Santo cielo. —Me acerqué a las ventanas—. Creo que no quiero saber lo que cuesta esta habitación.

Beck se acercó por detrás. Me apartó el pelo y me besó el hombro.

—No importa. Tú lo vales.

Me giré y le rodeé el cuello con los brazos.

—Gracias. Y no me refiero a que lo dejaras todo y vinieras al hospital, ni a que te hayas gastado un dineral en esta habitación de locos. Me refiero a gracias por ser tú y, de algún modo, saber siempre cuándo presionar y cuándo retirarte.

Deslizó sus manos por mi columna vertebral.

—Ven. Vamos a arriba, a la cama, tenemos un par de horas antes de comer. El médico ha dicho que necesitas descansar.

Enarqué una ceja.

—Descansar no es lo que suele ocurrir cuando estamos juntos en una cama.

—Confía en mí —gimió—. No será fácil.

Pero incluso el mero hecho de vestirme y salir del hospital para venir a esta elegante habitación me había agotado. Me rodeó con los brazos y me abrazó tan fuerte que parecía que ya no tuviera ninguna preocupación. O tal vez sí, pero él me sostenía mientras yo me tomaba un descanso de todo. Me dormí casi de inmediato. Cuando desperté, él ya no estaba a mi lado. Lo oí hablar a lo lejos y me apoyé en los codos para escuchar.

—Muy bien, genial. Y ponte en contacto con Phillip Matthews. Es el director general del Sloan Kettering. Su hija tiene una empresa de suministros médicos. Su padre fue uno de los inversores. La ayudé a comerse a sus dos mayores competidores hace unos años. Su padre es un buen tío. Agradeció todo el trabajo que hicimos y me dijo que, si alguna vez necesitaba algo, no dudara en llamarlo. Necesito cobrar ese favor ahora. Intenta concertarme una llamada y yo me encargo del resto.

Hubo silencio por un momento, luego…

—Aún estoy trabajando en cuándo podré llevarla de vuelta. Os mantendremos informados. Y buen trabajo al conseguir una consulta con ese doctor del Reino Unido. Espero hablar con él mañana.

Cerré los ojos. Debería haber sabido que Beck no se rendiría con tanta facilidad. Era una persona demasiado decidida para aceptar que no había manera de curarme. Me había engañado a mí misma al creer que él aceptaba que yo no quería recibir más tratamientos, porque así no tendría que alejarlo otra vez. Pero nunca lo haría. Me recosté y me quedé mirando el techo.

Creía que renunciar a mis sueños y esperanzas de futuro era lo más difícil que había tenido que hacer nunca, pero dejar ir a Beck podría ser más difícil. Se me llenaron los ojos de lágrimas y sentí que me pesaba el pecho.

Beck volvió al dormitorio diez minutos después. No llevaba camiseta, y me dolía pensar que ya no podría recorrer con los dedos los picos y los valles de sus abdominales.

Sonrió.

—Estás despierta. ¿Cómo te sientes, dormilona?

Estiré los brazos por encima de la cabeza y fingí que no había oído su conversación.

—Bien. ¿Dónde estabas?

—Tenía algunas llamadas de trabajo que atender.

Forcé una sonrisa.

—Ah, vale. ¿A qué hora es el almuerzo con Louise?

—Le he dicho que le escribiría cuando estuvieras lista.

—Vale. —Aparté las sábanas—. Me voy a dar una ducha.

—¿Quieres compañía?

Sacudí la cabeza.

—Hoy no.

Dejó de sonreír, pero se lo tomó con calma.

—Deja la puerta un poco abierta para que pueda oír si necesitas algo, ¿vale?

—Gracias.

Empecé a llorar la pérdida de Beck en la ducha, antes incluso de haber ideado un plan para perderlo. Una enorme sensación de vacío se apoderó de mí cuando el agua caliente se deslizó por mi cuerpo. Las lágrimas se me atascaron en la garganta, pero me negué a dejarlas salir, a permitirme llorar. Ya había llorado a mares. Pero lo más importante era que Beck había aprendido a leerme bien. Y no quería explicarle lo de los ojos hinchados y la cara roja, así que, de alguna manera, me contuve.

Aunque estaba más observador que nunca. Para un hombre que podía llevarse a casa a otro bebé de la guardería y tener en su apartamento al perro equivocado durante dos días, en esos momentos no se le escapaba nada.

—¿Estás bien? —me preguntó cuando por fin salí del baño, casi una hora después. Me había secado el pelo, pero no tenía fuerzas para maquillarme.

—Bien, solo estoy cansada. Mi batería se agota mucho más rápido de lo normal, incluso después de una buena carga.

—Bueno, era de esperar. Tu cuerpo necesita tiempo para curarse. Le he dicho a Louise que nos encontraríamos abajo, en el restaurante del hotel, a la una, pero podemos pedir algo en la habitación para los tres si no te apetece bajar, o incluso cancelarlo todo.

—En realidad... ¿te importaría que almuerce con Louise a solas?

Se le descompuso el rostro.

—Lo siento, no quería ponerte triste. Pero tengo ganas de verla, y será más honesta conmigo sin ti presente. Quiere protegerte.

Beck frunció los labios.

—Por supuesto. Lo que quieras.

—Te traeré algo para comer.

Sacudió la cabeza.

—No te preocupes. Pediré algo al servicio de habitaciones. Tengo trabajo que hacer, de todos modos.

Apreté los labios contra los suyos.

—Gracias por entenderme. No tardaré mucho.

Abajo, en el restaurante del hotel, Louise esperaba. Sonrió y se levantó cuando me acerqué a la mesa.

—Por fin puedo darte un abrazo de verdad. Todos esos malditos cables y monitores estaban siempre en medio.

Abracé a mi amiga. En ese momento, ninguna de las dos sabía cuándo un abrazo podría ser el último, y yo quería que fuera uno bueno.

Louise tenía los ojos húmedos cuando por fin nos soltamos.

—Bueno, lo hemos vuelto a hacer, señorita —dije—. Hemos desafiado al destino.

Asintió.

—Perra mala nunca muere.

Me reí entre dientes mientras nos sentábamos.

Louise levantó la servilleta de tela de la mesa y se la puso sobre el regazo.

—Creía que Beck comería con nosotras.

—Sí, quería venir, pero le he pedido que nos dejara almorzar solas.

—¿Ya te pone de los nervios? Siempre ha sido un mandón.

Sonreí. Su lado mandón era una de las cosas que me gustaban de él.

—Quería saber cómo estabas. Cuando estuviste en el hospital, me afectó mucho. Al hacer nuestras travesuras, es fácil fingir que no vivimos en un tiempo prestado. Pero el hecho de ver a tu amiga en el hospital, conectada a todo tipo de máquinas, nos hace enfrentarnos a nuestro futuro de una forma realmente alarmante.

—Sé a lo que te refieres. No ha sido fácil ver a una joven tan vibrante, con toda la vida por delante, yacer allí y saber lo enferma que está… —Louise sacudió la cabeza—. Ha sido mucho más difícil de lo que había imaginado. En todo caso, la experiencia me ha hecho comprender mejor cómo se siente mi nieto. Porque, si no estuviera pasando por lo mismo que tú al mismo tiempo, no estoy segura de si no pensaría también que deberías luchar por vivir más. No me parece justo que esto sea todo lo que recibas. Incluso yo he podido disfrutar de casi ochenta años.

Me acerqué a ella y le apreté una mano.

—Por eso tenemos que aprovechar al máximo el tiempo que nos queda. Creo que estaré bien para ir a ver a Charles mañana.

—No necesito ver a Charles ahora. Ya le he dicho que podríamos acercarnos en unos días, cuando vuelva a Nueva York. Incluso yo creo que necesitas descansar más de un día.

—No, puedo ir…

—Ya lo he cancelado. De todos modos, ya no me apetece.

—Lo siento. —La miré a los ojos—. Mi fin está a la vuelta de la esquina, Louise. El infarto fue una advertencia. Volveré a California antes de lo previsto, para estar con William hasta el final. Es lo único que me ha pedido, que le deje cuidar de mí cuando llegue el momento. —Tragué saliva—. Ya casi es la hora.

—Oh, cariño… —Louise se levantó de la silla y me abrazó otra vez. Las dos llorábamos cuando se sentó de nuevo—. Esto es una mierda —declaró.

La forma en que lo dijo me hizo reír. Me limpié las lágrimas de las mejillas.

—Eres la única persona en el mundo que puede hacerme reír mientras le digo que no creo que me quede mucho tiempo de vida.

—Considero un honor ser esa persona para ti, Eleanor.

El camarero se acercó a tomar nota de nuestro pedido, y la interrupción nos ofreció la tan necesaria ligereza. Apenas habíamos mirado el menú, de modo que pedí una ensalada, más que nada por costumbre.

Louise me detuvo.

—¿De verdad te gusta más esa comida de conejo que las costillitas de cerdo o los macarrones con queso al horno?

Me encogí de hombros.

—No, pero trato de mantener un equilibrio y comer algo saludable en el almuerzo y lo que quiera en la cena.

—Yo diría que ahora mismo deberías dejar de preocuparte por comer sano y disfrutar de cada comida.

Miré al camarero.

—¿Puede cambiar mi pedido a macarrones con queso al horno?

Sonrió.

—Por supuesto.

Le tendí el menú para que lo cogiera.

—Ahora que lo pienso…, ¿puedo pedir también las costillitas?

—Esa es mi chica —me animó Louise.

Estaba claro que comía más con los ojos que con el estómago, porque no pude terminar ninguno de los dos platos. Pero ambos estaban deliciosos, mucho mejor que un bol de lechuga.

Cuando el camarero trajo la cuenta, decidí contarle a Louise cómo iban las cosas entre Beck y yo.

—Louise, tu nieto me importa de verdad.

—Estoy bastante segura de que él siente lo mismo. Hace mucho tiempo que ese hombre no abre su corazón a nadie.

Suspiré.

—Ese es el problema. Nunca quise que lo nuestro ocurriera, que él saliera herido.

—El amor no se puede planear.

—No, desde luego que no. Y, en otra vida, estaría encantada. Me sentí atraída por Beck desde el momento en que nos conocimos, pero me he enamorado del hombre que hay debajo de toda esa pompa y arrogancia. No es lo que esperaba cuando lo conocí. Bajé la guardia porque pensé que era algo seguro, un hombre del que nunca me enamoraría.

Louise sonrió.

—Algunos hombres son lobos con piel de cordero. Mi nieto es una oveja disfrazada de lobo.

—Es una analogía muy buena.

—Lo conozco bien. No deja entrar a demasiada gente, pero, cuando lo hace, quiere de verdad. Entrega su corazón y su alma, y todo lo que tiene.

Fruncí el ceño.

—Precisamente por eso tengo que alejarme ahora. No sé cuánto tiempo me queda, pero cada día hará que el final sea más difícil. No quiero que tenga que vernos morir a las dos.

—Te agradezco que te preocupes por él, pero creo que es demasiado tarde para salvar su futuro corazón roto.

—Tal vez, pero algo de tiempo y espacio entre nosotros ayudará.

Louise asintió.

—Apoyaré cualquier cosa que hagas o digas.

—Gracias. Una vez que esté en California, será más fácil. Pero creo que tengo que terminar las cosas con él cuando volvamos a Nueva York.

—No te preocupes. Tienes mi palabra de que velaré por él cuando eso ocurra —me aseguró Louise.

Sonreí con tristeza.

—Y tú tienes mi palabra de que velaré por él. —Miré hacia arriba—. Para siempre.

Capítulo 27

Beck

Odiaba involucrar a mi abuela, pero, después de cuatro días en Nueva York, las cosas entre Nora y yo habían cambiado, de modo que no tuve más remedio que llamar e indagar.

—Hola. ¿Cómo estás?

—Si tuviera cola, la estaría moviendo.

Sonreí.

—¿Algún plan para hoy?

—Beber y pintar. Me muero de ganas.

—¿Qué es eso?

—Es una clase de pintura en la que se bebe vino. Voy con mi amiga Lucille. Encontró un lugar donde el modelo es un hombre desnudo. Vino, un hombre desnudo que no es una ciruela pasa arrugada y mi amiga. No creo que haya nada mejor que eso.

Ahí estaba mi oportunidad.

—¿Lucille? ¿Cómo es que Nora no va contigo? Creo que a ella también le gustaría.

—Tenía otros planes.

—¿Qué planes? —En cuanto las palabras salieron de mi boca, supe que había cometido un error. La abuela se callaría como una tumba cuando se diera cuenta de que husmeaba en busca de información y no solo la había llamado para charlar.

—Esa pregunta es para Nora, no para mí.

Me pasé una mano por el pelo.

—Es difícil hacerle una pregunta a alguien cuando no te devuelve las llamadas.

—Seguro que está ocupada.

—¿Haciendo qué?

—Beck…

—Vale —refunfuñé—. Diviértete con tu hombre desnudo.

—Oh, lo haré. Por supuesto que lo haré.

Después de colgar, mi hermano entró en mi despacho. Aún no le había contado todo lo que había pasado en Utah, ni le había hablado de la salud de Nora.

—Mira, escucha esto… —Como de costumbre, se sentó en mi silla de invitados y se reclinó en ella como si estuviera en Ikea—. Una mujer me llamó a la una de la madrugada hace unas noches y se puso a gritarme.

—¿Qué has hecho?

—Nada. Se había equivocado de número, pero al final hablamos durante cuatro horas.

Sacudí la cabeza.

—Tú estás mal de la cabeza.

—¿Qué? Me maldijo en italiano. Era muy *sexy*. —Mi hermano entrecerró los ojos. Recorrió mi cara con la mirada—. ¿Has adelgazado? Los ojos se te ven muy hundidos.

—Gracias.

—No, en serio. No parece que estés bien. —Miró por encima del hombro hacia la puerta—. ¿Estás enfermo? Porque no quiero contagiarme y perderme mi cita de mañana por la noche con la cascarrabias del teléfono.

Suspiré.

—No, yo no soy el enfermo.

Jake frunció el ceño.

—¿La abuela no está bien? Hablé con ella anoche y parecía estar muy bien.

—No, ella está bien.

—Me he perdido. Entonces, ¿quién está enfermo?

Necesitaba hablar con alguien que no fuera mi abuela. Jake era más joven, y no era la persona más madura del mundo, pero no tenía ni idea de cómo llevar las cosas con Nora, y me vendría bien la opinión de alguien más. Señalé la puerta de mi despacho.

—Ciérrala, ¿quieres?

—¿Te refieres a por fuera?

Eso me hizo sonreír.

—No, lo creas o no, en realidad quiero decir contigo en este lado de la puerta.

—Joder. —Se puso de pie—. El hermano mayor tiene un secreto que compartir conmigo. No creo que haya pasado desde que me mordió el perro del vecino, cuando me pediste que jurara guardar el secreto de que ahora era mitad perro y mitad humano.

Negué con la cabeza.

—Measte con una pierna levantada durante un mes y empezaste a olfatear la mierda. Eres tan crédulo…

Jake cerró la puerta y volvió a su asiento. Entonces, se sentó erguido, tal vez incluso me prestó toda su atención.

—¿Qué pasa? —preguntó—. ¿Todo bien?

No sabía por dónde empezar, así que me lancé.

—Nora no conoció a la abuela porque vivan en el mismo edificio. Se conocieron en una reunión de Vivir Al Final De Tu Vida, un grupo de apoyo del que ambas forman parte.

Frunció el ceño y, unos segundos después, abrió los ojos de par en par.

—¿Nora se está muriendo?

Durante los siguientes veinte minutos, le conté a Jake toda la historia: sus operaciones, su diagnóstico y el infarto que había sufrido en Utah.

—Maldita sea. ¿Y no hay nada que puedan hacer? Es tan joven…

—He consultado a seis médicos, expertos mundiales en su campo. Todos dicen que su única posibilidad es un trasplante de corazón. Pero la espera es larga y la tasa de supervivencia postoperatoria es corta para alguien con su enfermedad. Cuando concerté una cita, esperaba que fuera Nora quien hablara con los médicos, pero es como la abuela. Ha tomado la decisión de disfrutar del tiempo que le queda y de no someterse a más operaciones ni tratamientos.

—Tío… —Jake sacudió la cabeza—. Lo siento mucho. Sabía que te gustaba un montón, y la abuela y ella parecen muy unidas.

Miré a mi hermano a los ojos.

—Nos hemos estado viendo. Estoy enamorado de ella.

—Oh, joder.

Permanecimos en silencio durante unos minutos. Jake necesitaba tiempo para asimilar todo lo que le había contado, y yo, para contener mis emociones.

—De todos modos —añadí—, ahora me ignora. Cuando volvimos de Utah, empezó a alejarse. Cree que no le queda mucho tiempo, y no quiere hacerme daño. Le he dado espacio porque temo que, si no lo hago, me dejará para siempre. Pero no sé cómo gestionar todo esto. Quiero decir, si ella tiene razón y no… —Hice una pausa y tragué saliva—. Si no le queda mucho tiempo, quiero pasarlo con ella.

—Entonces, ¿por qué demonios estás sentado aquí?

—Acabo de decírtelo. Temo que, si insisto demasiado, me cierre la puerta por completo.

—¿Cuándo fue la última vez que la viste?

—Hace cuatro días, cuando el coche la dejó en casa. Intenté que viniera conmigo. Todavía está débil, pero ella quería ir a su casa. La llamé la mañana del día después y me dijo que estaba ocupada poniéndose al día con el trabajo. Al día siguiente fue una excusa diferente. Los últimos dos días ni siquiera me ha devuelto las llamadas. —Me tiré del pelo desde la raíz—. Me estoy volviendo loco.

—Parece que ya ha cerrado la puerta. Entonces, ¿qué tienes que perder si insistes más?

Tenía razón. Asentí con la cabeza.

—¿Sabes lo que pienso?

—¿Qué?

—Eres mucho más inteligente que yo. Sabes que lo único que puedes hacer es presionar. Pero tienes miedo de que, si lo haces y ella sigue sin ceder, sea el final. Si te quedas aquí lamentándote, no tienes que enfrentarte a esa posibilidad. Puedes fingir que no se ha acabado.

«Joder». Tenía razón. Por supuesto que sabía lo que tenía que hacer. Pero era demasiado cobarde porque temía que ella confirmara mi peor temor: que todo había terminado.

Mi hermano me miró a la cara y luego esbozó una gran sonrisa.

—Te has dado cuenta de que tengo razón, ¿verdad?

—Cállate.

Se rio entre dientes.

—Me tomaré eso como un sí.

Se inclinó hacia delante. Su rostro se volvió solemne.

—Lo siento, tío. Me alegraba ver que te interesaba alguien de verdad. Si hay algo que pueda hacer, dímelo. Te ayudaré más con la abuela y así tendrás tiempo para estar con Nora. Tú eres el nieto de oro y todo eso, pero yo soy más divertido.

—Gracias, Jake.

Al salir, se detuvo en la puerta.

—Entre la abuela y Nora, no será un camino fácil.

Asentí con la cabeza.

—Lo sé. Pero esas dos valen cada día duro que venga por delante, y mucho más.

Estaba de pie fuera de la casa de Nora, mirando los nombres bajo los timbres. Por suerte, Google sabía dónde vivía, porque yo no. La piedra rojiza del West Village parecía más apropiada para ella que el rascacielos de mi abuela.

Sacudí las manos y respiré hondo unas cuantas veces para tranquilizarme. Siempre había odiado las visitas sin avisar y no recordaba habérselo hecho nunca a nadie de adulto, pero había llamado a Nora dos veces más después de la charla con mi hermano, y no me había dejado otra opción. Ni siquiera sabía si estaría en casa. Peor aún, no estaba seguro de que, si estaba, me dejara entrar.

No obstante, pulsé el timbre del 2.º D. Un torrente de adrenalina me recorrió las venas mientras esperaba.

—¿Hola?

Dejé escapar un suspiro, aliviado.

—Soy Beck.

—Oh. Mmmm… Vale. —Sonó un timbre y la puerta exterior se abrió. Nora me esperaba en el segundo piso con la puerta de su apartamento entreabierta.

Sonreí.

Ella no.

—Lo siento —me disculpé—. Yo también odio cuando la gente se presenta sin avisar. Pero no me has devuelto las llamadas.

Suspiró.

—He estado ocupada.

No se movió de la puerta cuando llegué al final de la escalera.

—¿Puedo pasar?

Dudó, pero al final asintió.

Nada más entrar a su apartamento, me quedé helado. Su cocina estaba llena de cajas de cartón.

—¿Qué es todo esto?

Bajó la mirada.

—Estoy haciendo las maletas. He adelantado la fecha de mi mudanza.

—¿A cuándo?

No me miraba, por lo que supe que la respuesta me apuñalaría en el corazón.

—Al lunes.

—¿Este lunes? ¿Dentro de tres días?

Asintió.

Sentía que no podía respirar.

—¿Pensabas decírmelo siquiera?

—Por supuesto que sí.

—¿Cuándo?

Seguía con la mirada baja.

Estaba tan enfadado y dolido que me costó contenerme. Le agarré las mejillas y la obligué a levantar la cabeza hasta que nuestros ojos se encontraron.

—¿Cuándo, Nora? ¿Cuándo pensabas decírmelo? ¿Después de que te fueras? ¿Me habrías enviado una puta postal?

Sus ojos se llenaron de lágrimas.

—No lo sé. Todavía no lo había decidido.

—¿Por qué? ¿Por qué te vas tan pronto?

—Ese siempre ha sido el plan. Lo sabías desde el principio.

—Pero ¿por qué te vas antes?

—Porque ya es la hora. —Las lágrimas rodaron por su cara y dejaron un rastro—. Le prometí a mi padre que volvería para el final.

—Pero no tiene por qué ser el final, Nora. He hablado con los médicos y tienes una oportunidad. Al menos entra en la lista.

Nora dio un paso atrás. Mis manos se deslizaron por sus mejillas.

—Deberías irte, Beck.

—No.

—Por favor, Beck. Todo esto ya es bastante difícil.

Caí de rodillas ante ella. Me resbalaban lágrimas por la cara.

—Nora, por favor. —Se me quebró la voz—. Solo acepta que te añadan a la lista. Si no quieres hacerlo por ti, hazlo por mí. Hazlo por Louise. Hazlo por William.

Ella negó con la cabeza.

—Vete, por favor.

—Nora, por favor. Conseguiré los mejores médicos, el mejor cirujano. ¿Es legal comprar un corazón en alguna parte? Ni siquiera me importa. Te compraré uno en el mercado negro si es necesario, pero no me abandones. Haré lo que quieras —supliqué—. *Por favor, cariño.*

Rompió a sollozar. Me mataba ser el causante de su dolor, pero no veía otra forma de salir adelante. Aunque tampoco podía quedarme a medio metro y ver cómo se derrumbaba. De modo que la envolví en un abrazo. Forcejeó unos segundos, pero luego se rindió y casi se desplomó en mis brazos. Sus hombros temblaron y la habitación se quedó en un silencio inquietante. Sabía exactamente lo que se avecinaba. Pero eso no me sirvió para prepararme para ello. El silencio se rompió con el sonido más atroz que había oído en toda mi vida. Era más que un lamento; era el desgarrador derrame de una agonía pura. Igual que el tono adecuado es capaz de hacer añicos el cristal, mi corazón se rompió en mil pedazos.

—No llores, Nora. Te quiero. Por favor, no llores.

Pero no paró. Y yo tampoco. Estuvimos de pie en la cocina durante una eternidad, llorando a lágrima viva. Al final, nuestros llantos se redujeron a mocos y los temblores de nuestros cuerpos se calmaron. Me sentía un puto egoísta.

—Siento haberte disgustado. Pero no sé cómo seguir adelante. —Me obligué a mirarla a los ojos, llenos de dolor—. Lo siento, Nora.

Tragó saliva y se aclaró la garganta.

—¿Decías en serio que harías lo que yo quisiera?

—Por supuesto.

Nora me miró a los ojos.

—Entonces necesito que me dejes marchar.

Capítulo 28

Nora

—Tu pulso es lento, pero eso es de esperar en esta etapa de tu enfermedad y después de lo que ocurrió el mes pasado. Esa es probablemente la razón por la que te sientes un poco floja —explicó el doctor Hammond—. Bueno, eso y la niebla tóxica de Los Ángeles.

Sonreí.

—Vale.

—¿Cuánto tiempo ha pasado desde el infarto?

—Mañana hará seis semanas.

El doctor Hammond garabateó notas en mi nuevo historial clínico. Cuando terminó, lo cerró y me miró con una sonrisa en la cara.

—La verdad es que eres la viva imagen de tu madre.

—Mi padre dice lo mismo.

—¿Cómo está tu padre?

—Bien. Se comporta como si todo fuera normal, pero sé que tiene que ser duro para él ver a alguien que se parece a mi madre pasar por lo que ella pasó.

El doctor asintió.

—Seguro que sí.

Había sido el cardiólogo de mi madre cuando yo era niña. A pesar de que no recibía ningún tratamiento, necesitaba renovar la docena de medicamentos que tomaba para poder seguir respirando. Pensé que sería más fácil acudir a alguien familiarizado con mi enfermedad. No todos los cardiólogos tienen experiencia con ella, porque es muy rara.

—Todo lo demás se ve bien. Tus pulmones están limpios, la presión sanguínea es estable con la ayuda de los medicamentos que tomas y tu electrocardiograma no ha cambiado respecto al último que envió tu médico de Nueva York.

—Genial.

—Puedes volver a tus actividades normales. Haz poco ejercicio y ten cuidado de no quedarte sin aliento. También puedes reanudar la actividad sexual y volver al trabajo.

La mención al sexo me hizo sentir un vacío en el pecho. Habían pasado quince minutos desde la última vez que había pensado en Beck.

—Vale, gracias.

—Y te veré dentro de tres meses para valorar si necesitamos algún ajuste en la medicación.

«Tres meses».

Últimamente, cada referencia a una fecha en el futuro flotaba en el aire. ¿Seguiría por aquí entonces?

Cuando llegué a casa, mi padre aún no había vuelto del trabajo. Había dejado la colada en la secadora, de modo que la doblé y luego fui a su habitación a guardarla. Miré a mi alrededor. No había cambiado mucho desde que yo era niña: los mismos muebles de nogal oscuro, las mismas persianas blancas de madera, incluso un albornoz marrón fuerte colgado detrás de la puerta que daba al pequeño cuarto de baño anexo. Encima de la cómoda había fotos enmarcadas que no habían cambiado en veinte años. Cogí la primera que me llamó la atención. Era una foto de mi madre riéndose, tomada el día de su boda con William. Llevaba una pequeña corona de perlas sobre la cabeza, pero no el velo que había lucido todo el día, porque era el final de la recepción. Tenía tarta por toda la cara. Revisé su álbum de boda decenas de veces después de la muerte de mamá. Había fotos de ellos cortando una tarta de tres pisos y de mamá aplastando un trozo gigante contra la cara de papá.

Se me llenó la garganta de lágrimas al mirar la foto. Así que la dejé en la cómoda y cogí otra. Se veía a mamá y William paseando por la playa, y a mí con dos años sobre los hombros de William. Parecían muy felices. Crecer sin madre no fue fácil, pero me alegraba que hubiera podido tener una familia, aunque solo fuera por un tiempo. Yo siempre había soñado con tener varios hijos, probablemente porque crecí siendo hija única. Pero el destino quiso que no fuera así.

—Te measte en mi cuello ese día. —La voz de papá me sobresaltó. No lo había oído entrar. Se apoyó en la puerta del dormitorio con aire despreocupado y una sonrisa en el rostro.

—Yo no…

—Sí, sí que lo hiciste. Íbamos caminando y, de repente, sentí calor. Al principio pensé que era sudor. Aquel día hacía mucho calor.

—¿Por qué no lo habías mencionado antes?

Papá se encogió de hombros.

—No estoy seguro. Supongo que nunca hemos hablado de esa foto. Pero solo tenías dos años y medio y habías empezado a ir sin pañal antes de tiempo. No fue para tanto. Me metí en el agua a nadar y después terminamos nuestro paseo.

Me quedé mirando la foto unos segundos más antes de dejarla otra vez en su sitio.

—¿Puedo preguntarte algo, papá?

—Lo que quieras.

—¿Has salido con alguien desde que mamá murió?

Asintió con la cabeza.

—Alguna que otra vez. Es agradable tener compañía de vez en cuando, ir al cine o a un restaurante.

Sonreí.

—Me alegro.

Había pensado mucho en la muerte de mi madre desde que había vuelto a casa, pero también me había preguntado por las secuelas de William. Yo era muy pequeña cuando sucedió. No recordaba cómo había sido para él.

—Debió de ser duro para ti después de la muerte de mamá…

Papá entró en la habitación. Tomó asiento en el borde de la cama y dio unos golpecitos en el colchón, a su lado.

—¿Qué es lo que realmente te preocupa, cariño?

—¿Qué quieres decir?

Me dio un golpecito con un dedo en la sien.

—Has estado deambulando, perdida en tus pensamientos desde que llegaste. Sé que lo que te ocurre es serio y es mucho con lo que vivir, pero hay algo más. Lo noto.

Apoyé la cabeza en el hombro de mi padre.

—Siempre se te ha dado muy bien saber qué pienso.

—¿Es por ese tipo del que me hablaste, Beck?

Suspiré.

—Lo echo mucho de menos.

—Pues ve a verlo. O que venga él. Tenemos mucho espacio. Creo que estoy listo para abolir la política de puertas abiertas en las habitaciones cuando un chico venga a casa.

Sonreí.

—No puedo. No quiero que sea más difícil para él.

Papá se movió y me miró.

—¿Más difícil para él? Por favor, no me digas que te alejas de un hombre que se preocupa por ti porque crees que eso lo ayudará a recuperarse con más facilidad algún día.

No respondí, y papá sacudió la cabeza.

—Nora, aceptaría toda una eternidad de tristeza por un minuto más con tu madre. La vida no es una ecuación matemática fácil de resolver. A veces, cuarenta y dos días buenos pesan más que cientos de días malos.

—Lo sé, pero, si mamá y tú nunca os hubierais enamorado, es probable que ahora estuvieras casado y tuvieras a alguien que te hiciera compañía. Habrías vivido tu vida con más plenitud.

—Y, si pudiera repetirlo todo de nuevo, si hoy pudiera elegir pasar cuatro años con tu madre y algo de soledad en los años siguientes o ningún año con tu madre, pero nunca estar solo, elegiría a tu madre. Ni siquiera tengo que pensarlo. La elegiría siempre. Tu madre fue el amor de mi vida. No todo el mundo tiene la suerte de encontrar a la persona. Yo la tuve, y por eso me siento afortunado, no me arrepiento.

—Oh, papá… —Se me llenaron los ojos de lágrimas, le eché los brazos por los hombros y lo abracé—. Tu amor por mamá ha sido una inspiración para mí. Es precioso.

—Entonces, deja que la inspiración guíe tus acciones, cariño.

—No puedo. Lo nuestro es diferente. Ya estabas casado con mamá y enamorado de ella cuando enfermó la última vez. Fue demasiado tarde para ti. Pero no es demasiado tarde para Beck.

Mi padre negó con la cabeza.

—Me enamoré perdidamente el día en que conocí a tu madre. —Me acarició el pelo—. Has tomado decisiones muy difíciles y esperabas que todo el mundo las respetara. Pero no permites que Beck tome su decisión. Lo has hecho tú por él.

La noche siguiente, a las ocho, mi teléfono sonó. Sonreí al ver el nombre que parpadeaba en la pantalla.

—Hola, Louise. ¿Cómo estás?

—Mi corazón aún funciona, así que supongo que es un buen día. —Percibí en su voz el entusiasmo habitual, pero había algo más. Louise parecía casi sin aliento.

—¿Te cuesta respirar?

—Es la alergia —respondió—. Maddie y yo hemos trabajado hoy en su insignia de jardín. Debe de haber mucho polen en el aire.

—Oh. —Suspiré—. ¿Cómo está Maddie?

—Bueno, hoy ha venido del colegio con un dibujo. Había dibujado a un montón de gente, pero solo se había puesto nombre a sí misma: la princesa Maddie. La profesora le ha dicho que sus deberes eran poner nombre al resto de las personas. Y la he ayudado con eso. He señalado a la persona que había dibujado a su lado. La figura era el doble de grande de la que la representaba a ella, por lo que he supuesto que era su padre. Entonces le he preguntado: «Si eres una princesa, ¿quién puede ser él?». Me ha confirmado que era su padre. Y entonces le he preguntado cuál era su cargo si ella era una princesa: «¿Eso lo convierte en rey?». Se lo ha pensado un buen rato. Y luego ha contestado con cara muy seria: «Eso lo convierte en un sirviente».

—Dios mío.

—Me he reído tanto que casi me he meado encima. Luego la he ayudado a deletrear «sirviente» para que lo escribiéramos como es debido.

Me reí entre dientes.

—Claro que sí. —Me quedé callada durante unos segundos—. ¿Y cómo está Beck?

—Está aguantando —respondió Louise—. Otra vez trabaja demasiado. Cuando no está en la oficina o con su portátil, suele estar deprimido. Creo que te echa de menos más de lo que admite.

El sentimiento era mutuo.

—Siento que sufra, Louise.

—No necesitas disculparte, cariño. Lo comprendo. —Empezó a toser, una tos seca que duró un buen rato.

—Eso no suena bien, Louise.

—Solo es la alergia.

—Quizá. Pero, si no mejora por la mañana, creo que deberías ir a que te vea un médico.

Cambió de tema sin darme la razón.

—He recibido un correo electrónico de Frieda, nuestra amiga de las Bahamas. Me ha dado la receta de las galletas dulces que nos gustaron cuando estuvimos ahí, se llaman Johnny Cakes. Tienes que probarlas. Te enviaré la receta por correo electrónico.

Sonreí.

—Vale, lo haré.

Hablamos durante media hora más, pero, cuando la llamada estaba a punto de terminar, parecía que Louise había corrido una maratón.

—Realmente creo que necesitas que te revisen ese jadeo —declaré.

—Ya veremos. Tengo cáncer de pulmón, ya sabes.

—Quizá solo necesitas algo simple, como un inhalador nuevo.

Era difícil presionar a alguien para que fuera al médico cuando tú misma no querías recibir ningún tratamiento. Pero hice lo que pude. Después de despedirnos, estaba a punto de deslizar un dedo para terminar la llamada, pero escuché a Louise gritar mi nombre.

—¡Eleanor!

Me acerqué otra vez el teléfono a la oreja.

—¿Sí?

—Ninguna de las dos sabe cuándo será la última vez que hablemos, así que solo quería decirte que te quiero.

Tragué saliva.

—Yo también te quiero, Louise.

A la mañana siguiente, decidí dar un paseo por la playa. No lograba quitarme de encima la melancolía que sentía desde que me había marchado de Nueva York, de modo que esperaba que un poco de sol y mar me ayudaran. Caminé unos kilómetros antes de toparme con un montón de rocas. Era hora de volver, pero decidí sentarme un rato.

Me quedé mirando el océano Pacífico y cerré los ojos. Me obligué a pensar en todas las cosas buenas que tenía en mi vida mientras escuchaba el mar chocar contra las rocas. Era algo que solía ayudarme, pero en aquel momento no podía deshacerme de la sensación de muerte inminente. Después de unos minutos, me levanté y me puse a caminar de nuevo. Cuando casi había llegado al punto de partida, mi teléfono sonó; era una llamada con el prefijo de Manhattan. No reconocí el número, pero contesté de todas formas.

—¿Hola?

—Hola. ¿Nora?

La voz me resultaba familiar, pero no la reconocí.

—¿Sí?

—Soy Jake Cross.

Me detuve en seco.

—Hola, Jake. ¿Qué tal estás? ¿Todo bien?

Se quedó callado el tiempo suficiente para que mi corazón se acelerara.

—¿Jake?

—La abuela ha tenido otro ataque, Nora. Uno de los malos.

—Oh, no. —Me agarré el pecho.

—No está bien. Los médicos dicen que no hay función cerebral. Básicamente, la mantienen con vida para que podamos despedirnos. Lo haremos esta noche, si ella no…, ya sabes. El cura dirá unas palabras y luego…

Las lágrimas corrían por mis mejillas.

—Dios mío. Lo siento mucho…, de verdad.

—Gracias. Sé que las cosas entre tú y Beck son… lo que sean, pero he pensado que tal vez querrías venir, y así poder despedirte y estar aquí con él. Y con ella.

—¿Crees que Beck estará de acuerdo con eso?

—No creo que esté en condiciones de saber lo que necesita. La encontró él. Ni siquiera sabe que te he llamado, Nora. Está hecho un desastre, y he pensado… —Soltó una bocanada de aire en el teléfono—. No sé lo que he pensado. Pero he sentido que debía llamarte.

—Me alegro de que lo hayas hecho. ¿En qué hospital está?

—Lenox Hill.

Asentí con la cabeza.

—Haré lo posible por llegar.

Capítulo 29

Nora

Beck parpadeó cuando levantó la vista y me encontró de pie en la puerta.

—¿Nora? ¿Qué haces aquí?

Sonreí con tristeza y desvié la mirada hacia su hermano, que estaba sentado en el lado opuesto de la cama.

—Me ha llamado un pajarito.

Beck se pasó una mano por el pelo.

—No lo sabía.

Me acerqué y abracé primero a Jake, y luego fui al otro lado de la cama. Hubo un momento de incomodidad, pero luego Beck me permitió abrazarlo.

—Lo siento mucho, Beck.

—Bajo a por café —anunció Jake—. ¿Queréis algo?

—No, gracias —respondí. Beck negó con la cabeza.

Cuando nos quedamos los dos solos, miré los monitores.

—¿Ha habido algún cambio desde esta mañana, cuando Jake me ha llamado?

—No.

Fijé la mirada en mi amiga.

—Parece estar en paz.

Beck asintió.

—Así es. —Movió la cabeza y me sostuvo la mirada—. ¿Qué tal por California?

Forcé una sonrisa.

—Hace sol.

—¿Cómo te encuentras?

—Bastante bien.

Asintió de nuevo. Pasaron unos largos minutos durante los cuales miramos a Louise.

—Cuando murió mi madre —comentó Beck en voz baja—, tenía mucha rabia contenida. No quería hablar de ello, así que mi forma de desahogarme fue peleándome. En dos meses, me metí en cuatro peleas a puñetazos después del colegio. La abuela decidió que necesitaba una válvula de escape. La mayoría de la gente apunta a sus hijos a kárate o a clases de boxeo para canalizar su ira. —Sacudió la cabeza y sonrió—. Pero la abuela no. Ella trajo a casa un tocón de árbol, un martillo y clavos. Ahora que lo pienso, ni siquiera sé de dónde sacó aquel enorme tocón, debía de tener un metro de diámetro, ni cómo lo subió a nuestro apartamento del centro de Manhattan. Pero me dijo que, si me despertaba enfadado otra vez, cogiera un clavo de la caja y lo clavara en el tocón hasta que me sintiera mejor. Creo que usamos tres o cuatro cajas grandes de clavos. Pero al final dejé de martillear. Un día volví del colegio y ya no había ningún clavo en el tocón. La abuela me sentó junto a ella y me hizo pasar el dedo por los agujeros. Me dijo que eso es lo que pasa cuando descargas tu ira en los demás: dejas cicatrices. Y las de la gente no desaparecen con tanta facilidad. Esta mañana no contestaba al teléfono, por lo que he ido a ver cómo estaba. Creo que era consciente de que esto sucedería, porque, cuando la he encontrado, había un tarro lleno de clavos oxidados en su mesita de noche, y una nota debajo: «Por si los necesitas de nuevo». —Los ojos de Beck brillaron—. No hay suficientes clavos en el mundo para ayudarme a superarlo.

—Oh, Beck. —No pude contener las lágrimas. Entrelacé mis dedos con los suyos y apreté—. La conozco desde hace poco, pero ha tenido una gran influencia en mi vida. No me imagino lo difícil que es para ti.

—Me alegro de que hayas venido —susurró—. Ella habría querido que estuvieras.

Apoyé la cabeza en su hombro.

—Yo también me alegro de haber venido.

Sonrió a pesar del dolor grabado en su rostro y miró a Louise.

—Los médicos y las enfermeras parecen sorprendidos de que haya aguantado tanto. Ahora sé por qué.

—¿Por qué?

—Te esperaba.

Menos de una hora después de mi llegada al hospital, a las 22.04 horas, Louise May Aster falleció. Los médicos no tuvieron que intervenir, la respiración de Louise simplemente se ralentizó, hasta que ya no le quedó más y nos dejó.

La enfermera sugirió que nos despidiéramos de uno en uno. Yo entré primero, y Beck y Jake esperaron fuera.

Recé una pequeña oración y luego le cogí una mano mientras le hablaba.

—La muerte acaba con una vida, no con una amistad. Así que espero encontrarte esperándome al otro lado, metida en un traje para saltar en paracaídas atado a la espalda, lista para nuevas aventuras. Te quiero, Louise.

Jake fue el siguiente. Beck y yo miramos a través del cristal cómo hablaba un rato, luego se inclinó y besó a su abuela en una mejilla, y entonces salió.

Sabía que para Beck no sería fácil. Era un hombre grande y fuerte, alguien a quien no imaginabas perdiendo el control. Pero lo hizo. Y sentí su dolor en el pecho mientras miraba a través del cristal. Le temblaban los hombros, pero parecía que intentaba contenerse, serenarse, pero perdió la batalla, y todas sus emociones escaparon. Se inclinó y abrazó durante largo rato el cuerpo de su abuela mientras sollozaba. Cuando por fin se levantó y salió, me sentí tan destrozada como él.

—Joder. —Jake tiró de su hermano para darle un abrazo, y Beck apenas fue capaz de corresponderlo. Cuando se separaron, fue mi turno. Rodeé a Beck con los brazos y lo abracé. Intentó zafarse a los pocos segundos, pero me negué a permitírselo. Al final cedió, y de repente lloraba de nuevo, con todo su peso apoyado en mí.

Lo abracé como si nuestras vidas dependieran de ello, hasta que fue imposible saber de quién eran las lágrimas que se habían derramado por el suelo, porque los dos habíamos llorado mucho.

—¿Qué puedo hacer? —Me eché hacia atrás y utilicé una manga de mi camisa para limpiar las lágrimas de sus mejillas—. ¿Quieres dar un paseo? Tal vez el aire fresco te ayude.

Beck miró al suelo y sacudió la cabeza.

—¿Tal vez una copa?

—Estoy bien.

—No, no lo estás, Beck. Déjame ayudarte. ¿Qué necesitas?

Mantuvo la cabeza gacha durante mucho tiempo. Cuando levantó la vista, tenía los ojos inyectados en sangre e hinchados.

—Ayúdame a olvidar —respondió.

Habíamos cerrado el círculo. Era lo que le había dicho la primera vez que estuvimos juntos, y esa sería la última. Asentí y le cogí una mano.

—Olvidemos juntos.

El apartamento de Beck estaba a oscuras cuando entramos. No encendió las luces. En lugar de eso, apretó sus labios contra los míos cuando aún estábamos en el vestíbulo. Había permanecido en silencio de camino a casa, y lo único que yo quería era que se sintiera mejor. Así que, cuando nuestro beso se rompió, me puse de rodillas. Beck me sorprendió al levantarme.

—Así no. No quiero una solución rápida. Quiero hacerte el amor.

Di un paso atrás.

—Beck…

Se acercó a mí.

—Sé lo que estás dispuesta a darme. No te pido más. Solo quiero darte todo lo que tengo.

—Oh, Beck.

Me tendió una mano. Dudé, pero no podía negarle lo que necesitaba. Aunque me rompiera el corazón aceptarlo y al final marcharme de todos modos. Así pues, lo cogí de la mano y lo seguí hasta el dormitorio.

Beck no dejó de mirarme mientras me quitaba la ropa. Por la forma en que lo hacía, con tanta intensidad, supe incluso antes de empezar que esa noche sería mi perdición.

Me cogió en brazos, me llevó a la cama y me dejó en el centro en un movimiento lento. Beck acostumbraba a ser dominante, muy orgulloso, pero esa noche se comportaba de un modo diferente. Casi suave. Se subió encima de mí, besó la cicatriz de mi corazón y me miró a los ojos durante mucho tiempo antes de entrar en mi interior. Cuando la metió hasta el fondo, se me cerraron los ojos.

—No. Por favor, mírame.

Los abrí.

La mirada de Beck rebosaba sentimientos.

—Te quiero, joder, Nora. No me importa cuántos días nos queden, o cuánto dolor me cause al final, *nunca* me arrepentiré de amarte.

Nunca me habían dicho algo tan bonito ni me habían mirado de esa manera. Se me llenaron los ojos de lágrimas mientras Beck se deslizaba dentro y fuera de mí sin dejar de mirarme. Había oído las palabras «hacer el amor» mil veces en mi vida, pero hasta ese momento nunca las había entendido. Beck no solo estaba dentro de mi cuerpo, sino también dentro de mi alma.

La habitación se había sumido en un silencio tan denso que solo se escuchaban nuestras respiraciones y el sonido de nuestros cuerpos al chocar. Beck no tardó en tensar la mandíbula y supe que estaba cerca.

—Te quiero —masculló—. Te quiero, joder.

Eso fue todo. No podía aguantar mucho más, por lo que envolví mis piernas alrededor de su cintura y aplasté mis labios contra los suyos. Después de eso, todo se convirtió en un frenesí. Beck aceleró el ritmo, y embestía con fuerza mientras aumentaba la intensidad de sus movimientos. Mi orgasmo me dejó sin aliento cuando llegó. Con los músculos palpitantes, gemí en cada oleada, en cada onda de placer. Beck debió de notar que yo estaba a punto de terminar, porque empezó su propio clímax. Movió la cadera con gestos fuertes y rápidos, y gimió.

Cuando terminé, me sentí agotada por completo: emocional, física y mentalmente. No era capaz de imaginar lo mucho que había sufrido Beck ese día. Sin embargo, él aún se deslizaba dentro y fuera de mí, todavía semierecto.

—Vaya. Eso ha sido…

Beck se inclinó y apretó sus labios contra los míos.

—Hacerle el amor a la mujer a la que amo.

No sabía qué decir, así que asentí.

—Gracias. Creo que no me había dado cuenta de lo mucho que lo necesitaba esta noche.

—¿Solo esta noche?

—Beck…

Sonrió con tristeza.

—Lo sé. Pero ¿podemos fingir por hoy que no huirás de mí cuando amanezca?

Capítulo 30

Beck

—Mirón… —Una sonrisa perezosa se dibujó en el rostro de Nora antes de que abriera los ojos—. ¿Sabes que El Estrangulador de Dormitorio* también solía mirar a sus víctimas cuando dormían?

—¿Quién?

—He visto algunos documentales sobre asesinos en serie.

—Parece un buen uso de tu tiempo en la soleada California. —Rocé sus labios con los míos—. Buenos días.

Nora estiró los brazos por encima de la cabeza.

—¿Qué hora es?

—Un poco más de las once.

Abrió los ojos de par en par y se incorporó sobre los codos.

—¿En serio? No me creo que haya dormido tanto.

—Bueno, son solo las ocho de la mañana en la costa oeste. Es probable que aún no te hayas adaptado.

—Ah, claro. —Asintió—. Es verdad. ¿Cuánto tiempo llevas despierto?

No estaba seguro de haber dormido en toda la noche. Me encogí de hombros.

—Un rato.

—¿Me has mirado todo el tiempo?

* Russell Johnson, conocido como el Estrangulador de Dormitorio *(The Bedroom Strangler* en inglés), fue un asesino en serie canadiense que violó y asesinó a varias mujeres en sus propias casas. *(N. de la T.)*

Me tembló el labio.

—Me he levantado, he preparado café y luego he hablado con mi hermano sobre los detalles del funeral.

—Oh. —Se dejó caer en la cama y se puso de lado, con las manos bajo una mejilla—. Louise… ¿te habló de lo que quería?

—No, no lo hablamos. Pero nos dejó una carta a Jake y a mí. Dice que no quiere velatorio. Cree que son morbosos. En su lugar, quiere que hagamos una fiesta de celebración de la vida en el primer aniversario de su muerte. —Negué con la cabeza—. Creo que sabía que le haría pasar un mal rato si me contaba todo esto, de modo que se lo guardó para cuando ya no pudiera discutir.

Los labios de Nora se curvaron en una sonrisa pícara.

—Justo por eso no te lo contó.

—Así que ¿lo sabías?

Asintió.

—¿Cumplirás sus deseos?

—Por supuesto. ¿Qué otra opción me queda? Aunque siento que tengo que hacer *algo*. Pero aún no sé el qué.

—Ya se te ocurrirá. —Se tapó la boca y arrugó la nariz—. Necesito un cepillo de dientes. Y un café después. ¿Hay más?

Me preocupaba que, en cuanto abriera los ojos, saliera corriendo por la puerta. Pero no parecía que tuviera prisa. Todavía no.

—Acabo de poner una cafetera. Extra fuerte, como a ti te gusta.

—Gracias.

—¿Ya tienes reservado el vuelo de vuelta?

Asintió.

—A las nueve de la noche.

«Genial, solo tengo diez horas para convencerla de que se quede».

Nora se cepilló los dientes y se tomó dos tazas de café, como si fuera la medicina que necesitaba para recuperarse. Después, me preguntó si podía ducharse. Mientras estaba en el baño, me senté en el sofá con un papel que había cogido el día anterior del apartamento de la abuela. Su lista de cosas que hacer antes de morir. Estaba en su mesita de noche, junto al tarro de cristal lleno de clavos oxidados. Ni siquiera sabía por qué me la había metido en el bolsillo, pero la había leído cinco veces desde entonces. En realidad, no era más que una lista de deseos, todos tachados con bolígrafo, menos uno.

«Cataratas Rainbow, en Watkins Glen».

Me entristecía que no hubiera podido terminar su lista; me entristecía que, después de que Nora se mudara de nuevo a California, yo no hubiera tenido tiempo de hacerlo con ella. Lo lamentaba. Pero me había volcado en mi trabajo para enterrar el dolor que me había causado la marcha de Nora y, de manera egoísta, no había vuelto a darme un respiro lo bastante pronto. «Siempre piensas que hay más tiempo...».

Nora salió de la parte trasera de la casa, duchada y vestida. Yo aún tenía la lista en la mano. La observé y luego miré de nuevo el papel, y se me ocurrió una idea que resolvería más de un problema.

—Creo que ya sé lo que voy a hacer para honrar la muerte de la abuela.

—¿Qué?

Levanté la lista que tenía en la mano.

—Terminar esto.

Nora cogió el papel y lo leyó.

—¿Su lista de cosas que hacer antes de morir?

Asentí y me puse en pie.

—Oh, vaya. Creo que es una gran idea, Beck.

Sonreí.

—Me alegro de que lo pienses. Porque quiero que vengas conmigo.

Sacudió la cabeza.

—No es una buena idea.

—¿Por qué no? ¿No estás bien de salud?

—No, estoy bien, pero...

—Fuiste su compañera de aventuras para el resto de las cosas. ¿No te habría gustado terminarla con ella?

—Por supuesto, pero… —Nos señaló con un gesto de una mano y suspiró—. No quiero hacerte daño, Beck.

—¿Por qué me harías daño? Ya he superado lo nuestro.

Entrecerró los ojos.

—¿En serio?

Me encogí de hombros.

—Después de todo, no ha sido tan difícil olvidarte.

—Ah, ¿no? Entonces, ¿qué pasó anoche?

—Necesitaba no pensar durante un rato. Olvidar. Entiendes la necesidad de hacer eso, ¿verdad?

—Me hiciste el amor, Beck. Eso no fue follar.

—Fue un día emotivo.

Me miró de reojo.

—No te creo.

—Eso es porque eres una ególatra.

Abrió los ojos de par en par.

—¿*Yo* soy una ególatra?

—Bueno, crees que es imposible superarte.

Negó con la cabeza.

—Beck…

Apoyé las manos en sus hombros.

—Ven conmigo. Solo son cuatro horas y media de viaje. Podríamos ir un día y volver al siguiente. No nos llevará mucho tiempo. Es lo que siento que tengo que hacer, por mí y por la abuela. Pero creo que tú también deberías terminar esta lista, Nora.

Se mordisqueó el labio inferior.

—Nunca he ido al norte del estado…

—Entonces hagámoslo. Podemos irnos mañana o pasado mañana.

Parecía que lo consideraba.

—No cambiaría nada entre nosotros, Beck. Volvería a California cuando regresáramos.

Me encogí de hombros y mentí entre dientes.

—No será un problema.

Frunció los labios.

—Creo que la abuela se alegraría de que le dedicáramos tiempo a esto —argumenté.

Nora entornó los ojos.

—Eso es jugar sucio. Sabes que no puedo negarme si lo dices así.

Mi sonrisa se extendió de oreja a oreja. No pude evitarlo.

—Empezaré a organizarlo.

Capítulo 31

Nora

—Esta debe de ser una cascada muy especial para entrar en la lista de Louise.

Beck echó un vistazo y volvió a la carretera. Llevábamos unas cuatro horas de viaje.

—Creo que no se trata tanto de la cascada en sí, sino de los recuerdos que creó allí.

—No sabía que ya hubiera estado antes. Hablamos largo y tendido sobre los otros puntos de nuestra lista porque la mayoría necesitaban muchos preparativos. Como este podía hacerse en coche y era un viaje rápido, nunca hablamos de él.

—Watkins Glen era un lugar especial para mis abuelos. Tenían una pequeña cabaña allí, y es adonde nos dirigimos.

—¿En serio? Dios mío. Entonces, ¿por qué Louise no lo puso al principio de su lista?

—Porque no volvió desde que murió mi abuelo. Esparcimos sus cenizas en la cascada. Aunque guarda muchos buenos recuerdos, sospecho que algunos fueron duros. Además, creo que ella pensaba que tenía más tiempo. Yo sí que lo pensaba, al menos.

Suspiré.

—Ya, lo entiendo.

Beck se quedó callado un rato.

—Mi abuelo le propuso matrimonio a mi abuela en la cascada. *Dos veces.*

—¿Dijo que no la primera vez?

Sacudió la cabeza.

—No. Ella aceptó su propuesta las dos veces. Una cuando tenían veintidós años y la segunda cuando tenían sesenta y dos.

—¿Quieres decir que le pidió renovar sus votos?

—Supongo que, técnicamente, eso es lo que hicieron. Aunque mi abuelo pensó que era la primera vez que se declaraba. Tenía alzhéimer precoz.

—Sabía que había muerto de alzhéimer, pero no sabía que lo había padecido tan joven.

Beck asintió.

—Solo tenía cincuenta y ocho años cuando le diagnosticaron la enfermedad. A los sesenta y uno vivía en una residencia porque la abuela no podía vigilarlo las veinticuatro horas del día como él necesitaba. Se escapaba del apartamento en mitad de la noche, mientras ella dormía, o se dejaba la estufa encendida. La abuela lo visitaba todos los días y salía con él a menudo. Cuando se cumplieron cuarenta años del día en que le había propuesto matrimonio, la abuela lo llevó de nuevo a las cataratas. Él ya no se acordaba de que era su mujer, pero aún disfrutaba de sus visitas. Solía decirle a la gente de la residencia que era su novia. —Beck se quedó mirando al vacío con una sonrisa en la cara—. En fin, cuando ella lo llevó a las cataratas, él le confesó que se había enamorado de ella. Luego se arrodilló y le propuso matrimonio.

—Dios mío, Beck. —Extendí los brazos—. Tengo la piel de gallina. Es lo más dulce que he escuchado jamás.

Sonrió.

—Por aquel entonces, yo solo tenía once o doce años, pero recuerdo que al día siguiente la abuela invitó a todos sus amigos y familiares a la cabaña. Hizo venir a un pastor y se casaron en el cenador del patio. El abuelo no tenía ni idea de que se casaba con la mujer con la que ya llevaba cuarenta años casado, pero no dejó de sonreír en todo el día. —Se rio entre dientes—. En ese momento, todo aquello me pareció un poco extraño. Años después, me di cuenta de lo especial que había sido aquel día y de lo maravilloso que era en realidad su matrimonio. Un hombre que no recordaba a su mujer se enamoró de ella por segunda vez.

—Vaya, es una historia increíble. Aunque, si alguien podía hacer que el mismo hombre se enamorara de ella dos veces, esa era Louise. Era muy especial.

Beck asintió.

—Sí, lo era.

Llegamos a la cabaña un rato después. Era rústica y pequeña y, para mi sorpresa, estaba hecha de troncos, lo cual no me esperaba, pero cualquier otra cosa habría estado fuera de lugar entre el murmullo de los arroyos, los altos árboles y los exuberantes alrededores. Beck mencionó que hacía tiempo que nadie la visitaba, lo que explicaba la persiana que colgaba de la casa, las dos mecedoras caídas en el porche y una colección de enredaderas que habían crecido sobre la puerta principal. El camino de entrada lo formaban pequeños guijarros, que crujieron bajo nosotros cuando nos detuvimos y aparcamos.

Tomé una bocanada profunda de aire fresco.

—Huele increíble aquí arriba.

Él miró a su alrededor y asintió.

—Había olvidado lo apartado que está este lugar.

El interior parecía sacado de una película. Había sábanas sobre los muebles y telarañas en algunas vigas altas. Una gigantesca chimenea de piedra ocupaba casi toda una pared del salón y una escalera conducía al altillo del segundo piso.

—Supongo que sí que ha pasado tiempo —admitió Beck—. ¿Te apetece ir a ver las cataratas hoy o prefieres descansar e ir mañana por la mañana?

—Vayamos hoy. Quizá podemos destapar los muebles, limpiar el polvo y las telarañas y dejar las ventanas abiertas para que se ventile mientras estamos fuera.

—Me parece un buen plan.

Beck y yo nos pusimos manos a la obra. Cuando terminamos, volvimos al coche para hacer el corto trayecto hasta el parque estatal de Watkins Glen. Fue una buena caminata desde el aparcamiento hasta las cascadas, pero valió la pena cada paso. Esperaba una, no tantas. Diecinueve cascadas se precipitaban por un impresionante desfiladero natural. Escalones de piedra serpenteaban hasta el fondo y puentes naturales conectaban diferentes áreas. Parecía sacado de un cuento de hadas.

—¿Cómo te sientes? ¿Quieres parar y descansamos otra vez? —preguntó. Ya había insistido dos veces a lo largo de la ruta de senderismo que nos había llevado hasta allí.

No estaba cansada, pero de todos modos comprobé mi ritmo cardíaco en mi Apple Watch.

—Estoy bien, podemos seguir.

Al fondo del desfiladero, Beck señaló una cueva natural.

—Allí es donde el abuelo se declaró la primera vez. La segunda vez fue en la cima. Ya no podía bajar.

—Ya veo por qué este lugar es tan especial. Es mágico, Beck.

Me miró, me cogió una mano y entrelazó nuestros dedos.

—Sí que lo es. Me alegro de que hayamos venido.

Le apreté los dedos.

—Yo también.

—Vamos. —Hizo un gesto con la cabeza—. Sentémonos allí un rato.

Nos acomodamos uno al lado del otro en lo alto de un muro de piedra, observamos las cataratas y nos señalamos el uno al otro diferentes cosas hasta que Beck miró el reloj.

—Creo que deberíamos empezar la caminata de vuelta —comentó—. Oscurecerá pronto y no tengo ni idea de hasta qué hora estará abierta la tiendecita del pueblo. Tenemos que comprar algo de comer.

—De acuerdo. —Miré a mi alrededor una vez más, luego vi mi reflejo en el agua debajo de nosotros—. Espera, tenemos que pedir un deseo.

Beck arrugó la frente.

—¿Un deseo?

Asentí con la cabeza.

—Louise dice que tienes que pedir un deseo cuando el agua se aclare y veas tu reflejo. —Señalé—. Mira.

Las cascadas principales se habían ralentizado un poco, lo que suavizó el movimiento del agua. El sol brillante nos devolvía nuestro reflejo, tan claro como el día.

Beck sonrió.

—Eso suena a algo que diría mi abuela.

Cerré los ojos y respiré hondo, y deseé algo que había dejado de desear hacía mucho tiempo. Cuando abrí los ojos, Beck tenía la mirada fija en mí.

—Se supone que tienes que pedir un deseo.

—Ya lo he hecho. —Me miró a los ojos—. Sé exactamente lo que quiero, así que no he tardado mucho.

Se me encogió el corazón. Tenía la sensación de que ambos habíamos deseado la misma cosa imposible.

—¿Qué pondrías en tu lista? —le pregunté.

Beck encendió un fuego cuando volvimos a la cabaña. Estábamos tumbados en el suelo frente a la chimenea, con las cabezas apoyadas en cojines, mientras el fuego crepitaba. Había estado muy callado desde que nos habíamos marchado de las cataratas.

—Lo siento, ¿qué has dicho?

—Te he preguntado qué habría en tu lista de cosas que hacer antes de morir, si hicieras una.

Beck se incorporó. Cogió la botella de vino de la mesita y rellenó nuestras copas.

—Necesito otra para considerar esa pregunta.

Sonreí.

—Es bastante difícil.

Bebió un sorbo.

—No creo que la mía fuera tan aventurera como la tuya o la de la abuela, pero seguro que incluiría muchos viajes. He estado en muchos sitios por trabajo, pero no en demasiados por placer.

Sorbí.

—¿Como dónde?

—Encierros en España. Islas griegas. Cata de vinos toscanos.

—Interesante, continúa.

—Asientos de pista en un partido de los Knicks contra los Celtics en el que ganen los Knicks. Preferiblemente en una eliminatoria. Asientos en la línea de cincuenta yardas en un partido de los Giants contra los Patriots en la Superbowl en el que ganen los Giants.

Sonreí.

—Eres tan neoyorquino… Básicamente, solo quieres que los equipos de Nueva York ganen a todos los de Boston.

Las comisuras de sus labios se crisparon.

—Más o menos.

—¿Qué más?

—Un viaje por Estados Unidos en autocaravana. Ver auroras boreales en Islandia. —Sonrió—. Fumarme un porro con Snoop Dogg.

Me reí entre dientes.

—¿Acaso fumas hierba?

—No, pero con Snoop Dogg lo haría.

—¿Algo más?

Se encogió de hombros.

—Safari en África. Tomar clases de vuelo. Recorrer el Camino Inca a Machu Picchu, en Perú.

—Todas esas son buenas.

Beck miró hacia el fuego.

—Pero ¿sabes qué?

—¿Qué?

—Que lo daría todo por pasar el resto de mis días contigo.

—Beck…

—Lo sé, lo sé. Este viaje no cambia nada, y te irás cuando volvamos. Pero has preguntado, y esa es la maldita verdad.

Sonreí con tristeza y apoyé la cabeza en su hombro.

—Espero que encuentres a alguien, Beck.

Apoyó su cabeza en la mía.

—Ya lo he hecho, cariño. Ya lo he hecho.

Un rato después, se puso en pie.

—Quiero ver algo.

—¿El qué?

—Mis abuelos se escribieron cartas la noche en que se prometieron por primera vez. La abuela leyó la que le había escrito a mi abuelo en su funeral. Estaban escondidas en la parte de atrás de su foto de boda, que está colgada en el altillo de arriba. Me pregunto si la que escribió el abuelo seguirá ahí.

Beck subió por la escalera hasta el altillo y bajó con una polvorienta foto de boda en blanco y negro enmarcada.

La cogí. Nunca había visto una foto de Louise tan joven.

—Era preciosa. Y te pareces muchísimo a tu abuelo: la misma mandíbula masculina y cuadrada.

—Dale la vuelta. Veamos si sigue ahí detrás.

Di la vuelta al marco y doblé las púas que sujetaban el soporte de madera. En efecto, había un sobre con el nombre de «Louise» escrito en el anverso. Lo cogí y lo acaricié con un dedo.

—Esto se escribió hace sesenta años.

—Ábrelo —me ordenó Beck.

—¿Deberíamos hacerlo? Es una carta privada de un hombre a la mujer a la que amaba.

—Creo que sí que deberíamos. La abuela leyó la suya ante cien personas en su funeral. Querría que alguien la leyera si ella no pudiera.

—¿Estás seguro?

Asintió con la cabeza.

—Estoy seguro. Estaba orgullosa de su amor.

—De acuerdo. —Le tendí el sobre a Beck—. Pero hazlo tú.

Respiró hondo y asintió. Dentro, el papel estaba amarillento y la tinta descolorida, pero la carta todavía se podía leer. Beck se aclaró la garganta.

Mi queridísima Louise:
Hoy he intentado recordar el momento exacto en que me enamoré de ti. Pero, ahora que lo pienso, no puedo. Porque no ocurrió solo una vez. Ocurre todos los días, y me enamoro de nuevo felizmente. Así que, en lugar de decirte cuándo ocurrió, te diré por qué te amo. Me encanta que lo único que rivalice con tu bocaza sea el tamaño de tu corazón. Me encanta que seas intrépida y que no vivas la vida con miedo a lo que pueda venir, sino con ganas de vencer a todo lo que intente interponerse en tu camino. Te quiero porque eres guapa, pero algunos días te olvidas de mirarte en el espejo. Te quiero porque, dondequiera que estemos, me haces sentir como en casa. Mi amor por ti es tan grande que se derrama sobre mí: te quiero porque haces de mí un hombre mejor.
Querida, lo eres todo. E incluso eso me parece una palabra demasiado pequeña.
Siempre tuyo,
Henry

Me cubrí el corazón con una mano.

—Eso es muy romántico…

—Sí. —Beck sacudió la cabeza—. Joder, eso ha sido precioso.

Levanté la vista.

—Espero que Louise lo haya oído.

Él asintió.

—Lo ha hecho. ¿Sabes?, antes de llegar aquí, me sentía mal porque la abuela no pudo venir una última vez, no llegó a terminar su lista. Pero podría haber venido en cualquier momento. ¿Sabes lo que creo?

—¿Qué?

—Que ella sabía que vendríamos. Y ella quería que tuviéramos este tiempo. Para recordarnos lo que es el amor. Sé que me amas, aunque te niegues a decirlo.

Un dolor me oprimió el pecho. Quería decirle a Beck que lo quería con toda mi alma y que no necesitaba que me lo recordara. Pero ¿de qué serviría? Al final solo haría las cosas más difíciles.

«El final».

Eso estaba cada día más cerca.

Beck me miraba con esperanza en los ojos. Fue físicamente doloroso quitarle esa esperanza otra vez más. Pero lo hice, porque un poco de dolor ahora era mejor que imaginarlo sentado a mi lado cuando yo estuviera en mi lecho de muerte. No quería que acabara solo, como William, por mucho que mi padre dijera que no había que arrepentirse de nada.

—Lo siento, no te quiero.

—Sí que me quieres, pero eres demasiado cobarde para admitirlo.

Capítulo 32

Beck

Los días se convirtieron en semanas, y las semanas, en meses. Habían pasado ochenta y cuatro días desde que había visto a Nora, desde que había escuchado su voz o desde que había leído un mensaje suyo. Todavía no era más fácil. Pero mi pérdida era doble: la de la abuela y la de Nora. A veces olvidaba que la abuela nos había dejado. Solo durante una fracción de segundo, como cuando Maddie hacía o decía algo que yo sabía que le gustaría a la abuela y pensaba que debía llamarla y contárselo. Pero entonces me acordaba.

Siempre me dejaba un vacío interior que no podía llenar, por mucho que me dedicara al trabajo o le diera a la botella cuando por fin llegaba a casa en mitad de la noche.

Luego estaba Nora, que tenía mi corazón en sus manos, agarrado con tanta fuerza que a veces parecía que debía ir al cardiólogo. Ya no me sentía molesto con ella por haberse marchado. Ahora estaba enfadado con el mundo en general.

Mi hermano entró en mi despacho. Llevaba la correa de su bolsa de cuero colgada en diagonal sobre el pecho, y la cartera descansaba tras él.

Miré el reloj de la pared.

—Es temprano incluso para ti, ¿no?

Entró y se apoyó en el respaldo de una de mis sillas de invitados.

—Voy a la imprenta.

Asentí con la cabeza.

—Que pases buena noche.

Mi hermano no captó la indirecta. Nunca lo hacía. Jake ladeó la cabeza.

—Deberías venir conmigo.

Enarqué una ceja.

—¿Ir adónde?

—A beber. He quedado con unos colegas de la universidad. Ryan y Big Ed. ¿Te acuerdas de ellos?

«No mucho». Sacudí la cabeza.

—Gracias, pero tengo mucho trabajo que hacer.

—Has trabajado dieciocho horas al día desde que volviste de tu viaje al norte del estado. Ya tienes que haberte puesto al día.

—Es una época ajetreada.

Jake puso una cara que decía «tonterías».

—Una copa.

—No me apetece.

Suspiró y sacó algo de su bolsillo trasero.

—No quería tener que hacer esto, pero no me dejas otra opción. —Deslizó un sobre sin nombre por mi escritorio.

—¿Qué es esto?

—Una carta de la abuela.

—¿De qué hablas?

—¿Recuerdas las cartas que nos dejó a cada uno?

Asentí.

—Bueno, la mía tenía otra para ti. Me dio instrucciones para que te la diera si lo consideraba necesario.

—¿Qué dice?

Se encogió de hombros.

—No lo sé, no la he leído.

Abrí el sobre. Al ver la letra inclinada de la abuela, de nuevo sentí esa sensación de vacío en el pecho. La carta solo constaba de un párrafo.

Mi queridísimo Beckham:

No eres el ombligo del mundo. Si estás leyendo esta carta, es porque has estado deprimido, trabajando demasiado y seguro que bebiendo mucho. A mis setenta y ocho años pensaba que había aprendido todas las lecciones que necesitaba, pero resultó que había una que me habría gustado aprender antes: VIVIR. Las cosas pasan. Los negocios fracasan. La gente muere. Solo tenemos una vida, así que no podemos desperdiciarla pensando en el pasado. Haz de tripas corazón y crea un nuevo futuro. Sin excusas. Si no lo haces por ti, hazlo por mí.

Te quiero, maldito cabezota.

Ahora levántate y ve a hacer algo estúpido con tu hermano. Se le da muy bien.

Siempre tuya, tu abuela.

P. D.: Mete la carta en el sobre y devuélvesela a Jake. Tengo la sensación de que necesitará dártela más de una vez.

Sacudí la cabeza cuando terminé de leer, pero sonreía. «Incluso aunque nos haya dejado, sigue tocándome las pelotas».

Jake se quedó a la espera.

—¿Qué dice?

—Que quiere que te haga de niñera. —Me levanté y cogí la chaqueta del respaldo de mi asiento—. Venga, vamos a por unas copas.

Lo único que quería hacer era irme a casa y dormir, incluso después de que una preciosa morena se acercara a mí en la barra y dejara su copa de vino.

—Hola, me llamo Meghan.

—Beck. —Asentí.

Ladeó la cabeza con timidez.

—¿Puedo invitarte a una copa, Beck?

Levanté mi copa llena.

—Ya tengo, gracias.

La mujer miró mi mano izquierda.

—¿Estás casado, pero no llevas anillo?

Di un sorbo a mi *whisky.*

—No.

—¿Eres gay?

—Sin ninguna duda, no.

Frunció el ceño.

—Oh…, vale. Entonces solo soy yo. Pillo la indirecta. —Recogió su bebida y me di cuenta de que era un idiota, de modo que no dejé que se fuera.

—Por supuesto que no eres tú. —Y no lo era. Era menuda, de tez bronceada, y tenía unos grandes ojos azules, labios carnosos y unas curvas peligrosas—. Eres preciosa.

Se volvió con una sonrisa.

—Gracias. Eso ayuda un poco a mi ego herido. —Meghan dio un sorbo a su vino—. No suelo ser el tipo de persona que se acerca a un chico en un bar, acostumbra a transmitir una idea equivocada. Pero pareces triste, así que he pensado que qué demonios.

—Lo siento. Están siendo unos meses un poco malos.

Apoyó los codos en la barra.

—¿Ruptura reciente?

No estaba seguro de haber *tenido* a Nora para definir lo que había ocurrido entre nosotros como una ruptura. Sin embargo, asentí.

—Sí.

—¿Qué pasó?

De ninguna manera le hablaría a nadie de la enfermedad de Nora. Por ese motivo, le expliqué una parte de la verdad, la que no me haría llorar como un bebé.

—Se mudó a California.

Meghan asintió.

—La larga distancia es dura. Mi exmarido lo intentó con su amante. Pero al final fue demasiado, por lo que hizo las maletas y se mudó a Miami. —Me guiñó un ojo y sonreí.

—Lo lamento.

—No hay nada que lamentar. Nuestro matrimonio había terminado de todos modos. Pero gracias. —Meghan suspiró—. Mi ruptura fue hace dos años. ¿Y la tuya?

—Ochenta y cuatro días.

Ella arqueó una ceja.

—¿Llevas la cuenta?

Sonreí.

—Sí.

Mi hermano Jake se acercó. Se animó cuando vio a Meghan. Me rodeó el cuello con un brazo y le tendió una mano.

—Hola. Soy el hermano no melancólico, Jake. ¿Cómo te llamas?

Meghan se rio y le estrechó la mano.

—Meghan. Encantada de conocerte, Jake. —Me miró—. No me había dado cuenta de que estabas aquí con alguien. Déjame adivinar, ¿te ha arrastrado hasta aquí?

Fruncí los labios.

—Algo así.

Poco después de nuestra llegada, Jake y sus amigos se unieron a una mesa de chicas que todavía parecían estar en la universidad. Me negué a sumarme a ellos con la esperanza de poder escabullirme pronto. Pensé que ya había cumplido suficiente con la petición de la abuela.

—Vamos a ir a bailar a The Next, que está a la vuelta de la esquina —le dijo Jake a Meghan—. ¿Por qué no venís los dos?

Ella parecía pensativa.

—Supongo que tu hermano no está dispuesto a ir, ¿no?

Jake me dio una palmada en el pecho.

—Por supuesto que lo está. ¿Verdad, Becksy?

—En realidad no, *Jakesy*.

—Oh, vamos. No seas tan aguafiestas todo el tiempo. Recuerda la carta...

Escuché la voz de la abuela en mi cabeza. «Corta el rollo y vete. Deja de ser tan gruñón. Solo tenemos una vida. No la desperdicies pensando en el pasado. Haz de tripas corazón y crea un nuevo futuro».

Joder. Suspiré.

—Vale.

—Esa no es forma de invitar a tu nueva amiga Meghan. ¿Verdad, hermano mayor?

A Meghan le brillaban los ojos. Disfrutaba de la interacción entre Jake y yo.

—¿Te gustaría acompañarnos a algún estúpido club con mi hermano el tocapelotas?

Sonrió.

—Eso suena maravilloso.

Diez minutos después, estaba en una discoteca. La música sonaba tan fuerte que apenas podía pensar. Jake y sus amigos ya se habían adentrado en la pista de baile, pero Meghan se quedó conmigo en la barra.

Señalé a la banda de idiotas y me incliné hacia ellos, pero, aun así, tuve que gritar.

—¡Ve a bailar con ellos!

—¿Vienes tú también? —me gritó ella a su vez.

—No tengo suficiente alcohol en el cuerpo para mover el culo.

Sonrió con satisfacción y levantó una mano hacia el camarero.

—¡Arreglémoslo!

Pidió unos chupitos que se llamaban borramentes. Aunque el nombre sonaba nefasto, no sabían más que a café dulce. Aun así, después de tres, me pregunté si no debería ir más despacio. Me gustaba beber *whisky*, pero no solía tomar chupitos ni beber tres copas en una noche.

—¿Qué lleva? —Señalé el vaso de chupito vacío.

—Vodka, licor de café y un poco de refresco. Están deliciosos, ¿verdad?

—Estaban ricos, pero creo que estoy empezando a sentirlo. La verdad es que no suelo beber mucho.

Ella sonrió.

—¿Eso significa que estás listo para bailar?

Mi reacción inicial fue negarme, pero ¿qué demonios? Un baile no era nada, así que asentí y le cogí una mano.

—A tomar por culo, vamos.

Un baile se convirtió en dos, y dos en más de una hora. Meghan y yo estábamos riéndonos y sudando cuando salimos de la pista.

—Sabes moverte, tristón —admitió.

—Tú también. —Sonreí.

Habíamos bailado un poco en la pista de baile, pero, cuando ya no estábamos ahí y ella apretó sus tetas contra mí, me sentí diferente.

—Siempre me ha parecido que los hombres que saben bailar también son muy buenos en la cama. —Meghan sacó la lengua y se la pasó por el labio superior. La verdad, era muy *sexy*.

—Ah, ¿sí?

Me rodeó el cuello con los brazos.

—Eres divertido cuando te relajas. Pero también me gusta tu lado melancólico. ¿Por qué no nos vamos de aquí? Sé que no estás emocionalmente disponible, pero me gustas. No tiene que ser más que una noche divertida.

Una oferta así de una mujer como Meghan era casi imposible de rechazar. Seis meses atrás, ya habríamos estado bailando entre las sábanas. Y yo *quería* follármela. Pero habría sentido que la engañaba. Era una tontería, por supuesto, porque Nora ya ni siquiera me hablaba. No tenía ni idea de qué demonios hacía en California. Por lo que yo sabía, podría haber vuelto a buscar citas en Tinder para una aventura de una noche. Pero aún no era capaz de hacerlo.

Cogí la mano de Meghan y me la llevé a la boca para darle un beso.

—Eres increíble. Y, si no siguiera colgado de alguien, me sentiría como si me hubiera tocado la lotería. —Negué con la cabeza—. Pero no puedo.

—Guau. —Meghan sonrió—. Es la primera vez que me rechazan.

—Estoy seguro de que es así. Y también estoy seguro de que soy un maldito idiota y de que es probable que me arrepienta. —Besé su mejilla—. Pero me voy a casa.

—Encantada de conocerte, Beck.

—Lo mismo digo. —Había caminado unos pasos cuando Meghan gritó mi nombre. Me giré.

—Si te apetece, nos vemos aquí dentro de tres meses.

Sonreí.

—Cuídate, Meghan.

Un rato después, me metí en la cama. Acababa de cerrar los ojos cuando mi teléfono sonó en la mesilla de noche. Era la una de la madrugada, así que supuse que sería Jake, que quería tocarme las narices porque me había ido sin despedirme. En lugar de sentirme otra vez culpable, me di la vuelta y lo ignoré. Pero, cuando sonó por segunda vez, lo miré.

El número no era local, por lo que deslicé para contestar.

—Más vale que sea importante —solté.

—Hola. Ehhh… ¿Eres Beck Cross?

—Sí. ¿Quién es?

—Mi nombre es William Sutton.

Me incorporé de un salto, con todo el cuerpo en estado de alerta.

—¿Qué ha pasado? ¿Nora está bien?

Hubo unos dolorosos segundos de silencio, y mi corazón dejó de latir.

—Está en la UCI. Se suponía que no debía llamarte hasta que… —Hizo otra pausa—. Pero creo que ella te necesita.

Salté de la cama y me puse los pantalones.

—¿Dónde está?

—En el Cedars-Sinai, en Los Ángeles.

—¿Te quedarás con ella hasta que yo llegue? No estoy seguro de lo rápido que puedo conseguir un vuelo, pero salgo hacia el aeropuerto ahora mismo.

—No me voy a ninguna parte, hijo. Te veré cuando llegues.

Capítulo 33

Un hombre me detuvo en el pasillo cuando me dirigía hacia las puertas dobles de la UCI.

—¿Beck?

—¿William?

Asintió y me tendió una mano.

—Gracias por venir.

—Por supuesto. —Había sido estúpido y no le había pedido su número. Llamé al que aparecía en mi móvil, pero debía de haberme contactado desde el hospital, porque sonó la centralita del Cedars-Sinai, y no conseguí que nadie me contara nada, por mucho que lo intenté. Huelga decir que estuve a punto de vomitar durante las nueve horas que transcurrieron entre la llamada de William y mi llegada. No dejaba de pensar en que lo peor ocurriría antes de que yo llegara. Y, ahora que él estaba en el pasillo y no con ella… Tragué saliva.

—¿Está bien?

William asintió.

—Está igual que cuando te he llamado. Las enfermeras están cambiando una de las vías, así que me han pedido que saliera durante quince minutos.

Miré hacia las puertas dobles y de nuevo hacia él mientras me pasaba una mano por el pelo.

—Vale.

Hizo un gesto hacia el otro lado de la UCI.

—El café de la máquina se deja beber. ¿Qué tal si traigo dos?

Asentí con la cabeza. Tuve que hacer acopio de toda mi fuerza de voluntad para esperar mientras él marcaba los números de la máquina expendedora y nos traía dos vasos de café. Pero William parecía tan agotado como yo, por lo que pensé que necesitaría unos minutos de tranquilidad.

Me pasó un vaso de papel.

—Aquí tienes. Agua sucia con leche.

—Gracias.

—De modo que... —Suspiró—. Como te he dicho por teléfono, mi hija fue muy específica con sus instrucciones cuando me dio tu número. Solo podía usarlo si ella...

Le puse una mano en un hombro.

—Lo entiendo. No tienes por qué decirlo. Creo que yo tampoco podría.

Sonrió con tristeza.

—Gracias.

—¿Qué ha pasado? ¿Ha sufrido otro infarto? ¿O solo ha ido a peor en los últimos dos meses y medio?

William frunció el ceño.

—¿No sabes lo de la cirugía?

—¿Qué cirugía?

Cerró los ojos.

—Voy a matar a mi hija.

—¿De qué la han operado?

—Nora recibió un trasplante de corazón hace cuatro días. Antes de entrar me dijo que te lo había contado. No tenía ni idea de que no lo sabías.

Mi cerebro seguía atascado en la primera frase.

—¿Nora ha recibido un trasplante?

Asintió con la cabeza.

—Pero ni siquiera estaba en la lista.

—No lo estaba hasta hace unos meses. Un día recibió una carta por mensajería. Se pasó todo el día encerrada en su habitación llorando, pero a la mañana siguiente salió y me dijo que había cambiado de opinión y que tenía una cita con su cardiólogo para entrar en la lista.

«La abuela». Tuvo que ser ella.

—¿Sabes de quién era?

—Creía que era tuya, pero está claro que me equivoqué.

Ya no importaba.

—Así que ¿le hicieron el trasplante? ¿Tiene un corazón nuevo?

William sonrió.

—Uno sano que late fuerte. Ha superado la operación estupendamente, que era lo más arriesgado. Al principio, sus probabilidades de salir adelante eran del cincuenta por ciento. La reimplantación de los vasos fue complicada debido a la localización de los tumores. Pero luchó y salió bien.

—Entonces, ¿qué ha pasado?

—Un coágulo de sangre se atascó en una arteria cercana a sus pulmones. La tuvieron dos días en coma para que se recuperara de la operación. La tarde en que iban a disminuir los sedantes, empezó a tener problemas para respirar por sí misma. Ahora está conectada a un respirador. —Se frotó la nuca—. Y ha sufrido una infección. No tiene muy buena pinta.

Joder.

Joder.

¡Joder!

—¿Crees que podríamos comprobar si nos dejan entrar? Tengo muchas ganas de verla.

—Claro que sí. —Su padre me puso una mano en el brazo—. Pero, hijo, debo advertirte de que no tiene muy buen aspecto. Está muy hinchada debido al coágulo y hay un montón de máquinas repletas de dispositivos que hacen todo el trabajo por ella. Es difícil de ver.

Tragué saliva.

—De acuerdo.

Ni todas las advertencias del mundo podrían haberme preparado para lo que encontré en la habitación de Nora. Si William no me hubiera guiado hasta la cabecera de la cama y no hubiera cogido la mano de su hija, probablemente habría pasado de largo y habría pensado que se trataba de otra persona. Tenía un aspecto horrible. Su piel lucía pálida, un grueso tubo pegado en la cara le bajaba por la garganta y tenía otro tubo más pequeño en la nariz.

No podía moverme de la puerta. Al final, William se acercó a mí y apoyó una mano en mi hombro.

—Si es demasiado, lo entiendo.

—No. No. Lo siento. Es que…

—Bueno, de todos modos, quería hablar con las enfermeras. —Hizo un gesto hacia la cama—. Te dejaré unos minutos a solas. Dicen que es posible que nos oiga, así que he estado hablando con ella.

Me obligué a ocupar el lugar de William junto a la cama de Nora. Lo que habría dado por cambiarme de lugar con ella en ese preciso momento. ¿Por qué las mujeres que amaba siempre tenían que pasar por tanto cuando yo rara vez me resfriaba?

Me incliné y le besé la frente con suavidad.

—Hola, preciosa. —Sacudí la cabeza—. Aún no me creo que te operaras y no me lo contaras. Debería enfadarme contigo, pero estoy jodidamente feliz de que corrieras el riesgo. —Le aparté el pelo de la cara—. Sabía que eras valiente. Eres la persona más fuerte que conozco. Una mujer que nada con tiburones y salta de aviones no dejará que un pequeño coágulo de sangre la detenga. Saldrás de esta, cariño. Seré honesto: mientras venía de camino estaba aterrorizado, porque no sabía qué demonios pasaba. Dejé que mi mente se perdiera por lugares muy oscuros. Pero ahora tienes un ángel que te cuida. Y, aunque tenía dudas sobre la capacidad de los médicos de traerte de vuelta a mí, no tengo dudas de que Louise lo hará.

William volvió unos minutos después.

—¿Estás bien?

—Ahora sí. —Sonreí y le cogí una mano a Nora—. Nunca he estado más seguro de nada en mi vida. Saldrá de esta.

William me devolvió la sonrisa.

—Me pateará el culo cuando se entere de que te he llamado.

—No pasa nada. Apuesto a que estarás muy feliz de tenerla cabreada.

Se rio entre dientes.

—Sí, me encantaría.

—A mí también.

Durante las cuarenta y ocho horas siguientes, no hubo demasiados cambios. A Nora le administraron anticoagulantes potentes para prevenir nuevos coágulos y una fuerte dosis de antibióticos para tratar la infección. En un momento dado, la fiebre le subió de nuevo, pero su equipo médico consiguió controlarla. Sin embargo, los médicos nos habían advertido de que su ritmo cardíaco había disminuido —probablemente a causa de la infección— y de que cada día que pasaba disminuían sus probabilidades de salir adelante.

Había convencido a William para que se fuera a casa a descansar un rato, pero solo con la condición de que yo también me tomara un descanso cuando volviera. No quería hacerlo, pero tampoco quería faltar a mi palabra con su padre, al que acababa de conocer. Pensé que podría quedarme un rato en mi coche de alquiler, para estar cerca.

Cuando William regresó, parecía un poco más despierto. Justo cuando estaba a punto de irme, entró una mujer mayor. Llevaba un maquillaje brillante y una sonrisa le ocupaba toda la cara, a juego con su alegre americana rosa y con las pegatinas que cubrían el carrito que empujaba.

—Buenos días. —Se quedó en la puerta—. Soy una de los ángeles voluntarios.

William y yo asentimos.

—Buenos días.

—Tengo un carrito lleno de golosinas, si ustedes, caballeros, quieren algo. Tengo muestras de desodorante, cepillos y pasta de dientes, incluso una maquinilla y crema de afeitar, si las necesitan. También tengo algunos libros y periódicos.

Sabemos que a las familias no les gusta salir muy a menudo, de modo que les traemos lo indispensable. ¿Qué puedo ofrecerles hoy?

William sacudió la cabeza con una sonrisa cortés.

—No necesito nada. Pero gracias.

—Yo tampoco.

—Vale. —Metió una mano en una caja que había en la parte superior de su carrito y sacó algo pequeño envuelto en plástico—. Pero les dejo esto. Siempre viene bien tener gente que nos cuide. —Entró en la habitación y extendió la mano.

William cogió lo que le dio.

—Gracias.

—Estoy aquí hasta las tres. Así que, si cambian de opinión y necesitan algo, solo tienen que pulsar el cero en cualquier teléfono del hospital y decirles que suban a Thelma. —Hizo un gesto con una mano y se llevó el carrito.

Miré a William.

—¿Qué te ha dado?

Abrió el puño.

—Un pequeño broche de oro. Es un ángel que sostiene un corazón. —Le dio la vuelta—. Hay una oración en la parte de atrás, la oración de la patrona de los enfermos: santa Luisa.

—¿Santa… Luisa? —William asintió.

Levanté la vista y cerré los ojos con una sonrisa. El broche del ángel habría bastado para hacerme creer, pero ¿Thelma y Louise? Ese sí que era el sentido del humor de mi abuela.

Capítulo 34

Beck

—Tampoco me gusta California. Hace demasiado sol. Es como una persona que sonríe todo el tiempo. No puedes confiar en alguien así.

Dos días después, había decidido cambiar mi enfoque. Nora aún no se había despertado. Le habían retirado el respirador y todos los sedantes, pero aún no se movía. Eran las tres de la mañana, me metí en la cama a su lado y le hablé de todas las cosas con las que estaba en desacuerdo con ella. Decirle cuánto la amaba no había funcionado. Suplicarle, tampoco. De modo que recurrí a intentar despertarla haciéndola enfadar.

—Y las mujeres de setenta y ocho años no deberían saltar en paracaídas desde un avión. —Miré al monitor, esperando no sé qué: un parpadeo, un tartamudeo… *algo*. Pero no cambió nada—. Y los Yankees son el mejor equipo de béisbol. Cuarenta victorias, y las que vendrán. Tus Dodgers solo sirven para esa camisetita *sexy* que te pones para dormir.

Pasé al menos una hora enumerando cosas que sabía que la enfurecerían. Nada cambió. Así que, cuando bostecé, dejé que mis ojos se tomaran un descanso.

No tenía ni idea de cuánto tiempo llevaba inconsciente cuando me desperté al oír a alguien susurrar.

—*Candy fax* —dijo la voz.

Abrí los ojos y casi se me salieron de las órbitas al ver a Nora mirándome.

—Joder, estás despierta.

—*Candy fax* —susurró de nuevo—. *Do sider.* —Tragó saliva y se tocó la garganta—. Seca.

—Por supuesto. Llevas casi una semana con un tubo en la garganta, santo cielo. ¿Estoy soñando ahora mismo o estás despierta de verdad?

Curvó un dedo de la mano que había llevado a su garganta, por lo que me incliné más cerca.

—Sandy —me susurró al oído.

Me aparté para mirarla.

—Ah, «sandy», no «candy». Pero aún no sé qué quieres decir.

Ella negó con la cabeza y volvió a curvar el dedo, de modo que me incliné de nuevo.

—Koufax.

Arrugué la frente.

—¿Sandy Koufax? ¿El antiguo jugador de los Dodgers? Asintió y volvió a susurrar.

—Jackie Robinson. Duke Snider.

Me quedé boquiabierto. Estaba enumerando a los mejores jugadores de los Dodgers de Los Ángeles para rebatir mis comentarios sobre los Yankees como el mejor equipo de la historia. Me había oído.

Curvó un dedo de nuevo y me susurró otra vez al oído.

—El salto desde el avión es más seguro que caminar por la calle en Manhattan de noche.

Rompí a llorar como un bebé.

—Estás despierta. ¡Estás despierta!

Ella sonrió.

—No soy una cobarde.

—No, cariño. Está claro que no lo eres. Eres la mujer más valiente del mundo. Pero ¿cómo te sientes? ¿Te duele algo?

—Como si un elefante estuviera sentado sobre mi pecho.

—Estoy casi seguro de que es normal, pero déjame llamar al médico. —Me giré para levantarme de la cama, pero Nora me agarró de la camisa.

—Cinco minutos.

—¿Quieres que espere cinco minutos para llamar al médico? Asintió.

Me puse de lado, frente a ella, con los ojos muy abiertos.

—No me creo que estés despierta. Has superado un maldito trasplante de corazón.

Nora frunció el ceño.

—Muchas cosas pueden salir mal.

—Muchas cosas pueden salir mal cualquier día de la semana. Así es la vida. Está llena de oportunidades y de momentos buenos y malos.

—Incluso si supero todo esto, moriré joven, Beck.

Le acaricié las mejillas.

—Aceptaré todos los días que tengamos. Haremos que todos sean de calidad, sin importar la cantidad. Prefiero ser feliz un ratito contigo que miserable toda la vida sin ti.

Las lágrimas corrían por su rostro.

—Eso decía mi padre de mi madre. Te quiero, Beck. Siento no habértelo dicho nunca, pero te he querido casi desde el principio.

—Lo sabía aunque no lo dijeras, cariño. —Sonreí—. Pero escucharlo es muy bonito. —Me acerqué y puse una mano en mi oreja—. Quizá deberías repetirlo.

—Te quiero, Beck. Te quiero, te quiero, te quiero.

—Está claro que es mejor escucharlo.

—Siento haberte hecho daño. De verdad que lo siento.

—No me importa. Pero ojalá me hubieras contado tu decisión de entrar en la lista y de someterte a la operación. Habría estado aquí todo el tiempo.

—Sé que lo habrías hecho. Por eso no te lo dije. No quería que te hicieras ilusiones y herirte de nuevo si no salía de esta.

—Hablaremos de eso cuando te mejores. Si esperas que acepte tus decisiones, tienes que aceptar mi decisión de estar contigo en las buenas y en las malas.

Sonrió con tristeza.

—Mi padre también decía eso.

—William es un hombre inteligente.

Echó un vistazo a la habitación.

—¿Está aquí?

—Se fue hacia medianoche a dormir un poco. Seguro que volverá pronto. Nos turnamos para descansar. Pero debería llamarlo, querrá que lo despierte para volver aquí.

—De acuerdo.

—También debería llamar ya al médico —añadí—. Pero, una cosa más, ¿qué te hizo cambiar de opinión para entrar en la lista de trasplantes?

—Louise.

—¿Algo que dijo?

Nora negó con la cabeza.

—Algo que hizo. Unos diez minutos después de que Jake me llamara y me dijera que Louise había fallecido, me llamó un médico de la Red Unida para Compartir Órganos. Louise intentó dejarme su corazón.

Fruncí el ceño.

—¿Qué quieres decir?

—Al parecer, habló con un cardiólogo sobre la posibilidad de una donación directa de corazón. Tenía cáncer, así que no era el órgano ideal para un trasplante, pero se inscribió en la lista como donante, por si éramos compatibles.

—¿Lo erais?

Nora negó con la cabeza.

—No. Pero el hecho de que Louise quisiera dármelo me impactó. Cuando volví de Nueva York, también me llegó una carta. Debía de saber que el final estaba cerca, porque la escribió unos días antes de morir e hizo que una de sus amigas me la enviara por correo tras su muerte. Tu abuela me dio su corazón, tanto en el sentido literal como en el figurado. Aquel día llamé a mi médico y me apunté a la lista.

—Joder.

Asintió.

—Lo sé. Es mucho que asimilar.

—No, no es eso. Me refería a la voluntaria.

—¿Qué voluntaria?

Me incorporé y atraje la bandeja portátil, que se había convertido en nuestra improvisada mesilla de noche. Cogí el broche con forma de querubín que la mujer había dejado hacía unos días. En él, un angelito sostenía un corazón.

—El otro día vino una voluntaria. Esa mañana estaba muy nervioso porque era la primera vez que iba a salir del hospital desde que había llegado. Pero sabía que, si yo no descansaba, tampoco lo haría tu padre, y él necesitaba dormir un poco. La voluntaria dejó este broche para ti y dijo que nunca podíamos tener demasiados ángeles velando por nosotros. En la parte de atrás tiene la oración a santa Luisa. No sabía que santa Luisa era la patrona de los enfermos. Me dio el consuelo que necesitaba para irme unas horas. Pero este angelito te tiende literalmente su corazón.

Nora se cubrió la boca con una mano.

—Louise me dio su corazón cuando nos conocimos y, al final, intentó dejármelo a mí. Así es ella. Esa es nuestra Louise.

—Vaya. —Me pasé una mano por el pelo—. Si eso no es un mensaje del más allá, que baje Dios y lo vea.

Siete semanas después, Nora y yo fuimos al médico para otra revisión. Era la gran cita: en la que te decían que podías «reanudar todas las actividades habituales». Y, sin duda, había una actividad que me hacía más ilusión que las demás.

Durante los dos últimos meses, había pasado casi la mitad del tiempo en California: algunas semanas estaba tres días ahí y otras, cuatro, y volvía a casa solo los días en que tenía a Maddie. El médico de Nora quería que permaneciera cerca hasta que le dieran el alta, y el gran día podría ser ese. Acompañé a Nora hasta el lado del copiloto y le abrí la puerta; luego corrí al lado del conductor. Nada más subir, pulsé el botón para bajar la capota. Pocos días después de que le dieran el alta, había cambiado mi coche de alquiler de mierda por un descapotable. Necesitaba descansar mucho, pero los dos nos volvíamos locos encerrados en casa, por lo que dábamos largos paseos en coche, y hacerlo con la capota bajada nos hacía sentir vivos y libres.

Me puse las gafas de sol y Nora me dio un codazo.

—Alguien se está acostumbrando a la luz del sol todos los días —se burló.

—Aquí no se está tan mal como pensaba, pero me gusta que mi ciudad sea un poco menos alegre, más cínica.

—Como tu personalidad. —Nora rio entre dientes.

La consulta de su médico se encontraba en el Cedars-Sinai, así que dejé a Nora en la entrada principal y fui a aparcar el coche. El *parking* estaba abarrotado y tardé un rato en encontrar un hueco. Cuando subí, ella ya se encaminaba hacia la puerta que daba a las salas de exploración. Corrí para alcanzarla.

—Aquí estás —dijo—. Pensaba que me habías abandonado.

—No, esto no me lo pierdo. Mi parte favorita de las citas es ver cómo te pones la bata.

Ella sonrió.

—Pervertido.

Me acerqué.

—No tienes ni idea. Deberías estar un poco asustada si el doctor te autoriza a practicar sexo hoy. Tengo un montón de cosas pervertidas reprimidas que tengo muchas ganas de hacer.

Una enfermera pasó junto a nosotros y Nora me hizo callar.

—Baja la voz.

—Eso es lo que también dirás después. Porque no bajará en mucho rato una vez que te tenga debajo de mí. —Sonreí, satisfecho.

En la sala de exploración, una enfermera conectó a Nora a un montón de cables y le realizó un electrocardiograma. Luego entró su cirujano, el doctor Meachum, y le hizo una ecografía del corazón, seguida de un breve examen. Pasó más tiempo del habitual con el estetoscopio en el pecho, lo que me hizo sentir un poco de pánico. Cuando terminó, se lo puso alrededor del cuello.

—Todo parece perfecto. El electrocardiograma está limpio, la ecografía no muestra hinchazón ni anomalías postoperatorias.

Dejé escapar un suspiro audible y ambos me miraron.

—Lo siento. —Levanté una mano—. Supongo que estaba un poco ansioso.

Sonrió y, mientras recogía su historial, centró su atención de nuevo en Nora.

—Entonces, ¿cuánto llevamos, siete semanas?

—Eso desde el alta —corregí—. Ocho y media desde la operación.

El doctor Meachum sonrió de nuevo.

—Vale. Bien, bueno, he echado un vistazo al resultado del monitor cardíaco que llevaste la semana pasada. Hiciste algunas caminatas y ejercicios ligeros durante ese tiempo, ¿correcto?

Nora asintió.

—Así es.

—Estupendo. Ahí también parecía todo perfecto.

A Nora le gustaba fingir que yo era el único nervioso en esas visitas, pero me fijé en que se le relajaron los hombros.

—Entonces, ¿puedo volver a la actividad normal? —quiso saber.

El doctor Meachum asintió.

—No veo por qué no.

Hablaron unos minutos más y luego él le preguntó si tenía alguna pregunta. Nora negó con la cabeza, pero yo levanté una mano.

—¿Puedo hacer yo algunas?

—Por supuesto. —El doctor cerró su historial y lo dejó a un lado.

—Entonces, la actividad normal incluye el sexo, ¿verdad?

Sonrió.

—Sí, así es.

—No quiero ser gráfico ni nada, pero quiero asegurarme de que Nora está a salvo.

—Ay, señor —comentó Nora.

—No hay pregunta inadecuada cuando se trata de la seguridad de un paciente. ¿Qué tienes en mente?

—Me preguntaba si el sexo debería limitarse a la posición del misionero, ya sabe, con Nora debajo y sin gastar demasiada energía.

—No. Ya hemos probado la actividad ligera, así que podéis hacer lo que os apetezca. No hay ningún problema con un poco de ejercicio durante el sexo.

—¿Qué pasa con las tetas? ¿Debo mantenerme alejado de la zona del pecho?

El médico sonrió.

—Mientras Nora no sienta molestias en las costillas o en la cicatriz, puedes acercarte a las zonas que quieras.

Sonreí.

—Quiero visitarlas todas.

—¡Beck!

El médico se rio.

—No pasa nada. Han sido ocho semanas muy largas, lo entiendo.

—Ocho y media —puntualicé.

—Disfrutad. Un trasplante de corazón es una segunda oportunidad para vivir. Aprovechad cada momento.

Cuando el médico salió, giré el cerrojo de la puerta. Nora levantó la vista cuando oyó el clic.

—Oh, no… —Extendió una mano—. Ni se te ocurra, Cross. No lo vamos a hacer aquí.

Le rodeé la nuca con una mano.

—Solo quería un beso para celebrar la buena noticia. Pero me gusta cómo piensas, guarrilla. —Aplasté mis labios contra los suyos y, por un momento, olvidé dónde estábamos. No fue fácil controlarme, pero me aparté antes de que ella lo hiciera. Acaricié el labio inferior de Nora con el pulgar e hice un gesto con la cabeza hacia la puerta—. Salgamos de aquí para que pueda besarte en otras partes.

Nora entornó los ojos. Se mordió el labio inferior.

—¿Sería raro reservar una habitación de hotel a media hora de mi casa? Mi padre llegará pronto.

Saqué mi móvil del bolsillo y ojeé los correos electrónicos hasta que encontré lo que buscaba. Le pasé el teléfono a Nora.

Arrugó la frente y luego, cuando leyó el mensaje, se relajó.

—¿Ya has reservado?

—Sí, en un pequeño lugar en la playa a media hora de aquí. Pensé que así tendríamos tiempo de discutir durante el camino a modo de preliminares. —Le guiñé un ojo.

Epílogo

Nora

Siete meses después

—Tengo un regalo para ti.

Beck dejó la escoba y esbozó una sonrisa lasciva.

—Ah, ¿sí? Llevo todo el día deseando desenvolverlo.

—Lamento decepcionarte, pero tengo un regalo de verdad.

Hizo un mohín y me reí.

—Espera aquí, te lo traeré.

Beck y yo habíamos trabajado en la nueva oficina todas las noches de la última semana, preparándola para el gran día de mañana. Pero él no sabía nada del otro proyecto, en el que hacía meses que trabajaba. Lo que había empezado como una pequeña idea había crecido mucho más de lo que esperaba, por lo que mi regalo descansaba en una carretilla en el armario con una sábana encima, porque ya no podía transportarlo. Incliné el soporte de acero hacia atrás y empujé la obra de amor de noventa kilos a la habitación de al lado.

Beck arqueó las cejas.

—¿Qué demonios es eso?

—Es tu regalo. No te emociones demasiado, está hecho a mano.

—Estoy intrigado…

De repente, al dejar la carretilla frente a él, me puse nerviosa. ¿Y si se enfadaba porque no le había preguntado antes de usar sus cosas? Pero ya era demasiado tarde para preocuparse por eso. Señalé la pared vacía del fondo.

—He pensado que podría ir ahí, si te gusta.

Al día siguiente era la gran inauguración de La Lista de Louise, una fundación similar a Make-A-Wish que ofrecería financiación y ayuda para la planificación a adultos con enfermedades terminales que quisieran cumplir su lista de deseos. Beck y yo organizábamos una recaudación de fondos en la nueva oficina al día siguiente por la noche. El lunes siguiente, la página web se pondría en marcha y el personal de la oficina empezaría a trabajar.

—Si lo has hecho tú, seguro que me encantará —dijo Beck.

Lo curioso es que había mucho de cierto en esa afirmación. Beckham Cross me quería de una forma que nunca había pensado que fuera posible: sin egoísmo y con todo su corazón. A veces me ponía nerviosa porque, aunque mi salud había sido estupenda desde que me habían operado el año pasado, ya había superado todos los pronósticos.

Inspiré hondo antes de levantar la sábana para que viera lo que había hecho. El cartel estaba de lado, así que Beck tardó unos segundos en leerlo y procesarlo todo. Abrió los ojos de par en par.

—¿Esos son los clavos…?

Asentí.

—Espero que no te importe que los haya usado.

Había cogido los clavos oxidados del tarro, los que Louise usó para darle una lección a Beck al pedirle que los clavara en el tocón de un árbol hacía más de dos décadas, y los había utilizado para hacer un letrero de madera de La Lista de Louise. El borde del letrero y las grandes palabras escritas en el centro estaban hechos con las cabezas oxidadas de los clavos. Tenía un aspecto rústico, pero me pareció que había quedado bastante increíble, si podía opinar.

Beck se emocionó mientras lo miraba.

—Es perfecto. Sus lecciones de vida deben estar aquí expuestas. Estaría muy orgullosa de ti por todo lo que has hecho para abrir este lugar, cariño.

—Estaría orgullosa de *nosotros*. No lo habría hecho sin ti.

Beck cogió mis mejillas entre sus manos.

—Mi abuela me dio muchos regalos en vida, pero el mejor que me dio fuiste *tú*.

La tarde siguiente inauguramos La Lista de Louise con una gran fiesta. Beck fue pronto a la oficina con Jake para colgar el cartel antes de que empezara a llegar gente. Yo tardé una eternidad en conseguir un Uber un poco después, así que al final llegué al mismo tiempo que algunos invitados. Como la fiesta de inauguración también era para recaudar fondos, Beck había invitado a algunos de sus clientes. Debía de estar hablando con algunos de ellos, ya que cuando llegué estaba en un rincón con dos hombres mayores a los que nunca había visto. Aproveché el momento para apreciar a mi chico, vestido con un esmoquin, antes de que se diera cuenta de mi presencia. Teniendo en cuenta que prácticamente vivíamos juntos desde que me habían operado, pensé que ya me habría acostumbrado a contemplarlo. Pero, de algún modo, eso no había ocurrido. Beckham Cross aún me dejaba sin aliento.

Por fuera era un placer para los ojos: mandíbula afilada y angulosa, labios carnosos, alto, moreno e innegablemente guapo. Un verdadero diez a primera vista. Pero era todo lo demás lo que lo elevaba a un doce: la forma en que andaba con la cabeza bien alta y seguro de sí mismo, la manera refinada en que hablaba durante el día en el trabajo, la boca sucia que solo tenía para mí por la noche. Y la manera en que ambas se fundían en el dormitorio… Sentía un hormigueo al pensar en ello.

Como si sintiera que alguien lo miraba, Beck se apartó de la conversación en la que estaba absorto. Recorrió la sala con la mirada hasta que se encontró con la mía. Vi cómo sus ojos bajaban por mi vestido azul real y acariciaban mi cuerpo al volver hacia arriba. Sus labios esbozaron una sonrisa diabólica y supe que en silencio me decía que me había puesto el vestido para él. Por supuesto que sí.

Beck se excusó de la conversación y cruzó la sala. La forma en que caminaba con ese propósito, acercándose a mí como si no existiera nadie más, era siempre parte de los preliminares para mí. Sobre todo, cuando me rodeaba la nuca con una de sus grandes manos y acercaba mis labios a los suyos.

Me sentí aturdida cuando nos besamos.

—Estás preciosa. —Apoyó su frente en la mía—. Gracias por llevar ese color, sobre todo hoy.

Sonreí.

—He pensado que no te quejarías de nada si yo vestía de azul. Y menos todavía cuando supieras que no llevo nada debajo.

Beck gimió.

—Debería haber insonorizado el baño.

Por suerte, nos interrumpieron. Jake le pasó un brazo por el cuello a su hermano, sin importarle que estuviéramos abrazados de un modo muy íntimo.

—¿Qué tramáis? —Metió su cara sonriente entre nosotros.

—Vete, estoy ocupado —gruñó Beck.

—Eso no funciona ni en la oficina. —Se rio entre dientes—. Así que ten por seguro que no funcionará aquí.

Me reí y di un paso atrás.

—Hola, Jake. Estás muy elegante.

Esbozó su característica sonrisa torcida y con hoyuelos.

—Mejor que Beck, ¿verdad?

—Sabes que no me voy a mojar. Aunque una cosa sí te diré, la líder Brownie de Maddie me paró cuando la recogí ayer después de la reunión de escultismo para preguntarme si el tío guapísimo que fue a por ella la semana pasada estaba soltero.

Después de ganarse veintiséis insignias por su cuenta, hacía unos meses que Maddie al fin había decidido unirse a las Brownies. Por mucho que disfrutara al conseguir insignias con su padre, le encantaba hacerlo con chicas de su edad.

Beck puso los ojos en blanco, y el pecho de Jake se hinchó un poco más.

—¿La pelirroja?

—Sí, la señorita Rebecca.

—Supongo que recogeré a mi sobrina favorita de la reunión la semana que viene.

—Tu *única* sobrina —refunfuñó Beck.

Jake le dio una palmada a su hermano en el hombro.

—Parece que alguien está celoso de que la guapa líder exploradora no le haya echado el ojo. No te amargues, eso hará que te salgan más arrugas, viejales.

Llegaron algunos invitados más y, en poco tiempo, la fiesta estaba en pleno apogeo. Me alegré de haberle pedido a Jake que se encargara de la coordinación del entretenimiento, porque un DJ y unos jóvenes bailarines eran exactamente lo que se necesitaba para mantener el ambiente animado en lo que, de otro modo, podría haber sido un día difícil. A las diez de la noche, el alcohol fluía casi con tanta libertad como los bolígrafos en los talonarios de cheques que la gente había traído. Alucinaba con la cantidad de dinero que ya habían donado. A principios de semana, Beck me había preguntado si quería dar un discurso esa noche. A él se le daban mucho mejor que a mí ese tipo de cosas, por lo que me negué y le sugerí que lo hiciera él. Así que, cuando la música paró y Beck se dirigió al centro de la sala, pensé que eso era lo que estaba a punto de ocurrir.

—¿Pueden prestarme atención, por favor? —pidió Beck.

Los invitados formaron un círculo a su alrededor y el rumor de las voces se acalló.

—Quiero darles las gracias a todos por haber venido esta noche. Como la mayoría de ustedes ya saben, La Lista de Louise se inspiró en mi difunta abuela, Louise Aster. Cuando supo que el cáncer había reaparecido y que el tratamiento ya no curaría la enfermedad, decidió pasar el tiempo que le quedaba viviendo la vida al máximo. Así era mi abuela. No había quien la parara. —Beck miró a su hermano y sonrió—. Está claro que lo intenté una y otra vez, ¿verdad, Jake?

—Sí que lo hiciste, sí —respondió—. Y, durante un tiempo, disfruté de ser el favorito de la abuela por lo pesado que eras.

Las risas resonaron por toda la sala.

Beck asintió y señaló a su hermano con un pulgar.

—No bromea. Bueno, a lo que iba. Cuando la abuela murió, nos dejó una carta a mi hermano y a mí en la que nos decía que no quería un velatorio ni ningún funeral triste. En su lugar, quería una fiesta en su honor, una celebración de su vida en el primer aniversario de su muerte. —Hizo una pausa y sonrió—. Creo que sus palabras exactas fueron: «Cuando consigas dejar de creer que eres el ombligo del mundo y recordarme sin llorar a mares». Pues bien, hoy se cumple un año, y no creo que haya mejor manera de recordar a Louise Aster que con la inauguración de esta fundación a la que con tanta amabilidad habéis contribuido esta noche. Pero yo no soy el responsable de que esto se haya materializado. Lo es una señorita muy especial. —Se volvió hacia mí—. Nora, ¿podrías venir aquí, por favor?

Odiaba ser el centro de atención, pero todo el mundo me miraba, así que caminé hasta Beck. Me cogió una mano.

—Gracias por crear este precioso legado para mi abuela. Sé que ahora mismo está mirando hacia abajo y sonriendo. En realidad, ahora que lo pienso, seguro que no. Seguro que se pregunta por qué demonios no he hecho esto antes…

Después, todo pareció suceder a cámara lenta. La multitud que nos rodeaba se desvaneció en el fondo mientras Beck se arrodillaba. Me cubrí la boca con una mano temblorosa, consciente de lo que estaba a punto de ocurrir.

—Eleanor Rose Sutton, llegaste a mi vida en una época en la que me empeñaba en sentirme miserable. No quería nada más que revolcarme en la autocompasión y enfurruñarme, pero era imposible cuando estaba cerca de ti. Incluso un mensaje de texto me alegraba el día y me hacía sonreír. Y eso… bueno, eso me cabreaba aún más.

Me reí.

—La verdad es que sí.

—Eres la persona más amable, cariñosa y apasionada que he conocido. Eres tan preciosa por dentro como por fuera. Me has hecho comprender lo que es la vida y, ahora que entiendo lo que es importante, no sé cómo he podido pasar mis primeros treinta y cuatro años sin ti. —Metió una mano en la chaqueta y sacó una cajita de terciopelo negro—. Estuve varias semanas buscando el anillo perfecto para ti. Quería el diamante más grande y el mejor que pudiera encontrar. Pero ninguno me gustaba. Y entonces me di cuenta de que ninguno valía. Estabas destinada a tener *este*.

Beck abrió la caja y reconocí de inmediato lo que había dentro. «El anillo de compromiso de Louise». Se me llenaron los ojos de lágrimas.

—Eres mi mejor amiga, mi amante y mi universo, Nora. Estoy absolutamente seguro de que no merezco que seas mi esposa, pero te prometo que, si te casas conmigo, cada día intentaré ser un hombre digno de ti. Me has enseñado lo preciosa que es la vida, y no quiero perder ni un minuto más sin ti a mi lado. ¿Quieres casarte conmigo, Nora?

Me incliné y apoyé mi frente en la suya.

—No sé cuánto tiempo tendremos.

—Si ambos vivimos hasta los cien años, no será suficiente —respondió—. Una eternidad contigo no sería suficiente. Pero aceptaré el tiempo que sea.

Las lágrimas rodaron por mis mejillas mientras asentía.

—Vale.

—¿Vale a casarte conmigo? —La sonrisa que iluminó su rostro fue la parte más dulce de su propuesta: mi hombre seguro de sí mismo necesitaba una confirmación.

—Sí, me casaré contigo. ¿Cómo no hacerlo? Este es el segundo corazón que se ha enamorado de ti.

Agradecimientos

Quiero daros las gracias a vosotros, los lectores. Me habéis permitido tener una carrera con la que hace años solo podía soñar. Gracias por ofrecerme más de una década de apoyo y entusiasmo. Es un honor que muchos de vosotros sigáis conmigo y espero que sigamos juntos muchas décadas más.

A Penelope, ¡la mujer que soporta mi lado neurótico más que mi marido! Gracias por ser el yin de mi yang.

A Cheri, gracias por años de verdadera amistad y risas.

A Julie, ¡píntate las uñas de los pies! ¡Fire Island, allá vamos! ¡Por fin!

A Luna, gracias por tu amistad y tu lealtad inquebrantable.

A mi increíble grupo de lectores de Facebook, Vi's Violets: ¡más de 25 000 mujeres inteligentes (y algunos hombres increíbles) que aman los libros! Significáis mucho para mí y me inspiráis cada día. Gracias por todo vuestro apoyo.

A Sommer, gracias por averiguar lo que quiero, a menudo antes que yo.

A mi agente y amiga, Kimberly Brower, ¡gracias por ser mi compañera en esta aventura!

A Jessica, Elaine y Julia, ¡gracias por limar todas las asperezas y hacerme brillar!

A Kylie y Jo, de Give Me Books, ni siquiera sé cómo me las arreglaba sin vosotras, ¡y espero no tener que hacerlo nunca! Gracias por todo lo que hacéis.

A todos los blogueros, gracias por estar siempre ahí.

Con mucho amor,

Vi

Chic Editorial te agradece la atención
dedicada a *Algo inesperado,* de Vi Keeland.
Esperamos que hayas disfrutado de la lectura
y te invitamos a visitarnos
en www.chiceditorial.com,
donde encontrarás más información
sobre nuestras publicaciones.

Si lo deseas, también puedes seguirnos
a través de Facebook, Twitter o Instagram
utilizando tu teléfono móvil
para leer los siguientes códigos QR: